D1728466

Seren D.

Nebelzeiten

Roman

Weishaupt Verlag

Umschlagfoto: AdobeStock
Umschlag-Rückseite, Insertfoto: Alexander De Monte
Personen und Handlungen sind frei erfunden, etwaige Ähnlichkeiten mit
real existierenden Menschen sind rein zufällig und nicht beabsichtigt.

ISBN 978-3-7059-0555-9
1. Auflage 2022
© Copyright by Hannelore Klapsch
Herstellung / Verlag: Weishaupt Verlag, A-8342 Gnas
e-mail: verlag@weishaupt.at
e-bookshop: www.weishaupt.at
Sämtliche Rechte der Verbreitung – in jeglicher Form und Technik –
sind vorbehalten.
Printed in Austria

Inhalt

Vorwort der Autorin

Geschätzte Leserin! Geschätzter Leser!

Das Leben ist häufig eine Aneinanderreihung glücklicher Zufälle und unerwarteter Entdeckungen, so auch im Falle der Entstehung dieses Buches, welches Sie nun dankenswerterweise in Ihren Händen halten.

Ein Bild, gleich einer auf Stand-by gesetzt erscheinenden Sequenz eines Filmes, hatte sich vor mehr als zwei Jahrzehnten in meinem Kopf festgesetzt, es war plötzlich da, ohne ersichtlichen Grund, ohne einen bestimmten Auslöser. Ich wusste über all die Jahre nicht, wozu dieses Bild dienen sollte noch welchen Zweck es erfüllen würde.

Vor etwas mehr als zwei Jahren nahm es immer lebendigere Formen an, der Wunsch, aus diesem Bild eine Geschichte in Form eines Romanes zu verfassen, wurde immer größer und die Ideen dazu und Eckpunkte rund um mein Buch immer konkreter.

So entstand „Nebelzeiten", ein Roman, dessen Inhalt und Figuren meiner Phantasie entsprungen sind. Selbst die Findung des Titels meines Buches und die Suche nach den Bildern am Buchumschlag waren Glücksfälle unerwarteter Art.

Es war eine spannende Reise, weg vom Tippen der ersten Gedanken bis hin zum finalen Schlusswort. Und nicht selten überraschten mich meine Protagonisten mit dem Weg und der Richtung, in welche sie meine Geschichte lenkten – wiederum gleich einem glücklichen und nicht erwarteten Zufall.

All dies ist auch der Grund für die Verwendung eines Pseudonyms, unter welchem mein Buch erscheint – Seren D. – die Abkürzung für Serendipity, was so viel wie Glücksfall bzw. für mich „Das Glück, durch Zufall unerwartete Entdeckungen zu machen" bedeutet.

Tauchen Sie nun ein in meine Geschichte, lassen Sie sich berühren und überraschen von meinen Protagonisten. Mein größter Lohn ist es, wenn mein Buch die Seele in Schwingung versetzt und Sie für einige Stunden aus dem Alltag ausbrechen lässt.

Ihre Seren D.

Prolog – Heute

Nebel, es war immer der Nebel, der mich in den entscheidenden Situationen meines Lebens begleitete. Diese Ansammlung unzählbarer Wassermoleküle, die einem die Sicht nahm und sich wie ein Schleier aufs Gemüt legte, diese undurchdringlichen Schwaden, die jede sich nähernde Gefahr so gut verbergen konnten. Meine Limousine war schon nach wenigen Augenblicken nicht mehr zu sehen. Ich hatte meinen Chauffeur gebeten, mich hier abzusetzen und im Ort auf meinen Anruf zu warten. Diesen Weg in die Vergangenheit wollte und musste ich alleine gehen.

Heute war mein 70. Geburtstag, zumindest wurde es mir so von jenen erzählt, die bis zu meinem 20. Lebensjahr für mich sorgten. Es gab keine Dokumente oder Urkunden, die das belegten. Ein wehmütiges Lächeln stahl sich auf mein Gesicht, sorgten war wohl das falsche Wort für diesen Ort, an den ich heute zurückgekehrt war. Dieser Ort barg keine Erinnerungen an Geborgenheit oder Fürsorge und dennoch hatte ich hier auch glückliche Momente erleben dürfen, wahre Freundschaft, Zusammenhalt und was es bedeutet, zu lieben.

Ich näherte mich dem schmiedeeisernen Eingangstor, welches schief in den Angeln hing und vom aufkommenden Wind hin und her bewegt wurde, was ein knarzendes Geräusch erzeugte, das Einzige, das ich wahrnahm. Ansonsten war es still, kalt und trüb, sinnbildlich für diesen Ort. Langsam schob ich das Tor auf, um hindurchzugehen. Der Lack war an den meisten Stellen abgeblättert und der einst akkurat angelegte Weg aus Steinplatten von Unkraut überwuchert. Nur schemenhaft konnte ich durch den Nebel weiter hinten die Mauern meines einstigen Zuhauses wahrnehmen. Je näher ich darauf zukam, umso genauer konnte ich dessen verwahrlosten Zustand erkennen. Nichts erinnerte mehr an das imposante mehrstöckige Gemäuer. Vereinzelt waren Fensterscheiben zu Bruch gegangen, da und dort fehlten die Fensterbalken, der einst weiße Putz war verschmutzt und bröckelte an einigen Stellen ab. Efeu und wilder Wein wucherten am Mauerwerk, es schien, als sehe mich dieses Haus mit leblosen Augen an. Einzig die massiven Eisengitter an den Fenstern und das große, wuchtige Holztor waren unbeschädigt. Selbst nach so vielen Jahrzehnten schienen sie noch einen vermeintlichen Schutz vor der Außenwelt zu bilden oder denen, die dieses Haus bewohnten, den Weg nach außen zu verwehren.

Einige der Bäume, die rund um das Haus wuchsen, lagen entwurzelt auf dem von Unkraut überwucherten Rasen, und es war anzunehmen, dass hier auch im Frühling keine Blume mehr ihren Kopf aus der Erde streckte, so wie damals. Es war ein wahrhaft trostloser und vergessener Ort.

Doch es gab noch den Apfelbaum, auf der rechten Seite des Hauses, der damals einen wohltuenden Schatten an heißen Tagen spendete. Und darunter stand, wie damals, die kleine Holzbank, worauf zu sitzen mir nie gestattet war, diese war einzig und allein denen vorbehalten, die auf uns Acht gaben. Ich steuerte darauf zu und setzte mich, vorsichtig, nicht wissend, ob sie nicht über die Jahre zu morsch geworden war. Doch scheinbar hatte die Zeit ihr nichts anhaben können und so nahm ich Platz.

Fünf Jahrzehnte waren vergangen, seit ich das letzte Mal an diesem Ort gewesen war, und nun war es an der Zeit für mich abzuschließen, alle Gedanken, die mich mit diesem Ort verbanden in einem Kästchen einzuschließen und dieses im tiefsten Winkel meiner Seele aufzubewahren. Ich musste meinem Herzen Ruhe verschaffen und mir die Möglichkeit geben, meinen Lebensabend befreit von den Lasten der Vergangenheit zu verbringen. Dies konnte mir nur gelingen, indem ich noch einmal an jenen Ort zurückkehrte, den ich einst unter Furcht und doch so voller Hoffnung verlassen hatte.

Für einige Minuten betrachtete ich das Haus, versank in meinen Erinnerungen, umfasste mit fester Hand das Herz aus Holz, welches ich seit 50 Jahren bei mir trug, und schloss dann meine Augen. Und vor meinem inneren Auge lichteten sich die Nebel, sah ich die blühenden Wiesen vor mir und hörte Kinderstimmen…

Kapitel 1 – Sommer 1960

„Lizzy komm, beeil dich!" Meine Freundin Gabi winkte mir vom Zaun ganz hinten am Grundstück zu, das an den Wald angrenzte, welcher sich dahinter weitläufig erstreckte. Neben ihr stand Alexander, unser Freund, und deutete mir ebenfalls, zu ihnen zu kommen. Ich blickte mich ängstlich um. Sollte uns jemand dabei entdecken, dass wir das Grundstück verließen, würde das schlimme Folgen haben. Doch die Aussicht auf ein paar unbeobachtete und unbeschwerte Momente mit meinen beiden besten Freunden ließ mich meine Angst überwinden und so lief ich auf sie zu.

„Hab keine Angst", sagte Alexander zu mir, als ich mit geröteten Wangen und ängstlichem Blick bei ihnen ankam. „Heute hat Schwester Maria Dienst. Sollten wir wirklich entdeckt werden, wird sie uns nicht verraten."

Gabi lächelte mich aufmunternd an. „Denk nur an die köstlichen Heidelbeeren, die jetzt in Hülle und Fülle im Wald wachsen. Diese schmecken so gut. Wir pflücken uns ein paar und sind dann bald wieder zurück."

Oh ja, die Aussicht auf diese wohlschmeckenden Früchte ließ mich vergessen, dass wir etwas Verbotenes vorhatten. Nur sehr selten war uns etwas derart Köstliches vergönnt.

Ich war ein Waisenkind. So wie auch meine beiden Freunde und alle Kinder, die in diesem großen Haus wohnten, das sich hinter mir befand. Das Waisenhaus wurde von Ordensschwestern geführt und die Mutter Oberin regierte es mit strenger Hand. Als ich 6 Jahre alt war und in die Schule kam, erzählte man mir, dass ich in einer nebeligen Novembernacht vor dem Tor des Waisenhauses abgelegt worden war. Nur einem Zufall war es zu verdanken, dass mich jemand gefunden hatte. Einer der Landwirte der Umgebung kam mit seinem Pferdefuhrwerk aus dem Ort am Grundstück vorbei und hörte ein Weinen und Wimmern. Er war wohl nach dem Wochenmarkt noch in einer Gaststätte verblieben und hatte seinen Heimweg erst angetreten, als es schon dunkel war. Dann fand er mich, ein Baby, eingehüllt in eine weiche Decke. Er übergab mich in die Obhut der Schwestern. Es war sicher kein Zufall, dass ich genau vor dem Waisenhaus abgelegt worden war, ich sollte wohl gefunden werden und nicht sterben. Wer mich dort abgelegt hatte, ob es die Frau war, die mich geboren hatte, und warum ich nicht bei ihr verbleiben konnte, das habe ich nie erfahren. Auch die Schwestern verloren darüber kein Wort, vielleicht wussten sie ja tatsächlich auch nicht mehr. Meinen Namen, Elisabeth, erhielt ich, da es der Gedenktag der heiligen Elisabeth von Thüringen war, der 19.11.1950, an dem ich gefunden wurde. Ob dies mein tatsächlicher Geburtstag war, konnte mir keiner sagen. Es existieren keine Dokumente oder Urkunden über meine Geburt. Doch ich sei wohl ein Neugeborenes gewesen, wie mir erzählt wurde. Das Einzige, das mir bewies, dass ich meiner Mutter wohl etwas bedeutet haben musste, war eine kleine Holzrassel, die bei mir lag, als man mich fand. Sie sieht aus wie ein kleiner Pilz und daran hängen kleine Glöckchen aus Metall. Diese Rassel ist mein kostbarster Schatz und es ist nur Schwester Maria zu verdanken, dass ich in den Besitz dieses für mich so wertvollen Stückes kam. Sie hatte es für mich aufbewahrt und es mir einige Jahre danach überlassen. Seit diesem Tag liegt die Rassel gut versteckt unter meiner Matratze und es ist für mich jedes Mal ein besonderer Moment, wenn ich sie hervorhole, betrachte und die kleinen Glöckchen zum Klingen bringe. Außer Schwester Maria wissen nur meine beiden Freunde Gabi und Alexander davon, die anderen Kinder würden sie mir sicherlich wegnehmen.

Ich hatte es innerhalb der großen Kinderschar im Waisenhaus nicht leicht, mich zu behaupten, wobei ich es gar nie versuchte, mich zu rechtfertigen, zu verteidigen oder eine Ungerechtigkeit richtig zu stellen. Meine langen roten Haare und meine sehr zierliche, beinahe zerbrechlich anmutende Gestalt war Anlass für die anderen Kinder, ihre Macht an mir zu demonstrieren. Noch dazu hatte ich sehr helle Haut und in den Sommermonaten bekam ich Sommersprossen auf den Wangen und meine Haut färbte sich rot. Ich war vielen Hänseleien und Schikanen ausgesetzt und sehr häufig nannten sie mich nur die Hexe. Zu schüchtern, um mich zu verteidigen, war es sehr oft Alexander, der mich in Schutz nahm und die anderen Kinder in ihre Schranken wies. Er war um 4 Jahre älter als ich, hatte dunkles Haar und war groß gewachsen für sein Alter. Er schien es sich zur Passion gemacht zu haben, die Schwachen unter den Bewohnern dieses Hauses zu schützen, im speziellen Fall mich, aber auch meine Freundin Gabi. So wurden wir drei zu den besten Freunden und halfen uns über so manche schwere Zeit hinweg, derer es sehr viele im Waisenhaus gab. Aber wir konnten auch miteinander lachen, Spaß haben, und uns so manches Geheimnis anvertrauen. Alexander wurde im Laufe der Zeit zu einer Art Beschützer für Gabi und mich, wobei es meist ich war, die seines Schutzes bedurfte.

„Kommt ihr zwei, ich helfe euch über den Zaun", ermunterte uns Alexander. Er war barfuß, so wie alle Kinder hier. Wir besaßen jeder nur ein Paar Schuhe für die kalte Jahreszeit, den Rest des Jahres liefen wir barfuß durch das Haus und die Umgebung. Alexander trug eine dunkle kurze Hose und ein helles gestreiftes Shirt, die Kleidung für die Buben in den Sommermonaten. Wir Mädchen besaßen jeder ein dunkelblaues einfaches Baumwollkleid, das bis zu den Waden reichte, und darüber eine geblümte Schürze. Dies war eine Art Uniform hier im Waisenhaus, denn alle waren gleich gekleidet. Für die Wintermonate gab es lange Hosen und Baumwollhemden für die Buben, wir Mädchen bekamen zwei Paar Wollstrümpfe und eine Strickweste. Mützen und Handschuhe wurden von den Schwestern selbst gestrickt, und nach dem Ende der Schulzeit mussten auch die Mädchen, die hier im Haus lebten, bei dieser Arbeit behilflich sein. Eine dicke Wolljacke und einige Wäschestücke vervollständigten das, was jedem von uns an Kleidung zur Verfügung stand.

Alexander schob seine Finger ineinander, Gabi stellte ihren rechten Fuß hinein und unser Freund hob sie nach oben, sodass sie über den Zaun klettern konnte. Dann war ich an der Reihe. Ich war ängstlich und dachte jedes Mal daran, welche Strafe mich erwarten würde, sollte ich meine Kleidung im Zuge dieses Manövers kaputt machen. Doch das aufmunternde, freundliche Lächeln von Alexander und Gabis aufgeregtes, ungeduldiges Winken und Zurufen ließen mich meiner Freundin folgen. Kurz darauf war auch Alexander auf der anderen Seite des Zaunes angekommen. Gemeinsam durchstreiften wir diesen idyllischen Wald und labten uns an den süßen Heidelbeeren.

Heute war die Ausbeute groß und jeder von uns konnte noch eine Handvoll Beeren in seinen Taschen verstecken und mit nach Hause nehmen.

„Hänschen klein, ging allein, in die weite Welt hinein. Stock und Hut, steh'n ihm gut, ist ja wohlgemut", sang ich leise vor mich hin, während wir durch den Wald spazierten. Irgendwann hatte ich begonnen, zu singen. Es waren Kinderlieder, die Schwester Maria uns manchmal am Abend vorsang, wenn sie ihre Kontrollrunde durch die Schlafsäle machte. Wenn ich sang, dann fühlte ich mich so wohl und blendete alle Geräusche um mich herum aus. Es schien, als wäre ich dann in einer eigens für mich geschaffenen Welt, die nur von hellem Licht und schönen Klängen durchzogen war.

„Lizzy, du singst so wunderschön", rief mir Gabi zu. „Ich möchte dir am liebsten den ganzen Tag zuhören." „Singst du heute Abend wieder für mich, vor dem Einschlafen?", bat sie mich. „Du weißt, dann schlafe ich so richtig gut und tief und fest." „Aber wenn mich die anderen Kinder hören, dann lachen sie wieder über mich", entgegnete ich. „Jeder, der dich auslacht, bekommt's mit mir zu tun", sagte Alexander und streckte kampfeslustig seine rechte Faust in die Höhe. Gabi und ich kicherten, Alexander, er war unser Freund, unser Held und unser Beschützer.

Als unsere Taschen und auch unsere Bäuche voller Heidelbeeren waren, machten wir uns auf den Rückweg. Zum Glück hatte niemand unsere Abwesenheit bemerkt. Aber vielleicht wollte Schwester Maria sie auch nicht bemerken, sie war die gute Seele des Hauses und für uns Kinder in vielen Situationen wie ein rettender Engel. Unbemerkt gelangten wir ins Haus. Alexander begab sich in den Trakt des Hauses, der für die Buben vorgesehen war, und Gabi und ich gingen in den Schlafsaal im 1. Stock. Es gab deren sechs, jeweils drei für die Buben und drei für die Mädchen. Wir Kinder waren unserem Alter entsprechend untergebracht. Gabi und ich bewohnten den Schlafsaal für die schulpflichtigen Mädchen.

Wir hatten nicht mehr viel Zeit bis zum Abendessen, das pünktlich um 18 Uhr im großen Speisesaal im Erdgeschoss stattfand. Jedes Zuspätkommen zog eine Strafe nach sich und wir hüteten uns davor, eine Strafe auszufangen. Es gab deren viele und in unterschiedlicher Art und Weise und keine davon war angenehm. Ich wusste es, musste ich doch schon so einige in Kauf nehmen und erleben. Sehr häufig war ich mir keiner Schuld bewusst oder konnte den Grund für die Strafe nicht benennen. Doch sie zu hinterfragen, das stand uns nicht zu. Wir besaßen hier keine Rechte, dies oblag einzig und allein der Mutter Oberin. Es herrschten strenge Regeln in unserem Haus und diese wurden uns von klein auf eingebläut. Wir konnten sie im Schlaf wiederholen und es gehörte zum morgendlichen Ritual, sie nach dem Frühstück laut aufzusagen.

Gabi und ich versteckten unseren köstlichen Fund aus dem Wald in dem kleinen Kästchen, das neben jedem unserer Betten stand und stellten uns dann in die Reihe zu den anderen Kindern, um auf das Erscheinen einer der Schwestern zu warten, die uns zum Abendessen abholten und in den Speisesaal geleiteten.

Wir kicherten und hielten uns an den Händen, noch erfüllt von der Freude der wenigen unbeschwerten Augenblicke an diesem Sonntagnachmittag, dem einzigen Tag in der Woche, den wir im Garten ohne Aufsicht verbringen durften.

Heute holte uns Schwester Louisa ab. Sie war streng, jedoch uns Kindern doch wohlgesonnen, und so drohte uns auch kein Ungemach, dass wir dem kindlichen Bedürfnis nach Fröhlichkeit und Lachen nachkamen und nicht stumm und abwartend in der Reihe standen.

Im Speisesaal gab es zwei lange Tischreihen, an denen die Buben und Mädchen getrennt voneinander saßen. Für die ganz kleinen Bewohner, die ihr Essen noch nicht selbstständig zu sich nehmen konnten, gab es einen eigenen Raum, wo sie von den Schwestern gefüttert wurden.

Am Kopfende unseres Tisches saß, wie bei jedem Essen, die Mutter Oberin. Ihr Blick war kalt, ihre Lippen schmal zusammengepresst, und manchmal fragte ich mich, warum Gott sie nicht öfter lächeln ließ.

Nach dem Tischgebet, das wir stehend hinter unseren Stühlen gemeinsam sprachen, nahmen wir Platz und begannen zu essen, schweigend, denn reden durften wir erst wieder, wenn das Essen beendet war, auch eine der strengen Regeln, die in diesem Haus herrschten.

Heute war Sonntag, da gab es süßen Haferbrei, und ich löffelte langsam und schluckte bedächtig, um jeden einzelnen Bissen zu genießen.

Außer dem Geräusch des Bestecks hörte man keinen Laut in diesem großen Saal bis plötzlich einem Mädchen, das schräg gegenüber von mir saß, das Wasserglas umkippte und sich die Flüssigkeit über den Tisch verteilte und auf den Boden sickerte. Ich zuckte zusammen und Gabi neben mir erging es nicht anders, denn wir wussten, was nun bevorstand.

Die Mutter Oberin erhob sich und kam langsam die Tischreihe entlang bis sie hinter dem Stuhl des Mädchens zu stehen kam. Es war Julia, eines jener Mädchen, deren Hänseleien ich des Öfteren ausgesetzt war. Dennoch tat sie mir in diesem Augenblick so leid. „Was bist du nur für ein ungeschicktes Gör", schrie die Mutter Oberin sie an. „Du wirst nach dem Essen den gesamten Speisesaal aufwischen und wehe dir, ich finde ein Staubkorn. Außerdem ist das Essen für dich hiermit beendet. Stell dich dort in die Ecke und warte, bis alle anderen mit dem Essen fertig sind!"

Den Rest des Essens brachte ich mit gesenktem Kopf und Trübsal im Herzen zu Ende. Julia war 11 Jahre alt, und ein solches Missgeschick etwas, das jedem von uns passieren konnte.

Wieder in einer Zweierreihe aufgestellt, marschierten wir nach dem Essen in unseren Schlafsaal, zogen uns unter Aufsicht einer der Schwestern unser Nachthemd an, wuschen uns in der Waschschüssel, die auf einem Hocker in einer Zimmerecke stand das Gesicht und die Hände, verrichteten gemeinsam das Abendgebet und legten uns in unsere Betten. Die Schwester schloss die Fensterbalken, sodass es trotz der Helligkeit dieses Sommerabends recht dunkel im Zimmer wurde, und verließ dann das Zimmer.

„Lizzy", flüsterte Gabi mir von ihrem Bett aus zu, das rechts neben meinem stand, „bitte sing' mir etwas vor, du weißt, wie gerne ich dir zuhöre, dann kann ich besser einschlafen." Und ich begann zu singen, leise, um den Unmut der anderen nicht auf mich zu ziehen. „Guten Abend, gut Nacht, mit Rosen bedacht, mit Näglein besteckt, schlüpf unter die Deck. Morgen Früh, wenn Gott will, wirst du wieder geweckt. Morgen Früh, wenn Gott will, wirst du wieder geweckt."

Bald hörte ich nur mehr das gleichmäßige, leise Atmen meiner lieben Freundin, sie war eingeschlafen. Und ich holte meine kleine Rassel hervor, meinen so wertvollen und einzigen Schatz, den ich besaß. Ich hielt ihn fest in meinen kleinen, schmalen Händen, so als wäre er mein einziger Halt in diesem Haus, das mir so manche Schmach einbrachte und so manche Prüfung auferlegte. Ich dachte daran, wie es wäre, eine Mutter, einen Vater zu haben, die mich lieben würden. Und ich lag noch lange wach, starrte in die Dunkelheit dieses spärlich eingerichteten Raumes, der keinerlei Behaglichkeit ausstrahlte, spürte die Tränen, die langsam meine Wangen herunterliefen und schlief irgendwann ein.

Kapitel 2 – Herbst 1963

„Gabi, Gabi, bitte wach auf, oh mein Gott, schau was passiert ist!" Völlig aufgelöst und verstört weckte ich meine Freundin. Gabi schlug verschlafen und gähnend ihre Augen auf. „Lizzy", murmelte sie mit leiser Stimme, „was ist denn los, dass du mich so aus dem Schlaf reißt?" „Sieh doch nur, was geschehen ist, schau dir mein Bett an."

Ich war wach geworden, schon sehr früh, und hatte Bauchschmerzen, wie so oft in letzter Zeit. Doch ich scheute davor, mich an eine der Schwestern zu wenden. Ich wollte keinesfalls in die Krankenstation, denn das bedeutete, getrennt von meinen beiden Freunden zu sein, die mich dort nicht besuchen durften. Und Tage ohne meine beiden Freunde waren schreckliche Tage, denn an diesen war ich schutzlos den Anfeindungen und Hänseleien der anderen Kinder im Haus ausgeliefert. Doch wenn Alexander bei mir war, dann getraute sich selten jemand, mir einen Streich zu spielen oder mich zu beschimpfen. Alexander war mein Beschützer, er war mein Held in diesen Jahren hier geworden. Und er war es auch für meine Freundin Gabi, doch mich bedachte er immer mit einem besonderen Schutz, es schien, als sei ich ihm ans Herz gewachsen.

Als ich wach war und das Morgenlicht schon durch die Fensterbalken fiel, spürte ich, dass mein Bett nass war, und als ich nachfühlte, waren meine Finger voller Blut. Ich erschrak so heftig und konnte nur mit Mühe einen Schrei unterdrücken. Mein Nachthemd war voller Blut, die Bettdecke und das Bettlaken ebenso. Ich zitterte noch immer, als Gabi nun neben meinem Bett stand und sah, was geschehen war. „Oh Lizzy," sagte sie, „du hast deine Tage bekommen." Ich wusste, was mit mir los war, denn einige der älteren Mädchen im Haus hatten darüber gesprochen. Und ich hatte auch gehört, wie Schwester Maria mit diesen Mädchen darüber sprach. Sie war für viele von uns der Engel in diesen Mauern.

„Gabi, was soll ich denn jetzt tun? Die Schwestern werden doch sehen, wie mein Bett aussieht. Und wie soll ich denn verhindern, dass auch noch meine andere Kleidung voller Blut ist?"

In diesem Moment betrat eine der Schwestern unseren Schlafsaal. Das bedeutete für uns, dass der Tag begann. Mit einem lauten „Guten Morgen" begann sie die Fensterbalken zu öffnen und wir mussten aus den Betten, die Decken zurückschlagen, uns neben das Bett stellen und gemeinsam mit ihr das Morgengebet sprechen. Unter ihrem strengen Blick wusch sich anschließend jeder die Hände und das Gesicht in der Waschschüssel und nahm wieder neben seinem Bett Aufstellung. Ich hörte, wie hinter mir die anderen Mädchen kicherten und flüsterten und wagte kaum mich umzudrehen, bis ich die Schwester mit strenger Stimme hörte: „Elisabeth, komm auf der Stelle her und stell dich neben dein Bett." Mit gesenktem Haupt kam ich ihrer Aufforderung nach.

Im Zimmer war es plötzlich mucksmäuschenstill. „Was hast du da angestellt, du ungehöriges Gör", polterte die Schwester los. „Sieh dir nur diese Sauerei an, die du da verursacht hast! Das wird eine anständige Strafe nach sich ziehen."

Ich wagte nicht, mich zu rechtfertigen. Ich hörte nur das leise Tuscheln der anderen. Meine Freundin Gabi setzte an, etwas zu sagen, doch schon bei dem ersten Wort „Aber Schwester…" traf sie der strenge Blick dieser mit den Worten: „Du wagst es, etwas dazu zu sagen", zog sie Gabi an den Haaren, sodass diese aufwimmerte und daraufhin schwieg.

„Und nun zu dir!", donnerte die Stimme der Schwester mir entgegen. „Du wirst das hier sauber machen, draußen im Hof. Und ich werde genau kontrollieren, dass nicht der kleinste Fleck übrig geblieben ist. Wenn mich das Ergebnis nicht zufrieden stellt, dann setzt es eine Strafe und du verbringst die kommende Nacht in der Hütte, ohne Abendessen zuvor. Das Fasten und die Dunkelheit wird dich hoffentlich lehren, zu gehorchen und nicht nochmal so eine Sauerei zu verursachen."

Der Gedanke an die Hütte ließ mich erschauern. Es war das Schlimmste, was mir passieren konnte, denn ich fürchtete die Dunkelheit. Außerdem war es schon Herbst und dazu kalt und allerlei Getier kroch dort herum. Ich wusste, was es bedeutete, eine Nacht dort zu verbringen. Schon einmal fasste ich diese Strafe aus, da ich nicht aufgegessen hatte, eine schwere Sünde, wie die Mutter Oberin meinte, wenn man die Gaben Gottes verschmäht. Mir war diese Nacht sehr gut im Gedächtnis geblieben und es war Alexander zu verdanken, dass ich sie überstand ohne einen zu großen Riss in meiner Seele. Alexander schlich sich damals aus dem Haus und verbrachte die ganze Nacht sitzend an die Hütte gelehnt und mit mir sprechend und mich mit lustigen Geschichten ablenkend.

„Ihr anderen, zieht euch jetzt an und stellt euch auf, um in den Speisesaal zu gehen", befahl die Schwester. „Du Elisabeth bekommst erst ein Frühstück, wenn du die Matratze und Laken sauber gemacht hast. Geh zu Schwester Maria, sie wird dir Bürste, Eimer und Seife geben und dann bringst du alles in den Hof hinaus und machst es sauber. Ich werde es nach dem Frühstück kontrollieren. Und mach es gründlich!"

So blieb ich allein zurück, bedacht mit einem mitleidsvollen Blick meiner Freundin Gabi. Ich legte mein verschmutztes Nachthemd aufs Bett, zog mich an und suchte dann Schwester Maria auf. Sie befand sich wie meist vor den Mahlzeiten in der Küche des Hauses und bereitete das Essen vor.

Ich klopfte an und betrat dann die Küche zaghaft. Schwester Maria trug wie immer ein Lächeln im Gesicht, doch als sie mich sah, veränderte sich ihre Miene und sie sah mich fragend an. „Mein liebes Kind, was ist geschehen?" Ich erzählte leise und stockend von dem Vorfall und bat um die Utensilien, um alles reinigen zu können. Schwester Maria kam auf mich zu, strich mir über den Kopf und seufzte nur: „Meine arme Kleine. Als Erstes bekommst du von mir jetzt einen Stapel alte Laken. Leg einen davon zusammen und dann in deine Unterwäsche. Du musst das wechseln, alle paar Stunden und sie immer gleich auswaschen, am besten erst mit kaltem Wasser. Und Morgen nach der Schule setzen wir uns zusammen und ich werde dich ein wenig aufklären, was jetzt mit dir geschehen ist und worauf du zu achten hast."

Dann händigte sie mir die Putzutensilien aus und ich brachte alles, was zu reinigen war, in den Hof.

Heute war ein kalter, nebeliger Herbsttag. Es fröstelte mich, denn noch war es September und wir bekamen unsere Schuhe immer erst am 1. Oktober, wie auch etwas wärmere Kleidung und eine Jacke. In meinem dünnen Kleid mit der Schürze und ohne Strümpfe war es doch schon empfindlich kalt. Ich schob zwei Stühle, die draußen standen, zusammen, legte die Matratze darauf und begann die Flecken mit der Bürste zu bearbeiten. Es war ein mühsames Unterfangen und es dauerte auch. Doch so sehr ich mich abmühte, vollständig konnte ich den Fleck nicht entfernen. Auch im Bettlaken und im Nachthemd konnte man noch Spuren erkennen. Ich schrubbte und rieb, jedoch ohne Erfolg. Dann hörte ich, wie sich das Tor öffnete und sich jemand näherte, da der Kies knirschte. Es war die Morgenschwester, sie kam, um meine Arbeit zu kontrollieren, und wie ich es befürchtet hatte, war sie mit dem Ergebnis nicht zufrieden. „Wie schandhaft du mit dem Eigentum dieses Hauses umgehst, Elisabeth", rief sie. „Du weißt, was das bedeutet. Die heutige Nacht wirst du in der Hütte verbringen und ich bete dafür, dass es dir eine Lehre sein wird. Räum das jetzt nach drinnen und komm dann in den Speisesaal. Du bekommst ein Frühstück und eine Mittagssuppe, ich bin ja kein Unmensch. Das Abendessen fällt für dich heute aber aus."

Ich folgte ihr geknickt in den Speisesaal und als sei es noch nicht Strafe genug, was mich erwartete, verkündete sie vor allen Anwesenden und den anderen Schwestern, welch großes und schlimmes Vergehen ich begangen hatte und dass nun alle nach draußen gehen sollen, um sich das wenig erfolgreiche Ergebnis meiner Arbeit anzusehen.

Und so marschierten nach Beendigung des Frühstücks alle Schwestern, gefolgt von den Kindern, in einer Zweierreihe in den Hof und betrachteten mein Werk. Einige lachten, einige kicherten, einige der Schwestern schüttelten entrüstet ihren Kopf und murmelten wenig aufbauende Worte vor sich hin. Nur Alexander lächelte mich an und versuchte mich im Taumel dieser Demütigung aufzumuntern. Ich sah auch, dass er diejenigen, welche sich besonders schadenfroh mir gegenüber zeigten, mit einem scharfen Blick und einigen scheinbar drohenden geflüsterten Worten bedachte, denn sie verstummten daraufhin.

„Elisabeth wird ihre verdiente Strafe heute Nacht in der Hütte absitzen", ertönte die resolute Stimme der Mutter Oberin. „Und ich hoffe, es ist jedem einzelnen von euch eine Lehre, niemals ein solches Vergehen zu begehen, wie es Elisabeth getan hat. Möge diese Nacht dich läutern, Elisabeth. Und jetzt ab mit euch allen ins Haus." Ich nahm das Laken, mein Nachthemd und den Putzeimer in die Hand und stellte mich ganz ans Ende der Reihe. Alexander trug meine Matratze. Die Tränen liefen über meine Wangen, doch ich wagte nicht, den Kopf zu heben, zu sehr schämte und kränkte ich mich ob dieser Demütigung, die mir heute widerfahren war.

Den ganzen Tag über konnte ich nicht lächeln, konnten mich die aufmunternden Worte von Gabi und Alexander nicht meiner trüben Gedanken berauben. Und als es Abend wurde, trabte ich hinter der Mutter Oberin her Richtung Hütte, wo sie hinter mir die Tür schloss und absperrte.

Es war kühl, die Nebelschwaden hatten sich den ganzen Tag nicht verzogen. Ich legte mich auf das Strohbündel in einer Ecke und zog die zerschlissene Decke, die daneben lag, über meinen zitternden Körper. Und wieder wanderten meine Gedanken zu einer Mutter, die ich nicht kannte und die ich nie hatte. Und dann begann ich leise zu singen „Schlaf, Kindlein, schlaf, der Vater hütet Schaf', die Mutter hütet's Bäumelein, da fällt herab ein Träumelein, schlaf, Kindlein, schlaf". Und plötzlich hörte ich leise Alexanders Stimme. Er sagte nur: „Ich bin da, versuch' zu schlafen", und ich schlief vor Erschöpfung mit verweinten Augen ein.

Kapitel 3 – Dezember 1967

„Lizzy, bald hast du es geschafft." Alexanders leise Stimme
drang an mein Ohr. Ich blickte mich um, es fiel mir schwer in der
peinigenden Situation, in der ich mich befand, noch dafür Konzentration aufzubringen. Dann entdeckte ich ihn, er hatte sich in der
Nische neben dem Altar versteckt und lächelte mich aufmunternd
an. Doch erkannte ich, trotz des diffusen Lichtes, das dieser nebe-
lige Spätnachmittag durch die Buntglasfenster warf, auch einen
Hauch von Traurigkeit in seinen Augen.

Über die Jahre war es mir immer wieder aufgefallen, dass Alexander litt, wenn ich es tat, dass er meinen Schmerz und die Unge-
rechtigkeiten, denen wir hier alle immer wieder ausgesetzt waren,
fühlte, als wären es seine eigenen. Aber ich sah auch das Glitzern
in seinen Augen und den Schalk, wenn er spürte, dass ich glücklich war, wenn er mich lachend und herumalbernd mit Gabi erlebte.
Tief in meinem Herzen spürte ich, dass mir Alexander ans Herz
gewachsen war, so wie ich ihm. Es waren kleine Gesten der Verbundenheit wie ein Lächeln, das nur mir galt, eine kurze Berührung
meiner Hand, wenn es keiner bemerkte, Worte des Trostes und der
Aufmunterung, die mir Halt gaben. Und er schenkte all das nur
mir. Aber vor allem war Alexander immer da, wenn es mir besonders schlecht ging, in den Momenten, in denen ich Strafen für ver-
meintliche Regelverstöße oder Vergehen ertragen musste, oder aber
auch wenn ich den Hänseleien der anderen Kinder in diesem Haus
ausgesetzt war. Oh ja, trotz meiner mittlerweile 17 Jahre geschah
dies noch immer, wenn auch nicht mehr in der Häufigkeit meiner
Kinderjahre. Meist war es mein rotes Haar, immer wieder aber
auch mein Gesang, der die anderen zu Hänseleien oder Schimpf-
tiraden anstiftete. Meine Figur war es nicht mehr. Ich hatte mich
von einem schlaksigen Mädchen zu einer weiblichen jungen Frau
entwickelt. Meine Beine waren zwar nicht sehr ansehnlich, doch

hatte ich ein recht hübsches Gesicht, das jedoch im Sommer noch immer von Sommersprossen gezeichnet war, eine schlanke Taille und ausdrucksstarke Augen. Das Singen war zu meiner Passion geworden, auch wenn es einzig und allein dann geduldet war, wenn wir im Gottesdienst geistliche Lieder sangen. Dass ich es dennoch immer wieder tat, wenn ich mich unbeobachtet fühlte oder von meinen beiden Freunden dazu aufgefordert wurde, für sie zu singen, erfüllte mich mit unglaublicher Freude, es füllte meine Seele aus. Ich mochte meine Stimme, sie hatte eine Fülle, die man diesem jungen, zarten Körper gar nicht zutraute. Im Laufe der Zeit fiel mir auch auf, dass der Umfang meiner Stimme sehr groß war. Ob ich in die Tiefe sang, oder hohe Töne anschlug, es fiel mir nicht schwer. Das Singen war für mich die Flucht aus der Realität in dieser trostlosen Umgebung geworden, die nur durch die Anwesenheit von Alexander und Gabi erhellt wurde. Nur Schwester Maria wusste von meiner gewachsenen Leidenschaft dafür und selten, aber doch, durfte ich ihr etwas vorsingen. Sie war es auch, die mir heimlich ein Liederbuch zugesteckt hatte, welches nun auch zu meinen Schätzen gehörte.

Ich wusste die Zeit nicht, die ich schon kniend auf diesem Holzscheit verbrachte, vor dem Altar in der hauseigenen Kapelle, den Blick auf das Kreuz gerichtet, das vor dem Tabernakel stand. Ich hatte eine Strafe ausgefasst, dies war die Buße dafür. Mein Vergehen war unvermeidlich, doch gegen die Regeln, die die Mutter Oberin aufgestellt hatte. Ich stand nicht rechtzeitig in der Zweierreihe, als wir zum Abendessen aus unserem Schlafsaal abgeholt wurden. Heute plagten mich starke Bauchschmerzen, da ich meine Tage bekommen hatte, und ich war in diesem Moment im Waschraum, um mich zu säubern und mir ein warmes Handtuch auf den Bauch zu legen. Als ich in den Saal zurückkam, waren alle schon weg und so musste ich alleine den Weg in den Speisesaal antreten. Bei meinem Eintreten verstummten alle und die Mutter Oberin bedachte mich mit einem strengen Blick. „Du wagst es, zu spät zum Essen zu kommen?", donnerte mir ihre Stimme entgegen. „Du hast dir keine Mahlzeit verdient, wenn du die Gaben des Herrn so verschmähst! Zur Strafe gehst du jetzt in die Kapelle, kniest dich auf das Holz vor dem Altar und betest fünfundzwanzig Vaterunser und fünfundzwanzig Gegrüßet seist du, Maria! Und wage nicht, auch nur ein Gebet weniger zu sprechen. Wenn du fertig bist, wartest du, bis Schwester Maria dich abholt."

Und so kniete ich hier nun schon seit einer Ewigkeit. Das spröde Holz hatte meine Haut aufgeschürft und es schmerzte. Tränen standen mir in den Augen, auch der Demütigung geschuldet, die ich immer wieder zu ertragen hatte. Doch ich wagte nicht, mich zu erheben, bevor ich das Soll dieser Strafe erfüllt hatte.

Die Stimme Alexanders gab mir Kraft, die noch verbleibenden drei Gegrüßet seist du, Maria zu beten, bevor ich kraftlos zu Boden sank. In genau diesem Moment war Alexander da, packte meine Arme, setzte sich hin und zog mich auf seinen Schoß. So lag ich da, meinen Kopf in seinen Schoß gebettet und ließ meinen Tränen freien Lauf. Es waren Tränen der Scham, der Hoffnungslosigkeit, der Trauer über die Trostlosigkeit, die dieser Ort, dieses Haus ausstrahlte.

„Lizzy", drang Alexanders Stimme an mein Ohr, „ich bin ja da, ich bin bei dir und lass dich nicht los." Ich sah in Alexanders Augen, die mich mit so viel Zuneigung, Verständnis und Mitgefühl ansahen. Und dann spürte ich seine Hand, die mir eine von den Tränen benetzte Strähne aus dem Gesicht strich. Es war eine so liebevolle Geste, wenn auch ungewohnt und überraschend. Und dann näherte sich sein Gesicht dem meinen und Alexander küsste mich, sanft und zärtlich. Als wäre dieser Kuss ein selbstverständlicher Teil dieses bizarren Szenarios in dieser Kapelle, erwiderte ich ihn, ohne nachzudenken, ohne einen kurzen Moment des Zögerns, denn es war das, was mir mein Herz in diesem Augenblick sagte, es war richtig und es war in Ordnung, diesen jungen Mann, den ich im Herzen trug, zu küssen. Mein Herz klopfte ganz laut und meine Lippen kribbelten dort, wo Alexanders Lippen auf meine trafen. „Lizzy, oh meine Lizzy, du bist mein Mädchen. Bitte, sag mir, dass du es bist."

„Ja, Alexander, ich bin dein Mädchen, keinem anderen will ich gehören. Du warst und bist immer da für mich und du beschützt und begleitest mich, ohne Fragen, ohne Erwartungen." Das Lächeln, das Alexander mir daraufhin schenkte, war so strahlend wie ich es noch nie zuvor gesehen hatte. Plötzlich hörten wir Schritte, die sich der Kapelle näherten. Dies ließ sich auf dem kalten, harten Steinboden kaum vermeiden. Heute war es ein Glück, denn so konnten wir uns dieser verfänglichen Situation entziehen und Alexander sich wieder in sein Versteck zurückziehen. Kurz darauf betrat Schwester Maria die Kapelle. Sie sah mich mitfühlend an, sagte jedoch nur: „Komm, Elisabeth, ich begleite dich jetzt in deinen Schlafsaal. Du wirst Schmerzen, wahrscheinlich auch Abschürfungen auf den Knien haben. Diese Salbe hier wird dir helfen. Aber verwahre sie gut, damit es niemand bemerkt, ich hole sie mir morgen wieder."

Ja, ich spürte die Nachwehen des langen Verharrens in dieser Position, und ich konnte die Wunden an meiner Haut erkennen, doch der Schatz, den ich seit diesem Abend in meinem Herzen trug, entschädigte für alle Pein und jeden Schmerz. Ich war von Glück erfüllt.

Kapitel 4 – November 1970

„Oh Gott, Lizzy, warum tust du das? Wo willst du denn hin?" Alexander stand ungläubig vor mir. Es war schon Nacht, die Bewohner des Hauses schliefen. Noch immer lag der Nebel dicht wie Watte rund um uns und erschwerte die Sicht. Wir standen in einer Nische an der Hinterseite des Hauses, eng an der Mauer, damit uns keiner sehen konnte, sollte doch jemand unser Verschwinden bemerkt haben. Es war mein Geburtstagsabend, heute wurde ich 20 Jahre alt, wenn man den Erzählungen der Schwestern Glauben schenken konnte. Es war der Tag, an dem ich vor 20 Jahren vor den Toren dieses Hauses abgelegt und gefunden wurde. Ich hatte mir diesen Tag für meine Flucht ganz bewusst ausgesucht. Es sollte ein Neubeginn werden, der Beginn eines neuen Lebens in Freiheit und Selbstbestimmung. Und ich war erwachsen, zumindest nach der Zahl der Lebensjahre. Reich an Erfahrungen war ich nicht, von den peinigenden Momenten, aber auch den glücklichen Augenblicken, die ich hier erlebte, einmal abgesehen. Die Entscheidung darüber, all das hinter mir zu lassen und mich auf den Weg zu machen, von dem ich nicht wusste, wohin er mich führt, traf ich schon vor einiger Zeit. Der Auslöser war das wiederholte Ausfassen einer Strafe für ein Vergehen, das nur in den Augen der Mutter Oberin eines war.

Wir älteren Bewohner waren zuständig für das Einhalten der Hausordnung und des Regelwerkes durch die jüngeren Waisenkinder. Der Schlafsaal, der in meinen Zuständigkeitsbereich fiel und von den Mädchen, die die Grundschule besuchten, bewohnt wurde, entsprach nicht der Ordnung, die von uns erwartet wurde. Einige der Mädchen hatten ihre Bettdecken zu wenig exakt gefaltet und dieser Verstoß wurde mir als Saalzuständige angelastet. Natürlich mussten auch die betroffenen Mädchen sich einer Strafe unterziehen und gingen an diesem Tag mit leerem Bauch in die Schule. Mir wurde aufgetragen, die Böden aller Zimmer in unserem Stockwerk zu säubern, und so rutschte ich auf Knien, ausgestattet mit Wassereimer und Reibbürste, stundenlang von Raum zu Raum. Ich weiß nicht mehr, was den Boden mehr benetzte, das Wischwasser oder meine Tränen, die unaufhörlich über meine Wangen liefen. Doch fasste ich an diesem Tag den Entschluss, dass mein Leben eine Wende nehmen würde und das an meinem 20. Geburtstag.

Ich erzählte niemandem davon, nicht einmal Alexander oder Gabi. Ich hatte Angst, dass sie mir mein Vorhaben ausreden würden, ich ihrem Flehen dazubleiben nachgeben würde und meine Träume aus meinem Herzen strich. Deshalb schwieg ich und es fiel mir nicht leicht. Noch nie hatte ich ein Geheimnis, das ich nicht mit zumindest einem der beiden geteilt hatte.

Doch als der Abend näher rückte, wurde mir das Herz schwer. Ich konnte nicht gehen, ohne von Alexander, den ich über alles liebte, Abschied zu nehmen. Ja, ich liebte Alexander, das war mir in den letzten Jahren klar geworden. Auch wenn wir hier von der Welt relativ abgeschottet lebten, so wusste ich doch, was Liebe war. Und Alexander brachte mir dieselben Gefühle entgegen. Dennoch sah ich hier keine Zukunft, weder für ein Leben, das mir Möglichkeiten eröffnete, glücklich zu sein, noch für ein Leben gemeinsam mit dem Mann, den ich liebte.

Alexander lehnte mit gesenktem Kopf an der Hausmauer. „Lizzy, du verlässt mich und das zerreißt mir das Herz." Dann sah er mich an. „Ich liebe dich Lizzy, du bist mein Mädchen und am liebsten würde ich dich an mich ketten, damit du immer an meiner Seite bist." Seine Worte trieben mir die Tränen in die Augen. Diese Entscheidung heute war die größte und schwerwiegendste meines bisherigen Lebens.

„Alexander, ich liebe dich auch, mit meinem ganzen Herzen und aus tiefster Seele. Doch ich halte es hier nicht mehr aus. Du hast mich beschützt über all die Jahre, immer wieder und immer wieder. Hast Strafen für mich auf dich genommen und mir die Zeit hier erträglich gemacht. Doch wie soll das denn hier weitergehen?

Was soll hier aus uns beiden werden? Alexander, ich spür so einen Drang nach Freiheit tief in mir drin. Ich spüre, dass da draußen etwas Großes auf mich wartet. Und ich weiß, dass du mich nicht begleiten kannst, das kann und darf ich nicht verlangen, auch wenn es das ist, was ich mir insgeheim wünsche."

Alexander nahm meine Hände in seine großen Hände und sah mich an. „Lizzy, du weißt selbst, ich kann hier nicht weg. So viele der Kleinen sind darauf angewiesen, dass ich da bin, dass ich sie schütze vor den Demütigungen durch die Schwestern oder ihre Kameraden. Das habe ich mir hier zur Aufgabe gemacht. Darum bin ich auch geblieben und habe keine Stelle als Tagwerker bei einem der Landwirte angenommen."

Es gab für die Waisenkinder, die den Jugendjahren entwachsen waren, nicht viele Möglichkeiten. Entweder, sie übernahmen hier im Haus Aufgabenbereiche und Arbeiten, natürlich ohne dafür entlohnt zu werden. Ein Dach über dem Kopf, Nahrung, Kleidung und Gottes Lohn war das, was die Mutter Oberin in Aussicht stellte. Oder aber sie fanden als Mägde oder Knechte bei einem der Bauern, die in der Umgebung des Waisenhauses ihre Höfe hatten, eine Anstellung. So manche sah ich mit einem kleinen Beutel am Rücken, der das wenige Hab und Gut beinhaltete, das Waisenhaus verlassen. Gesehen hatten wir niemanden mehr von denen, die dem Waisenhaus den Rücken kehrten, nur ab und zu hörten wir aus den Gesprächen der Schwestern, wo dieser oder jene untergekommen war.

„Alexander, ich weiß, dass dein Platz hier ist. Die Kinder brauchen dich. Jedoch gestehe mir zu, dass ich deine Liebe mitnehme, sie wird mir die Stütze sein, die ich brauche, um das Ungewisse, das mich erwartet, zu meistern. Ich bitte dich vor allem darum, zu verstehen und mir zu verzeihen, dass ich heute gehe, dass ich diesen Entschluss gefasst habe."

Alexander griff um seinen Hals und zog etwas hervor, das er mir in die Hand drückte. Es war ein kleines Herz aus Holz, das an einem dünnen Spagat hing.

„Ich habe das für dich geschnitzt, Lizzy, und will es dir hiermit geben. Irgendwie wusste ich, dass dieser Tag mal kommen wird. Ich bin sehr traurig, aber ich verstehe, was dich bewegt. Versprich mir, dass du immer auf dich achtgibst und versprich mir vor allem, dass du glücklich wirst, Lizzy. Ich liebe dich über alles, ich werde dich immer lieben." Und dann küsste er mich, und ich erwiderte seinen Kuss mit all der Verzweiflung des Abschieds und behaftet mit den Gefühlen einer Frau, die ihre große Liebe verließ.

Ich bückte mich zu dem kleinen Koffer, den mir einmal einer der Landwirte mit alter Kleidung überlassen hatte. Darin war mein ganzes Hab und Gut, ein wenig Wäsche, zwei Paar Strümpfe, eine Schürze und eine Bluse. Und meine beiden kostbaren Schätze, meine Rassel und mein Liederbuch. Mein einziges Paar Schuhe, das ich besaß, trug ich an den Füßen, wie auch die Jacke für die Wintermonate, einen Rock und einen grob gestrickten Pullover. Ein Kopftuch schützte meine Ohren vor der Kälte.

„Alexander, ich habe hier einen Brief für Gabi. Bitte gib ihn ihr, ich bringe es nicht übers Herz, mich von ihr zu verabschieden. Darin ist alles erklärt. Sag ihr, dass sie die beste Freundin ist, die man sich wünschen kann, und dass ich sie nie vergessen werde."

Alexander nickte, steckte den Brief in seine Jackentasche und entnahm ihr gleichzeitig einen kleinen Lederbeutel.

„Lizzy, ich will dir das geben. Es ist etwas Geld, nicht viel, ich hab es gesammelt, wenn wir für das Beerenpflücken oder Äpfelsammeln von den Bauern einmal ein paar Münzen bekommen haben. Es soll dir zumindest die Fahrt mit dem Bus ermöglichen, wohin auch immer dich dein Weg führen wird."

So hielt ich nun in der einen Hand die Kette und in der anderen den Geldbeutel und konnte es doch nicht erkennen, da mir meine Tränen die Sicht nahmen. Alexander zog mich in seine Arme, er hielt mich fest an sich gedrückt. „Ich liebe dich, Lizzy, ich werde dich nie vergessen, sei vorsichtig und werde glücklich."

„Ich danke dir für alles, mein geliebter Alexander. Ich liebe dich auch, das wird sich nie ändern."

Dann nahm ich meinen Koffer, drückte Alexanders Geschenke an mich und machte mich auf den Weg, durch die Zaunöffnung am hinteren Ende des Grundstückes den Wald entlang Richtung Landstraße. Ich drehte mich nicht um, es hätte mir das Herz nur schwerer gemacht.

Je weiter ich mich vom Haus entfernte, umso dichter wurde der Nebel. Ich wollte die Landstraße erreichen, von der ich wusste, dass es in einiger Entfernung eine Bushaltestelle mit einem Wartehäuschen gab. Dort wollte ich ausharren bis zum Morgen und dann den Bus in Richtung Wien besteigen. Es war ein Gang in eine ungewisse Zukunft, aber es war meine Zukunft.

Kapitel 5 – November 1970 – Wien

„Lass sie sofort los, du verdammter Wichser!"
Eine laute, tiefe Stimme donnerte durch die dunkle Gasse am
Rande dieser großen Stadt. Ich lag am Boden, sämtliche Knochen
taten mir weh, ich schmeckte Blut, das mir aus meiner Nase in den
Mund tropfte. Ein schwerer Körper drückte mich noch immer zu
Boden. So sehr ich auch versuchte, mich zu wehren, ich hatte keine
Chance, mich aus dieser misslichen Lage zu befreien. Ich weinte,
ich schrie, aus Angst, Verzweiflung und Schmerz. Meine Bluse war
zerrissen und ich spürte die wulstigen Finger meines Angreifers
in meinem Dekolleté. Seine Augen waren voll blanker Gier und
sein Mund zu einem höhnischen Lächeln verzogen. Er stank, nach
Alkohol, nach Rauch und Schweiß. Ich zitterte, ich flehte, bat um
Gnade, doch das schien den Mann nur noch mehr anzustacheln.
Plötzlich packte jemand an seinen Haaren, zog ihn mit einer unge-
ahnten Wucht von mir und ich hörte nur einen dumpfen Schlag,
ein lautes Aufstöhnen und ein Geräusch, als würden Knochen brechen. Ich krümmte mich zu einem kleinen Bündel zusammen, auf
dem kalten, nassen Kopfsteinpflaster und wimmerte, hielt mir den
Bauch und weinte.

„Hau ab, du Arschloch, und lass dich hier nie wieder blicken.
Wenn ich dich noch einmal sehe, breche ich dir sämtliche Knochen!" Und dann hörte ich nur mehr Schritte, die sich rasch entfernten und spürte eine Hand an meinem Kopf.

„Hey, Kleine, alles ist gut, der ist weg und kommt nicht wieder.
Komm, schau mich an, tut dir was weh, bist du verletzt?"

Es war dieselbe Stimme, die meinen Angreifer in die Flucht
geschlagen hatte, jedoch war von dem Zorn und der Wut nun nichts
mehr zu hören, im Gegenteil, sie war sanft, beruhigend, tief und
vertrauenerweckend. Ich drehte meinen Kopf und sah meinen Retter an. Er kniete neben mir auf dem Boden und sah mich besorgt
an. Es waren unglaubliche blaue, ausdrucksstarke Augen, die mir
entgegenblickten. Sein etwas längeres blondes Haar hing ihm in
Strähnen ins Gesicht und die nebelgeschwängerte Luft hatte es

feucht gemacht. Weil ich noch immer nichts sagte, aber am ganzen Körper zitterte, zog er seine Jacke aus und legte sie um mich. „Du musst vor mir keine Angst haben. Ich tu dir nichts. Aber du musst schon mit mir reden, wenn ich dir helfen soll. Vor allem muss ich wissen, ob du verletzt bist."

Mir war kalt, ich hatte mir beim Sturz auf den Boden wohl ein paar blaue Flecken zugezogen und meine Wange schmerzte, da mich mein Angreifer ins Gesicht geschlagen hatte, von daher kam wohl auch das Blut aus meiner Nase. Doch ich konnte mich bewegen. Langsam setzte ich mich auf. „Wer bist du?", frage ich leise, und meine Zähne klapperten. „Ich bin Sniper", antwortete mein Retter, und dann lächelte er mich an, Es war ein Lächeln, als würde die Sonne aufgehen, es erfasste sein ganzes Gesicht. Langsam richtete ich mich auf. Ich zog seine Jacke eng um mich, da meine zerrissene Bluse kaum Schutz bot. Meine eigene Jacke lag ein Stück weiter weg am Boden, meine Strümpfe waren zerrissen und mein Koffer aufgesprungen, sodass mein weniges Hab und Gut am Boden verstreut um mich herum lag.

„Sniper, diesen Namen habe ich noch nie gehört. Heißt du denn wirklich so?", frage ich ungläubig. „Alle, die mich kennen, nennen mich so, Kleine. Wie heißt du denn?" „Ich bin Lizzy, also Elisabeth, aber meine Freunde nennen mich Lizzy." „Nun gut, schöne Lizzy, komm, ich helf dir hoch, nimm meine Hand und dann erzählst du mir, woher du kommst und was dich in diese dunkle Gasse treibt. Ein Mädchen hat hier alleine nichts verloren."

Nicht einmal einen Tag war es her, dass ich aus dem Waisenhaus geflüchtet war mit der Erwartung auf eine Zukunft, die mehr für mich bereithielt als das trostlose, peinigende Leben, das ich bislang geführt hatte. Eine Stunde war ich unterwegs gewesen, bis ich an der Bushaltestelle an der Hauptstraße ankam. Dort saß ich im Wartehäuschen bis zum Morgen und bestieg den ersten Bus, der nach Wien fuhr. Wien war mein Ziel, die große Stadt. Dort erhoffte ich, dass sich meine Träume erfüllten, meine Sehnsucht nach Selbstbestimmung und Freiheit. Ich hatte mir keine näheren Gedanken gemacht oder konkrete Pläne geschmiedet, ich wollte nur weg und trug die Zuversicht im Herzen, dass sich alles ergeben würde. Wie naiv ich doch war, dachte ich mir in diesem Moment. Das Geld, welches Alexander mir zugesteckt hatte, reichte für die Fahrkarte und mir blieben sogar noch einige Münzen übrig. Davon kaufte ich mir während eines kurzen Halts einen Apfel und einen kleinen Laib Brot. Dies sollte vorerst meinen Hunger stillen. Die Fahrt ging über mehrere Stunden, denn der Bus passierte viele Haltestellen und ich drückte mir die Nase an der Scheibe platt von all den Eindrücken, der Landschaft, die am Fenster vorbeizogen.

Es war später Nachmittag und es war sehr düster, als der Bus am Rande der Stadt hielt. Es war die Endstation und so musste ich gezwungenermaßen aussteigen. Ich war erst unschlüssig, wohin ich gehen sollte, und mir kamen Zweifel, wie es nun weitergehen sollte. Doch dann sprach ich mir selbst Mut zu, richtete ein stilles Gebet an den Herrn, mich zu leiten, und marschierte los, immer geradeaus. Ich hatte zwei gesunde Hände, war fleißig und würde mir als Erstes eine Arbeit suchen, die mir auch ein Dach über dem Kopf bot. Alles andere würde sich mit der Zeit ergeben. Es begegneten mir viele Menschen, doch keiner beachtete mich, dieses unscheinbare Wesen in alter Kleidung, klobigen Schuhen an den Füßen und einem Koffer in der Hand. Wie lange ich unterwegs war, konnte ich nicht sagen, das Zeitgefühl war mir abhanden gekommen. Doch es wurde immer dunkler und die Sorge immer größer, wo ich die Nacht verbringen würde. Ein Zimmer zu bezahlen, dafür besaß ich kein Geld, vielleicht fand ich ja ein Geschäft oder eine Wirtschaft, die mich aufnahmen und wo ich für meine Unterkunft arbeiten konnte. Wie ich in dieser Gasse landete, wusste ich nicht mehr, nur dass ich plötzlich einen korpulenten, dunkel gekleideten Mann mit einer Schirmmütze und einem finsteren Gesicht auf mich zukommen sah. Das Einzige, das ich wahrnahm, war seine kratzige Stimme, die sagte: „Na, wen haben wir denn da?" Und im nächsten Moment packte er mich am Kopf und riss mich zu Boden. Ich schrie, vor Schmerz, vor Angst. Mein Koffer polterte zu Boden und dann kniete er über mir und schlug mir ins Gesicht. „Halt die Klappe, du kommst gerade recht. Lass uns ein wenig Spaß haben."

Und dann spürte ich nur mehr seine Finger, die sich an meiner Kleidung zu schaffen machten, bis ihn starke Hände von mir rissen.

„Na komm, Kleine, ich seh' schon, du bist noch völlig durcheinander, was ja kein Wunder ist. Ich bin jetzt da und werde mich um dich kümmern. Wir finden schon eine Lösung. Jetzt musst du erst mal ins Warme und alles Weitere wird sich ergeben." Sniper sammelte meine Habseligkeiten vom Boden auf, verstaute alles in meinem Koffer, nahm ihn in die Hand und reichte mir seine andere. „Komm, ich bring dich zu Freunden von mir. Dort ist es warm, da gibt es etwas zu essen und sicher auch ein freies Bett für dich. Dann erzählst du mir, was dich hierher führt und dann sehen wir weiter."

Obwohl dieser Mann ein völlig Fremder für mich war, fasste ich sofort Vertrauen zu ihm und folgte ihm vorbehaltlos durch das mittlerweile dunkle Wien. Wir durchquerten einige Gassen und trotz des soeben Erlebten bestaunte ich voll Ehrfurcht die mächtigen, alten Häuser, den Trubel, der dieser Stadt anhaftete. So etwas kannte ich nicht. Ich wusste nur aus Erzählungen und dem Schulunterricht, dass Wien unsere Hauptstadt war und dass hier das Leben pulsierte. Es war eine Stadt voll von Geschichte und auch die Stadt der Musik. Ja, Musik, das war, was in mir den Entschluss reifen ließ, Wien als mein Ziel auszuwählen. Musik, das Singen, erfüllte meine Seele. Wenn ich sang, dann war ich gefangen in einer Welt voller Helligkeit und Wohlempfinden. Ich war nicht belesen und kundig im Wissen um das Wirken großer Künstler und Komponisten, doch ich wusste, dass im Laufe der Geschichte wundervolle Musik dieser Stadt entsprang und in die Welt hinaus getragen wurde.

Sniper verlangsamte seine Schritte und hielt vor einem großen Tor. Im oberen Teil waren bunte Glasfenster eingearbeitet und auf beiden Seiten des Tores hing eine Laterne, die ihr Licht verströmte. Über dem Tor war ein Schild aus Schmiedeeisen angebracht, worauf stand „Wirtshaus zum lustigen Franz".

Sniper wandte sich mir zu: „Dieses Wirtshaus gehört sehr guten Freunden von mir. Es ist ein älteres Ehepaar, Franz und Theresa Walters. Sie werden dir helfen können. Komm, wir gehen hinein, da ist es warm und du wirst sehen, es wird sich alles zum Guten wenden." Sniper drückte meine Hand, lächelte mich an und schob mich durch das Eingangstor hinein in die Gaststube. Drinnen war es gemütlich warm. An den mit Holz getäfelten Wänden standen Tische, die je vier Personen Platz boten, und in der Mitte des Raumes gab es einen großen Tisch mit vielen Stühlen darum. Am Ende des Raumes befand sich ein Tresen, vor dem Hocker standen, auf die man sich setzen konnte. Nur wenige Menschen saßen im Gastraum und sie bedachten uns beide nur mit einem kurzen Seitenblick. Sniper steuerte auf den Tresen zu, hinter dem ein älterer Mann mit einem runden, freundlichen Gesicht und eine Frau mit weißem Haar, das sie zu einem Knoten hochgebunden hatte, standen. Beide strahlten, als wir auf sie zukamen. Die Frau rief: „Sniper, mein lieber Junge, dich haben wir ja schon seit Ewigkeiten nicht gesehen. Wen bringst du uns denn da mit?" Der Mann kam hinter dem Tresen hervor und schlug Sniper freundschaftlich auf die Schulter. „Wie schön, dass du dich mal wieder blicken lässt." Dann sah er mich freundlich an. „Und wer bist du?" Doch plötzlich veränderte sich sein Blick, seine Augen wurden schmal und er presste hervor: „Mädchen, du bist ja blau unter dem Auge und da klebt Blut im Gesicht. Sniper, verdammt, was ist da los? Was ist mit dem Mädel passiert?" „Franz, jetzt sei nicht so energisch", ertönte die Stimme der älteren Frau. „Die Kleine ist ja völlig verängstigt. Ihr setzt euch jetzt mal am besten dort in die Ecke und ich bringe euch etwas zu essen und dann reden wir."

Das waren dann wohl die Wirtsleute, Franz und Theresa, dachte ich mir. Sniper und ich nahmen am Tisch in der Ecke Platz und wenige Minuten später stand eine heiße, köstlich duftende Suppe vor mir. Theresa forderte mich mit einer einladenden, freundlichen Geste auf, zuzulangen, und ich aß mit großem Appetit. Es schmeckte köstlich und jetzt spürte ich auch, wie ausgehungert ich war. Außerdem wärmte mich die heiße Suppe von innen. Schon nach kurzer Zeit hatten Sniper und ich unsere Mahlzeit beendet und dann lehnten sich meine Gastgeber erwartungsvoll zurück. „Nun, das ist Lizzy", erklärte Sniper, ich habe sie einige Gassen weiter weg von hier aufgegabelt. Ein schmieriger Kerl wollte sich an ihr vergehen. Ich kam gerade im richtigen Moment." Theresa schlug die Hand vor den Mund und keuchte vor Schrecken auf. „Oh mein Gott, dieser miese Kerl hat dich verletzt. Du armes Ding. Da kam unser lieber Sniper wohl im rechten Moment. Aber jetzt erzähl' uns, woher du kommst und was dich hierher führt." Meine drei Zuhörer schauten mich erwartungsvoll an, Sniper legte seinen Arm um mich und strich besänftigend über meine Schulter. Und ich begann zu erzählen. Von meiner Flucht aus dem Waisenhaus, meiner Kindheit und Jugend, die ich dort verlebt hatte und meinen Träumen und Sehnsüchten, die schließlich den Wunsch in mir reifen ließen, nach Wien zu kommen. Von Alexander erzählte ich nichts. Zu sehr schmerzte es mich, ihn verlassen zu haben und ihn wahrscheinlich nie mehr wieder zu sehen. Die Mienen meiner Zuhörer wirkten betreten. Theresa wischte sich mit dem Schürzenzipfel über die Augen und es war schließlich Sniper, der als Erster wieder seine Stimme fand.

„Franz, euer Wirtshaus ist gut besucht, ihr habt mehr als genug Arbeit und könntet sicher eine tüchtige Hilfe in der Küche und im Service brauchen. Wie wäre es, wenn ihr Lizzy einstellt?" Meine Augen wurden groß. Sollte ich in all dem Elend doch noch so viel Glück haben und tatsächlich so rasch eine Bleibe und Arbeit bekommen? Etwas bange, da ich nicht wusste, was die Wirtsleute zu diesem Vorschlag meinten, sah ich die beiden an. Doch ihre Mienen hatten sich erhellt und Theresa lächelte. „Was für eine gute Idee, Sniper, wir suchen tatsächlich schon seit einiger Zeit eine Aushilfe. Wenn Lizzy einverstanden ist, kann sie sofort hierbleiben. Franz, was meinst du? Wäre das nicht ein Glücksfall, wenn das Mädel uns hier im Wirtshaus zur Hand geht?" Und Franz nickte zustimmend und wandte sich dann an mich. „Wir nehmen dich gerne bei uns auf. Du kannst die Servicearbeiten übernehmen und auch hinter der Schank und in der Küche helfen, wenn es notwendig ist. Dafür bekommst du kostenloses Essen und kannst in der kleinen Dachwohnung oberhalb des Wirtshauses wohnen. Es ist nicht groß, aber sauber und mit dem Notwendigsten eingerichtet. Das Trinkgeld kannst du behalten und wenn du tüchtig bist, können wir gerne über ein Taschengeld reden, das du noch zusätzlich bekommst."

Ich konnte es kaum glauben, sollte das wirklich wahr sein? Sollte es das Schicksal so gnädig mit mir meinen? Mein Blick ging zu Sniper, der breit lächelnd neben mir saß und zustimmend nickte. „Das alles hört sich großartig an, finde ich. Ich werde regelmäßig vorbeischauen Lizzy, dich besuchen und sehen, wie es dir geht. Schließlich habe ich dich heute retten dürfen und es sollte wohl so sein, dass wir beide uns begegnen. Franz, Theresa, ich danke euch sehr, dass ihr euch um Lizzy kümmert und sie bei euch aufnehmt. Ich mach mich dann auf den Weg." Sniper nahm mich in den Arm, drückte mich an sich und gab mir zum Abschied einen Kuss auf die Stirn. „Bis bald, kleine Lizzy, wir sehen uns, und pass gut auf dich auf." Nach einem herzlichen Abschied von den beiden Wirtsleuten und einem letzten Augenzwinkern für mich war Sniper weg und Theresa führte mich nach oben, um mir mein neues Zuhause zu zeigen.

Es war ein kleiner Raum unter einer Dachschräge, ausgestattet mit einem Bett und einem Nachtkästchen. Unter dem Fenster stand ein Tisch mit einem Sessel davor. Rechts davon war ein Kleiderschrank und den Boden bedeckte ein bunter Teppich aus Stoffresten. In der linken Zimmerecke befand sich ein Waschbecken mit einem Spiegel darüber.

„Ich hoffe, es gefällt dir, Lizzy", fragte mich Theresa freundlich. Dein Zimmer hat zwar kein eigenes Bad, aber du kannst das Bad am Ende des Flurs mitbenutzen. Daneben befindet sich auch die Toilette."

Ich war überwältigt und zu Tränen gerührt über das Glück und die Großzügigkeit, die mir hier entgegengebracht wurde, und so umarmte ich die Wirtin voller Dankbarkeit. „Danke, Frau Theresa, ich danke Ihnen beiden so sehr", schluchzte ich. Theresa strich mir über den Kopf, lächelte und wünschte mir dann eine gute Nacht.

Da saß ich nun, in einer fremden Stadt, in einem Zimmer, das plötzlich mir gehörte, das ich mit keinem teilen musste. Ein Tag voller schicksalhafter Begegnungen und Ereignisse lag hinter mir. Meine Hand legte sich um das Herz aus Holz, das mir Alexander geschenkt hatte und welches ich um den Hals trug, und ich fasste den Entschluss, dies als jene Chance zu sehen, die ich mir in meinen Träumen immer ausgemalt hatte.

Kapitel 6 – Sommer 1973

„Lizzy, bitte sing' für uns, wenigstens ein Lied!" „Ja, wir warten schon den ganzen Abend, bitte sing' etwas."

Die Runde Arbeiter aus der Brauerei um die Ecke, die jeden Abend nach getaner Arbeit hier bei uns einkehrten, winkten und riefen und das nette Ehepaar, das jeden Freitagabend zum Essen kam, stimmte in das Rufen mit ein. Sie wollten mich singen hören.

Wie immer am Freitag war der Gastgarten gut gefüllt, es gab kaum einen freien Platz. Dies war verständlich, denn es war eine laue Sommernacht und der Gastgarten des Wirtshauses ein lauschiger Platz. Die Tische und Sessel verteilen sich unter großen, Schatten spendenden Kastanienbäumen, rot-weiß karierte Tischdecken und Vasen mit Sommerblumen schufen eine heimelige, freundliche Atmosphäre und unsere Gäste fühlten sich wohl, was nicht zuletzt auf das gute Essen und den spritzigen Wein zurückzuführen war, die hier angeboten wurden.

In wenigen Monaten wurden es drei Jahre, die ich hier beim Wirteehepaar Walters lebte und arbeitete. Ich erinnerte mich noch sehr deutlich an die ersten Wochen in dieser für mich damals fremden Umgebung, in dieser großen Stadt mit den vielen fremden Menschen. Es war eine Zeit, in der ich mich oft in den Schlaf weinte. Obwohl mich Franz und Theresa, wie ich sie mittlerweile nannte, von Anfang an herzlich und liebevoll aufnahmen und behandelten, fühlte ich mich dennoch einsam und voll von Zweifeln, ob es die richtige Entscheidung gewesen war, zu fliehen in eine mir unbekannte Zukunft. Ich vermisste meine Freundin Gabi, doch am allermeisten vermisste ich Alexander, den ich liebte und im Herzen trug. Ja, ich liebte Alexander noch immer, obwohl mir bewusst war, dass ich ihn nie wiedersehen würde. Ich schrieb ihm Briefe, die ich nie abschickte, immer dann, wenn etwas Besonderes geschah oder ich mir meinen Kummer von der Seele schreiben wollte. Es war dies wie eine Therapie für mich, ein Zwiegespräch mit meinem Liebsten, das in meinen Gedanken und meiner Seele stattfand. Dann fühlte ich mich ihm nah und ich sah ihn vor mir, seine Augen, die mich mit liebevollem Blick bedachten, sein Lachen, das mir so präsent im Gedächtnis geblieben war.

Sniper war für mich in diesen Jahren zu einem unverzichtbaren Teil meines Lebens geworden. Ich verspürte zu ihm eine besondere Verbindung, es schien, als würden unsere Seelen im Gleichklang schwingen. Sniper berührte etwas in mir, ich fühlte mich ihm so nah, auch wenn er nicht da war. Diesem Gefühl einen Namen zu geben, war nicht einfach. Hätte es Alexander nicht gegeben, hätte ich es Liebe genannt. Doch vielleicht gab es ja unterschiedliche Arten von Liebe, darüber dachte ich oft nach.

Sniper kam jeden Abend in das Wirtshaus, um mich zu besuchen und mit mir zu reden. Immer um dieselbe Zeit tauchte er auf und nahm am Tresen Platz, bestellte sich ein Glas Bier und blieb, bis meine Arbeit beendet war. Ich wusste nicht, was er den Tag über so machte, womit er seine Zeit verbrachte. Ich wusste nur, dass er es sich zur Aufgabe gemacht hatte, für mich da zu sein, mir Kraft und Halt zu geben. Auch Franz und Theresa hatten Sniper in ihr Herz geschlossen. Sie kannten sich schon eine lange Zeit, doch es kam mir nie in den Sinn, die beiden über Sniper auszufragen, das war nicht meine Art und es stand mir nicht zu. Ich genoss es, dass mir Sniper so viel Aufmerksamkeit entgegenbrachte, und wir fassten sehr rasch Vertrauen zueinander.

Die Gäste mochten mich, ich war stets freundlich, hatte mich rasch in meine Aufgaben eingearbeitet und war fleißig. Doch es gab auch Momente, in denen ein Gast versuchte, mir zu nahe zu kommen oder mich mit flapsigen Sprüchen versuchte anzumachen, vor allem dann, wenn der Alkohol reichlich floss. Doch Sniper war immer zur Stelle, nahm mich in Schutz und wies denjenigen in die Schranken, sodass es sich bald herumsprach, dass ich unter einem besonderen Schutz stand. Ich hatte auch keinerlei Interesse daran, mit einem der Gäste mich einzulassen, obwohl mir des Öfteren anerkennende Blicke zugeworfen oder eindeutige Angebote gemacht wurden. Mein Herz gehörte Alexander.

Wie immer in den warmen Sommermonaten war ich barfuß unterwegs, um Getränke und Speisen den Gästen zu servieren oder die Tische abzuräumen. Anfangs belächelten mich die Leute, auch Franz und Theresa waren verwundert, doch ich erklärte ihnen, dass ich es von Kind auf so gewohnt sei, denn in der Zeit im Waisenhaus hatten wir Schuhwerk nur für die kalte Jahreszeit zur Verfügung. Ich summte leise eine Melodie vor mich hin und dies war wohl der Grund dafür, dass die Gäste mich singen hören wollten. Das Singen bekam immer mehr an Bedeutung für mich.

Als mich Franz und Theresa eines Tages dabei hörten, wie ich die mir vertrauten Kinderlieder sang, waren sie erstaunt, aber auch berührt von meiner klangvollen, schönen Stimme. „Kindchen, deine Stimme ist ja unglaublich schön", lobte mich Theresa. „Wo hast du das denn gelernt?" Und so erzählte ich ihnen, dass ich einfach schon immer gesungen hatte, von Kindheit an, ohne darüber nachzudenken, jene Lieder, die uns Schwester Maria im Waisenhaus vorgesungen hatte. Und so kam es, dass ich den beiden ab jenem Tag jeden Abend vorsang, bevor ich mich in mein Zimmer zurückzog. Auch Sniper war dabei, er blieb immer bis zur Sperrstunde, und er war es auch, der mir eines Tages ein Liederbuch mit den schönsten Wienerliedern schenkte. Immer, wenn der letzte Gast das Wirtshaus verlassen und Franz die Tür abgesperrt hatte, setzten sich die drei an einen der Tische und ich stand vor ihnen und sang. Es war für mich der schönste Moment des Tages, denn zu singen erfüllte mich mit Freude und die lächelnden und anerkennenden Mienen meines kleinen Publikums machten mich stolz und glücklich. Mein Repertoire an Liedern wurde immer größer und ich werde den Abend nie vergessen, an dem ich das erste Mal für die Gäste vom „Wirtshaus zum lustigen Franz" sang.

Es bedurfte der Überredungskunst mehrerer Tage durch Sniper, Franz und Theresa, bis sie mich soweit ermutigt hatten, dies zu wagen. Und so war es eine lauschige Sommernacht, als ich nach einer lautstarken Ankündigung durch Franz mich auf eine kleine improvisierte Bühne unter einen der Kastanienbäume stellte und sang.

„Im Prater blüh'n wieder die Bäume, in Simmering grünt schon der Wein, da kommen die seligen Träume, es muss wieder Frühlingszeit sein. Im Prater blüh'n wieder die Bäume, es leuchtet ihr duftendes Grün, drum küss, nur küss nicht säume, denn Frühling ist wieder in Wien."

Ich ging im Singen auf, meine Stimme war präsent, leicht, schwebte in dieser lieblichen Melodie dahin. Ich tat, was mir die größte Freude bereitete, ich sang und war losgelöst von all den trüben Gedanken und manchem Kummer, der mir oft den Schlaf raubte oder mich zum Weinen brachte. Das Singen war Balsam für meine Seele, und erst als ich den tosenden Applaus meines Publikums vernahm, kam ich wieder in der Wirklichkeit an, war mir bewusst, wo ich stand und dass ich zum ersten Mal in aller Öffentlichkeit Menschen an meiner Passion teilhaben ließ. Ich sah begeisterte Mienen, lächelnde Gesichter, Leute, die aufgestanden waren und begeistert applaudierten und „Bravo" riefen. Und dann sah ich direkt in das Gesicht von Sniper, der gelehnt an einen der Kastanienbäume am hinteren Ende des Gartens stand und mich strahlend anlächelte und anerkennend nickte. Und ich strahlte zurück und rieb mir verlegen meine Hände an meiner Schürze ab.

Ich stieg von dem kleinen Podium herunter und fand mich umgehend in einer festen Umarmung von Theresa und dann auch von Franz. Beide wischten sich verstohlen ein paar Tränen aus den Augenwinkeln und waren sichtlich gerührt. „Mädel, das war großartig", raunte Franz. „Du besitzt ein unglaubliches Talent. Wir würden dich gerne öfter singen hören. Was meinst du, würdest du einmal in der Woche für unsere Gäste singen? Natürlich wäre das Teil deiner Arbeitszeit und somit eine deiner Aufgaben. Ein Abend, an dem du, statt zu kellnern, für unser Publikum singst." Theresa nickte begeistert mit dem Kopf, zustimmend und mit einem bittenden Lächeln. Plötzlich spürte ich eine Hand, die sich von hinten um meine Schultern legte. Ich blickte zur Seite und direkt in Snipers strahlendes Gesicht. Er drückte mich an sich und raunte mir ins Ohr: „Das ist eine hervorragende Idee, Lizzy. Ergreif diese Chance, lass diese Gabe nicht ungenützt verkümmern, tu es!" Und er zog mich an sich und küsste mich auf den Scheitel. Ich sah ihm in die Augen, dann nacheinander Franz und Theresa an. War es nicht das, was ich mir insgeheim immer gewünscht hatte? War ich nicht in diese Stadt gekommen, um meine Träume zu verwirklichen? Was sollte mir schon geschehen, offensichtlich gefiel den Leuten, was sie gehört hatten. Ich fasste Mut, schob meine Bedenken zur Seite und nickte. „Gut, ich mach es. Wenn ihr an mich glaubt, will ich es auch tun. Ihr drei habt schon so viel für mich getan, wie könnte ich euch einen Wunsch abschlagen." Das Strahlen auf ihren Gesichtern und das zustimmende Murmeln besiegelte unsere Abmachung und ich machte mich wieder an die Arbeit, räumte die Tische ab, servierte Getränke, nahm hier ein lobendes Wort und dort ein Danke entgegen. Ich war in einer Art Hochstimmung gefangen, die ein angenehmes Bauchkribbeln in mir auslöste. Und in diesem Moment dachte ich an Alexander und wünschte mir, dass er mich sehen könnte, dass ich diesen Abend und all die Emotionen mit ihm teilen könnte. Als der letzte Gast gegangen war und die Arbeit erledigt, winkte mich Sniper nochmals zu sich. Er war, wie jeden Abend, bis zur Sperrstunde geblieben und begleitete mich bis vor mein Zimmer. Es herrschte ein nie hinterfragtes und von Beginn an vorherrschendes Vertrauen zwischen uns beiden und nie war es mir in den Sinn gekommen, dieses anzuzweifeln. Sniper wusste alles von mir, alles, bis auf die Sache mit Alexander. Vielleicht spürte er auch, dass es da jemanden in meinem Leben und in meinem Herzen gab, denn manchmal sah er mich mit einem Röntgenblick an, wenn ich in Melancholie zu versinken schien. Doch nie drängte er mich, niemals versuchte er, etwas aus mir heraus zu kitzeln, was ich nicht zu erzählen bereit war. Alles, was ich ihm anvertraute, geschah aus freiem Willen und einem inneren Bedürfnis. Niemand wusste so viel von mir wie Sniper, und wäre er jemand anderes gewesen, hätte er mich brechen, mich zerstören können. Doch es machte mir keine Angst, dass ich meine Seele vor ihm ausbreitete, denn es war Sniper, mein Seelenzwilling, der hier vor mir stand. Sniper zog mich nochmals in seine Arme, hielt mich für einige Augenblicke fest. Dann nahm er mich an den Schultern, schob mich ein wenig von sich, um mir in die Augen sehen zu können. Sein Blick war voller Wärme, liebevoll und stolz und diese mir mittlerweile so vertrauten blauen Augen lächelten so, wie es sein Mund tat. „Ich bin so stolz auf dich,

Lizzy. Du bezauberst die Menschen und das ist eine Gabe, die nicht viele besitzen. Geh mutig weiter, einen Schritt um den anderen und du weißt ja, ich bin immer da, stets zur Stelle, wenn du mal einen Schubser brauchst oder an einer Kreuzung stehst und nicht weißt, welche Richtung du einschlagen sollst. Und nun wünsche ich dir eine gute Nacht, schlaf gut und träum schön, kleine Lizzy." Und dann küsste er mich auf die Stirn drückte mich nochmal an sich, zwinkerte mir zu und verschwand die Treppen hinunter. Ich blickte ihm noch nach, als er schon längst nicht mehr zu sehen war. Mein Herz war voller Wärme für diesen wundervollen, geheimnisvollen Mann, dem ich schicksalhaft wortwörtlich vor die Füße gefallen war.

Ich betrat mein Zimmer, das im Dunkeln lag. Ich machte kein Licht an, der Schein der Straßenlaterne reichte aus, um den Raum in ein angenehmes Licht zu tauchen. Über die Jahre hatte ich es mir sehr gemütlich hier eingerichtet. Auf dem kleinen Tisch stand ein Krug, der immer mit frischen Blumen gefüllt war, ich hatte einige Bücher mir angeschafft, da ich festgestellt hatte, sehr gerne zu lesen, und auch ein paar Liederbücher waren in dieser Zeit in meinen Besitz gelangt. Auf dem Nachttisch lag mein kostbarster Schatz, die kleine Rassel, die bei mir gewesen war, als ich als Baby gefunden wurde und die ich dank Schwester Maria mein Eigen nennen durfte. Ich musste sie nicht mehr verstecken, sondern konnte mich an ihr erfreuen, wann immer es mein Wunsch war. Daneben lag die Kette mit dem Holzherz, mein Abschiedsgeschenk, welches Alexander mir damals gab, in dieser nebelverhangenen Nacht. Sie bei der Arbeit zu tragen, getraute ich mir nicht zu, viel zu groß war meine Angst, sie zu verlieren, war sie doch das Einzige, was mir von Alexander geblieben war.

Da ich schon nach wenigen Wochen Anstellung bei Franz und Theresa ein Taschengeld bekam und auch das Trinkgeld behalten durfte, war es mir möglich, mir ein paar Kleidungsstücke zu kaufen. Ich besaß nun ein paar Kleider, zwei Paar Schuhe für die kalte Jahreszeit, einen warmen Mantel, einige Blusen und Röcke und zwei warme Pullover. Meine Arbeitskleidung wurde mir gestellt: Schwarzer Rock mit weißer Bluse und schwarzes Kleid mit weißer

Schürze sowie ein paar bequeme schwarze Arbeitsschuhe. Jedes Mal, wenn ich am Abend nach getaner Arbeit hier hoch kam und mich umsah, konnte ich mein Glück kaum fassen. Ja, ich hatte unwahrscheinlich großes Glück gehabt, auf so wundervolle Menschen getroffen zu sein und dies hier als mein Zuhause anzusehen. Franz und Theresa waren wie Eltern für mich, sie hatten mich ins Herz geschlossen, so wie ich sie und Sniper – ja, Sniper war ebenso wie ein kostbarer Schatz für mich geworden.

Ich wusch mich im Waschbecken, putze meine Zähne, zog mir mein Nachthemd an und legte mich ins Bett, von dem aus ich aus dem Fenster direkt in die Sterne sehen konnte. Und wie jeden Abend galten meine letzten Gedanken Alexander. Heute war ich zu müde, doch morgen, morgen würde ich ihm wieder schreiben und von diesem außergewöhnlichen Abend erzählen. Ein weiterer Brief, der ihn nie erreichen würde, und dennoch lag noch immer die Hoffnung in mir, dass mich Alexander genauso in seinem Herzen trug wie ich ihn.

Kapitel 7 – Herbst 1975

„Fräulein, das war wundervoll, ganz wundervoll! Ich gratuliere Ihnen." Es war wieder Freitagabend und ich hatte meine Gesangsdarbietung gerade mit „Wien, Wien, nur du allein" beendet, ein Lied, welches mittlerweile zu meinem Lieblingslied geworden war und mit dem ich jeden meiner Liederabende beendete. Der Text sprach mir aus der Seele „Wien, Wien, nur du allein, sollst stets die Stadt meiner Träume sein. Dort, wo ich glücklich und selig bin, ist Wien, ist Wien, mein Wien."

Ja, ich war hier glücklich und hier hatten sich einige meiner insgeheimen Träume erfüllt. Mein Leben hatte sich gewandelt, ich hatte Arbeit, Freunde, war beliebt, besaß einige Habseligkeiten, die nur mir gehörten, und niemand konnte vermuten, woher ich kam und welches Schicksal mich hierher, in diese Stadt verschlug. Doch trotz all den gütlichen Wendungen des Schicksals war mir meine Melancholie nicht gänzlich abhanden gekommen. Denn ich hatte meine Vergangenheit nie vergessen, sondern nur tief in mir vergraben. Vielleicht war es, um mich selbst zu schützen, doch ich wollte sie auch nicht aus meinen Erinnerungen verbannen, denn sie war ein Teil von mir, sie hatte mich geformt und zu dem Menschen gemacht, der ich bin. Und dann war da Alexander, den ich in jedem Moment, wenn ich die Augen schloss und an ihn dachte, vor mir sah, sein Lächeln wahrnahm, beinahe seinen Duft riechen konnte und der mein Herz noch immer dazu brachte, schneller zu schlagen. Ich liebte Alexander noch immer und ich wusste, ganz tief in mir drin, dass sich dies nie ändern würde. Die Erinnerung an ihn war es auch, die in manchen Momenten mein Glück hier trübte, aus dem Wissen heraus, dass es für uns keine Zukunft gegeben hatte und nie geben würde. Und andererseits erfüllte es mich mit tiefer Dankbarkeit, überhaupt etwas derart Intensives und Besonderes empfinden zu dürfen, lieben zu dürfen, auch wenn es sich auf das Empfinden in meinem Herzen beschränkte. Und ich vermisste Gabi, meine allerliebste, beste Freundin, an die ich so oft dachte und mir immer erhoffte, dass es das Schicksal auch mit ihr gut gemeint hatte.

Im heurigen Jahr war es recht früh Herbst geworden und der Nebel ein steter Begleiter der Abende. So auch heute, sodass ich meine Gesangsdarbietung schon vor einigen Wochen in die Gaststube verlegt hatte, da keiner der Gäste sich im Freien mehr aufhalten wollte.

Franz hatte zu diesem Zweck schon im Herbst des ersten Jahres, als ich jeden Freitag für die Gäste sang, die kleine Bühne in der Mitte der Gaststube aufgebaut. Von dort aus konnte mich jeder der Gäste gut sehen und mein Gesang war auch in der letzten Ecke des Gastraumes noch gut zu hören.

Einige Monate, nachdem ich zu singen begonnen hatte, kam Franz mit dem Vorschlag, ob ich nicht von einer Schrammelmusik begleitet werden möchte. Dieser Begriff war mir absolut fremd und so muss ich wohl auch ausgesehen haben, mit fragenden Augen und unwissender Miene. Denn Franz hatte gelacht und mir dann erklärt, worum es sich bei den Schrammeln handelte. Es sei dies ein kleines Orchester, bestehend aus vier Musikern, die mit Knöpferlharmonika, Kontragitarre und zwei Violinen die so typische Wiener Volksmusik spielen. 1878 gründeten die Brüder Josef und Johann Schrammel gemeinsam mit Anton Strohmayer in Wien ein kleines Ensemble und boten volkstümliche Lieder, Tänze und Walzer in Heurigen und Gaststätten an. Mittlerweile gäbe es viele solcher Gruppen und die Schrammeln seien zu einer Art Wahrzeichen für Wien geworden. Franz meinte, dass es wundervoll zu meinem Gesang passen würde und stellte mir frei, es zu versuchen.

So war es an einem Montag, dem einzigen Tag der Woche, an welchem das Wirtshaus geschlossen war, dass vier Musiker die Gaststube betraten und schon von Franz, Theresa und mir erwartet wurden. Auch Sniper war da, so wie immer, wenn etwas Bedeutendes in meinem Leben passierte. Franz stellte mich den vier Herren vor und schwärmte von meinem Gesang und der Idee, dass sie mich von nun an begleiten sollten. Die Musiker waren begeistert davon, da es selten vorkam, dass ihre Musik von Gesang begleitet wurde. Anfangs noch etwas schüchtern und noch nicht vollkommen von dieser Idee überzeugt, rührte sich doch etwas in mir, als sie einfach zu spielen begannen. Das Wienerlied besaß eine Magie, der ich mich nicht entziehen konnte, und da ich mich mittlerweile schon ein paar Jahre damit beschäftigte und auch schon einige Liederbücher mein Eigen nannte, erkannte ich die Melodie sofort und stimmte mit ein in das Lied „Wenn der Herrgott net will, nutzt es gar nix." Auch dieses Lied barg so viel Wahrheit in sich und es berührte mich, wie es die Musik und das Singen einfach immer tat.

„Wenn der Herrgott net will, nutzt es gar nix, schrei net rum, bleib schön stumm, sag, es war nix. So war's immer, so bleibt es für ewige Zeit, einmal ob'n, einmal unt'n, einmal Freud', einmal Leid. Wenn der Herrgott net will, nutzt es gar nix, sei net bös', net nervös, denk, es war nix. Renn nur nicht gleich verzweifelt und kopflos herum, denn der Herrgott weiß immer warum."

Mit jeder Zeile gewann meine Stimme an Kraft und ich legte all meine Emotion in meinen Gesang. Ich fühlte, was ich sang, und als die Musik zu Ende war, war es anfangs mucksmäuschenstill. Gebannt starrte ich in die Gesichter der Menschen um mich herum. Theresa wischte sich mit dem Schürzenzipfel über die Augen und sagte mit belegter Stimme: „Kindchen, ich bin so gerührt. Das war wundervoll." Franz nickte mir aufmunternd zu und Sniper sah mich mit Stolz in den Augen an. Die Musiker standen auf und einer der vier reichte mir die Hand und meinte: „Schlag ein, Mädchen, lass uns von nun an gemeinsam musizieren. Du berührst die Menschen mit deiner Stimme. Ich denke, ich spreche für meine Kollegen da, wenn ich sage, dass wir dich von nun an mit Freuden musikalisch begleiten möchten."

Dieser Tag war der Beginn eines von nun an jeden Freitagabend stattfindenden kleinen Konzertes im „Wirtshaus zum lustigen Franz". Rasch machte die Neuigkeit die Runde, dass in diesem Lokal echtes, altes Wienerlied dargeboten wurde, und an manchen

Abenden gab es kaum Platz für all die Menschen, sowohl Bewohner aus den umliegenden Häusern als auch Touristen, die hereinströmten, um sich neben Speisen und Getränken auch einen Ohrenschmaus zu gönnen.

Darum war ich zuerst nicht überrascht, als ich die Stimme eines Mannes hörte, der mich nach dem letzten Lied dieses Abends ansprach. Sehr oft durfte ich ein lobendes Wort neben dem Applaus der Gäste dankbar hören. Doch als ich dieser nasalen Stimme meine Aufmerksamkeit entgegenbrachte und dem Mann in das Gesicht sah, wich ich instinktiv sofort zurück. Der Mann war elegant gekleidet, trug einen dunklen Anzug. Eine Brille saß tief auf seiner Nase und er kräuselte die Lippen zu einem vermeintlich charmanten Lächeln, das jedoch keinesfalls diese Wirkung auf mich hatte, im Gegenteil, in Kombination mit seinem stechenden Blick, der auf mich gerichtet war, ging ich innerlich auf Abwehr. Doch all das schien der Mann nicht zu bemerken. Er lüftete seinen Hut, deutete eine Verbeugung an und sagte: „Darf ich mich vorstellen? Mein Name ist Anton Rudolfssen. Ich bin Gesangslehrer und immer auf der Suche nach unentdeckten Talenten und scheinbar habe ich heute Glück und ein wahrhaft außergewöhnliches Talent gefunden. Ich würde Ihnen gerne anbieten, Gesangsunterricht bei mir zu nehmen, denn auf Dauer wird es Ihnen doch sicherlich nicht reichen, in dieser Umgebung Ihr Talent zu verschwenden. Sie gehören auf die Bühne, vor ein großes Publikum. Sie sind ein Rohdiamant, der nach einem Schliff in den schönsten Facetten erstrahlen wird. Wie sieht es aus, haben Sie Interesse? Es wäre mir eine Ehre und ein Vergnügen."

Wie aus dem Nichts tauchte plötzlich Sniper neben mir auf, legte seinen Arm um mich und fragte mich besorgt, ob alles in Ordnung sei. Er hatte wohl von Weitem gesehen, dass ich von diesem Mann angesprochen worden war und ziemlich sprachlos und mit einem etwas verzweifelten Blick dastand. Snipers Blick heftete sich auf den von Rudolfssen. Dieser hob wie zur Abwehr seine Hände und sagte, dass er von meiner Darbietung begeistert sei und mir den Vorschlag für Gesangsstunden in seinem Institut gemacht habe.

Sniper sah mich an. „Lizzy, was sagst du denn dazu? Möchtest du das? Es wäre wahrlich eine Chance und etwas, das dir vielleicht ungeahnte Möglichkeiten eröffnet. Doch du musst es auch wollen, niemand zwingt dich zu etwas."

In mir tobten zwei unterschiedliche Stimmen, die eine, die mir zurief, diese Chance nicht ungenützt verstreichen zu lassen und die andere, die mir zuwisperte, mich nicht auf diesen fremden Mann einzulassen. Und so flüsterte ich Sniper zu, dass ich ein komisches Gefühl bei diesem Mann habe, das Angebot mir aber sehr schmeichelte und Gesangsstunden etwas wären, das ich großartig finden würde, doch diese wahrscheinlich gar nicht bezahlen würde können.

Rudolfssen dürfte meine Bedenken gehört haben und machte eine abwehrende Handbewegung. „Über Geld reden wir erstmal nicht, Fräulein. Was halten Sie von dem Vorschlag, dass Sie mich in meinem Institut aufsuchen und eine Probestunde nehmen? Sollte die Chemie zwischen uns stimmen und Ihnen die Arbeit mit mir zusagen, dann werden wir uns über den Preis für den Unterricht bestimmt einig. Na, was meinen Sie?" Sniper überlegte kurz und nickte dann. „Lizzy, das klingt nach einem vernünftigen Vorschlag." „Sehen Sie, Ihr Freund sieht das vollkommen richtig. Wann ist Ihr freier Tag? Mein Institut liegt nur einige Häuserblocks von hier entfernt. Sie können es gut zu Fuß erreichen." Und so vereinbarten wir, dass ich am kommenden Montagnachmittag meine erste Gesangsstunde nehmen sollte.

Das Wochenende verflog, denn das Wirtshaus war wie immer gut besucht und so kam ich vor lauter Arbeit kaum dazu, über den Montag nachzudenken.

Sniper hatte mir versprochen, mich bei diesem besonderen Schritt zu begleiten und so stand er vor dem Tor, als ich am Montagnachmittag aus dem Haus kam. Die Gesangsstunde war für 16 Uhr anberaumt, jetzt war es 30 Minuten davor, und obwohl es Nachmittag war, herrschte düsteres Wetter, unnachgiebig hielt sich der Nebel zwischen den Häusern und in den Gassen. Ich trug eines meiner schöneren Kleider, das ich nur anzog, wenn ich das Haus verließ, um an meinem freien Tag durch Wien zu spazieren und ab und zu in einem Wiener Kaffeehaus eine Melange zu trinken. Sehr selten gönnte ich mir auch den Luxus, dazu ein Stück Sachertorte zu bestellen, obwohl dies eine Köstlichkeit war. Doch Übermaß war ich nicht gewohnt und jede unnütze Ausgabe meines Lohnes machte mir ein schlechtes Gewissen. Viel lieber sparte ich das Geld für etwas, das vielleicht in Zukunft auf mich wartete, ohne zu wissen, was dies genau sein sollte.

Darüber hatte ich meinen einzigen Mantel gezogen, da es am Abend schon ziemlich kühl war und ich mir ungern eine Verkühlung zuziehen wollte. Sniper lächelte, als er mich sah, hob anerkennend eine Augenbraue und bot mir seinen Arm. „Mein Fräulein, Sie sehen hinreißend aus. Darf ich Sie ein Stück Ihres Weges begleiten?"

Ich kicherte, Snipers Humor brachte mich so oft zum Lachen. Ich mochte es, liebte es, was er aus mir herauskitzelte und wie sehr er mein Leben bereicherte.

„Sehr gerne, der Herr", antwortete ich keck, hackte mich unter und erwiderte sein Lächeln. Wir liefen in vertrautem Schweigen nebeneinander her. Sniper kannte den Weg zu der Adresse, die Herr Rudolfssen mir gegeben hatte. Ab und zu machte er mich auf etwas aufmerksam, eine besonders schöne Häuserfront, ein berühmtes Gebäude, eine Sehenswürdigkeit, deren es viele in Wien gab.

Nach etwa 20 Minuten standen wir vor der angegebenen Adresse. Es war eines der alten Bürgerhäuser, das in einer etwas versteckten Gasse stand. Sniper suchte unter den vielen Türschildern nach dem Namen Rudolfssen und drückte die Klingel. Gleich darauf ertönte eine Stimme aus dem Lautsprecher, unverkennbar Rudolfssens Stimme. „Fräulein Elisabeth, sind Sie das? Kommen Sie doch herauf in den 3. Stock, ich werde Sie an der Eingangstür erwarten." Sniper und ich betraten den Hausflur und stiegen die Stufen der Steintreppe nach oben. Das schmiedeeiserne Geländer war wunderbar verschnörkelt gearbeitet, doch die Wandfarbe des Flurs blätterte schon an so manchen Stellen ab. Als wir den 3. Stock erreichten, wartete mein Gesangslehrer schon vor der Haustür, doch als er mich in Begleitung von Sniper sah, verzog sich sein Gesicht zu einer steinernen Miene, sein Lächeln erstarb und indigniert sagte er: „Sie sind nicht alleine gekommen, Fräulein Elisabeth?" „Nein", antwortete ich leise, mein lieber Freund hat sich bereit erklärt, mich bei diesem wichtigen Schritt zu begleiten, wofür ich ihm sehr dankbar bin."

„Fräulein Elisabeth, das ist ja ganz wunderbar, aber unsere Arbeit wird nur Erfolg haben, wenn wir ganz ungestört sind. Jede Art von Ablenkung wird uns nicht einen Schritt nach vor bringen, sondern einen Schritt zurückwerfen. Wenn es Ihnen so viel bedeutet, so kann Ihr Freund ja gerne hier vor der Tür warten und Sie wieder nach Hause begleiten, wenn die Unterrichtsstunde fertig ist."

Fragend sah ich Sniper an. Dieser fixierte Rudolfssen mit einem Blick, wandte sich dann mir zu und strich mir beruhigend über den Arm. „Ich warte hier Lizzy, ich geh keinen Schritt weg. Schau, ich setz mich hier auf die Stufen und werde einfach warten, hab keine Sorge."

Und so folgte ich Rudolfssen in seine Wohnung, und als die Tür ins Schloss fiel, fühlte es sich so an, als sei ich gefangen. Doch Rudolfssen plapperte munter vor sich hin, erzählte mir von seinen Erfolgen, von Berühmtheiten, die er unterrichtet hätte und dass er sich schon sehr auf die Zusammenarbeit mit mir freuen würde.

Dann betraten wir einen Raum, ich würde es einen Salon nennen, wären die darin befindlichen Möbel in einem etwas gepflegteren Zustand gewesen. In der Mitte des Raumes stand ein alter Flügel, links davon eine Kommode, auf der Berge von Papieren, Noten und allerlei Krimskrams lagen. An der rechten Wand stand eine altmodisch aussehende Sitzgruppe, bestehend aus einem Sofa und zwei großen Ohrensesseln. Der grüne Stoff sah schon sehr zerschlissen aus und auch das Tischchen in der Mitte hatte schon bessere Tage gesehen. Rudolfssen schloss die Tür und rieb sich die Hände.

„Nun, Fräulein Elisabeth, ich bin wirklich entzückt, dass Sie sich dazu entschlossen haben, sich in meine fähigen Hände zu begeben. Sie werden feststellen und es spüren, wie unsere Arbeit von Erfolg gekrönt sein wird." Seine geschwollene Art zu reden imponierte mir keineswegs, im Gegenteil, ich fand sie schmierig, ich würde sogar sagen, abstoßend. Doch ich war nun mal hier und insgeheim wollte ich ja einen Schritt weiter kommen und wenn dies nur mit Hilfe von Rudolfssen möglich war, dann sollte es so sein. Rudolfssen setzte sich ans Klavier. „Stellen Sie sich hier neben mich, an den Flügel. Wir beginnen mit ganz einfachen Übungen, um Ihre Stimme aufzuwärmen. Ich werde Ihnen eine Notenfolge vorspielen und Sie versuchen, diese mit ma, ma, ma, ma, ma nachzusingen. Sind Sie bereit?" Ich nickte und er spielte die erste Abfolge. Ich war etwas eingeschüchtert und so klang meine Stimme sehr leise und sogar etwas krächzend. Rudolfssen schüttelte seinen Kopf. „Nein, Fräulein Elisabeth, so wird das nichts. Versuchen wir es nochmal. Sie müssen Ihren Kopf ausschalten, genau hinhören und dann einfach die Töne nachsingen. Am besten, Sie schließen dabei die Augen." Mir war nicht wohl dabei, nichts zu sehen, doch er würde wohl wissen, wie es richtig sei und so schloss ich meine Augen. Die nächste Tonfolge erklang und ich sang sie nach, nach meinem Befinden schon um einiges sicherer und voluminöser. Rudolfssen klatschte in die Hände. „Sehr gut, Fräulein Elisabeth, das hört sich schon allerliebst an. Probieren wir nun ein paar Tonleitern. Ich spiele diese vor und Sie singen sie mit einem la la la nach." Einige Minuten vergingen und ich sang Tonleiter um Tonleiter nach. Plötzlich hörte ich einen Sessel über den Holzboden knirschen und öffnete meine Augen. Rudolfssen war aufgestanden und hatte sich vor mich gestellt. Mit einem schiefen Lächeln im Gesicht sah er auf mich herab und meinte: „Das war nicht schlecht, nicht schlecht, meine Liebe. Aber die Atmung, es fehlt Ihnen an der richtigen Atmung. Nur wenn Sie diese beherrschen, entwickelt sich der volle Klang Ihrer Stimme. Warten Sie, ich zeige Ihnen, was ich meine." Und Rudolfssen trat hinter mich, umfasste mich mit seinen Händen und legte diese auf meinen Brustkorb. Ich zuckte zusammen, stieß einen Schrei aus und wollte mich von ihm lösen. Doch seine Hände hielten mich fest umfangen. Er raunte mir von hinten ins Ohr: „Jetzt zieren Sie sich nicht so, ich will Ihnen doch nur demonstrieren, wie sich Ihr Brustkorb heben und senken soll, um Ihnen die Töne in ihrer schönsten Form zu entlocken." „Lassen Sie mich sofort los", stammelte ich verzweifelt, „ich will das nicht." Doch Rudolfssen lachte nur, ein grauenvolles, hämisches Lachen das mir eine Gänsehaut bescherte. „Jetzt stell dich nicht so an, ihr jungen Dinger seid doch alle gleich. Ihr ziert euch und dabei wollt ihr es doch insgeheim." Und dann fasste er mich an den Brüsten und drückte fest zu. Ich schrie auf, zappelte, wollte mich aus seinem Griff befreien, doch es war unmöglich. Und dann riss er an der Knopfleiste meines Kleides und legte seine schmierigen Hände auf meine entblöste Haut. Mir wurde schlecht und ich schrie aus Leibeskräften um Hilfe.

Und dann hörte ich polternde Schritte, hörte, wie die Tür aufgerissen wurde und an die Wand schlug. Und ich hörte Snipers Stimme, die schrie: „Lass sie sofort los, du elender Hurensohn!" Sniper riss Rudolfssen von mir weg und rammte ihm die Faust ins Gesicht. Dieser ging ächzend zu Boden, hielt sich schmerzverzehrt die Finger an seine Nase und schnappte nach Luft. Ich stand zitternd da, Tränen liefen mir über die Wangen und ich schrie. Aus Angst, aus Scham, ein Gefühlscocktail übermannte mich. „Du bist ein verdammtes Arschloch Rudolfssen", schrie Sniper den am Boden liegenden Mann an. „Am liebsten würde ich dir alle Knochen brechen, doch an dir will ich mir die Finger nicht schmutzig machen. Wir werden jetzt gehen und die Polizei informieren. Und falls du es wagen solltest, zu fliehen, dann verspreche ich dir, ich habe Freunde, sehr gute Freunde, die dich überall aufspüren werden, und ich schwöre dir, es wird kein Vergnügen sein, wenn du auf sie triffst."

„Verschwindet, raus aus meiner Wohnung", jammerte Rudolfssen mehr als er es rief. „Nichts lieber als das", entgegnete Sniper. „Komm, Lizzy, nichts wie weg hier. Wir sind hier fertig."

Ich war noch immer ein zitterndes Bündel und konnte mich nicht von meinem Platz bewegen. Es schien, als sei ich festgewachsen. Sniper zögerte nicht lange, hob mich auf seine Arme und trug mich aus der Wohnung, hinaus auf die Straße und auf direktem Weg nach Hause. Ich klammerte mich an ihm fest, mein Gesicht an seiner Schulter vergraben. Mein ganzer Körper zitterte und ich schluchzte. Sniper flüsterte mir Worte der Beruhigung zu und langsam ließ mein Schluchzen, auch geschuldet der einsetzenden Erschöpfung, nach. Er betrat das Wirtshaus mit mir auf seinen

Armen. Franz und Theresa blickten uns erstaunt entgegen, doch Sniper schüttelte nur seinen Kopf und trug mich nach oben in mein Zimmer. Sanft setze er mich auf meinem Bett ab, drückte mich nach hinten, sodass ich auf dem Kopfkissen zu liegen kam. Dann deckte er mich zu, lächelte mich an und strich mir einige, von den Tränen feuchten Haarsträhnen aus dem Gesicht.

„Schlaf nun ein wenig, Lizzy, ruh dich aus. Ich werde hier neben deinem Bett sitzen bleiben und über deinen Schlaf wachen. Ich lass dich nicht allein, das verspreche ich dir." Er küsste mich auf die Stirn und bald überkam mich die Erschöpfung und ich schlief ein.

Kapitel 8 – Herbst 1977

„Alles auf Position und absolute Ruhe bitte! Wir beginnen nochmal mit der zweiten Szene im dritten Akt."

Der Regisseur klatschte in die Hände und jeder nahm seinen Platz ein und wartete auf das Einsetzen des Orchesters.

Es war der Abend vor der Premiere, Generalprobe, und dementsprechend angespannt waren alle Akteure, die sich hier auf der Bühne, dahinter und unter uns im Orchestergraben befanden. Morgen würde ich das erste Mal vor einem richtig großen Publikum singen, in diesem wundervollen, geschichtsträchtigen Haus, der Wiener Staatsoper.

Niemals hätte ich erwartet, dass dies jemals geschehen würde. Denn es hatte einige Monate gegeben, in welchen ich glaubte, nie wieder singen zu können. Ich hatte meine Stimme verloren, nach der Beinahe-Vergewaltigung durch Rudolfssen, damals vor zwei Jahren. Dieser Vorfall hatte mich beinahe meiner Seele beraubt und allem, woran ich glaubte und wofür mein Herz brannte. So verzweifelt Franz und Theresa auch waren und so traurig die Gäste des Wirtshauses über die nicht mehr stattfindenden Liederabende, meine Adoptiveltern kümmerten sich rührend um mich und versuchten alles, die ihnen bekannte Lizzy mit ihrem fröhlichen Lächeln und ihrer offenen Seele wieder hervorzuholen. Ja, irgendwann war der Zeitpunkt da, wo sie mir sagten, dass sie mich ins Herz geschlossen hätten, wie eine Tochter, und mich adoptieren möchten. Auch ich liebte sie, als wären sie meine leiblichen Eltern, da sie allezeit für mich da waren und mich unterstützten, wie es nur Eltern für ihre Kinder tun. Und so trug ich ab diesem Tag den Namen Walters und bekam zum ersten Mal ein offizielles Dokument, einen Personalausweis, der mich als Elisabeth Walters deklarierte.

Doch es war vor allem Sniper, mein Retter und Beschützer, der es schlussendlich schaffte, dass ich eines Tages wieder zu singen begann.

Wie jeden Montag, an meinem freien Tag, holte mich Sniper kurz nach dem Frühstück ab, um mit mir einen Spaziergang zu machen und in eines der Kaffeehäuser einzukehren. Ich genoss es, durch die Gassen Wiens zu spazieren, die Kultur und Geschichte dieser Stadt einzuatmen und das sprudelnde Leben, das hier herrschte, aufzusaugen. Und besonders schön war es, wenn Sniper mich begleitete, auch wenn wir sehr oft in einträglichem Schweigen nebeneinander herliefen, denn unser Schweigen war keines der unangenehmen Art, sondern eines, das sich nur zwischen zwei Menschen, die sich sehr vertraut waren, angenehm anfühlte. Doch erfuhr ich im Zuge unserer Spaziergänge auch sehr viel über diese Stadt, in der Sniper geboren und aufgewachsen war. Über seine Vergangenheit sprach er nie, ich hatte dies irgendwann akzeptiert und keine weiteren Fragen gestellt. Es war für mich auch nicht von Bedeutung, für mich zählte nur der Mensch neben mir und das, was ich sah, spürte und was im Hier und Jetzt geschah. Außerdem gab es nichts, was meine hohe Meinung oder den Stellenwert, den Sniper in meinem Leben einnahm, ändern konnte. Er hatte mir das Leben gerettet, sprichwörtlich und auch so viele Male sinnbildlich.

Schon einige Monate war es mir nun nicht möglich, zu singen, und das war etwas, was nicht nur mir, sondern auch Sniper sehr zu schaffen machte, das spürte ich und ich konnte es ihm ansehen, doch diesen Schalter in mir umzulegen – ich konnte es nicht steuern. Dabei machte es mich unglücklich, dem beraubt zu sein, was mir so große Freude bereitet hatte. Sniper hatte nie versucht, mich zu überreden oder gar zu zwingen, es wieder zu versuchen. Stattdessen war er einfach da für mich, mit seiner Präsenz, einem eindringlichen Blick oder einer wohltuenden Umarmung, wenn er spürte, dass ich diese nötig hatte.

Heute lenkte er den Weg in Richtung Prater. Dieser pulsierende Ort beheimatete nicht nur einen großen Vergnügungspark für Groß und Klein, sondern auch wunderschöne Plätzchen mit blühenden Bäumen, worunter man gemütlich im Schatten sitzen und seinen Kaffee trinken konnte. Nachdem wir diesen genossen und ich dazu ein großes Stück Sachertorte verdrückt hatte, zog mich Sniper an meiner Hand hoch und sagte nur: „Komm". Und ich folgte ihm an einen wunderschönen, etwas abgelegenen Platz. Ein künstlich angelegter See, auf dem Seerosen schwammen und der von zwei Seiten von großen Kastanienbäumen umgeben war, lag vor uns. Ich wandte mich ihm zu, sah ihn an und lächelte: „So wunderschön." Aus einem Drang heraus zog ich meine Schuhe aus und das kühle Gras kitzelte an meinen Füßen. Plötzlich stand Sniper hinter mir, umfasste mich mit beiden Händen und zog mich eng an sich. Dann flüsterte er mir ins Ohr: „Schließ die Augen, Lizzy, fühl die Magie dieses Ortes." Ich tat es und nahm einen tiefen Atemzug. „Und jetzt sing", hörte ich plötzlich seine Stimme, die so ruhig, aber dennoch eindringlich war. Und als hätte ich gar keine andere Möglichkeit, öffnete ich meinen Mund und begann zu singen: „Ich trag im Herzen drin ein Stückerl altes Wien und bleib auf jeden Fall so wie i bin. Du warst jung, ich war jung, das ist vorbei. Nur die Erinnerung bleibt heut noch für uns zwei."

Anfangs klang meine Stimme noch etwas krächzend, hatte noch nicht die volle Stärke erreicht, doch mit jedem Ton gewann sie an Kraft und nach einigen Textpassagen klang sie voll, kräftig, und ich spürte, wie sich Freude und Glück in mir ausbreitete. Als das Lied zu Ende war, standen wir für einige Augenblicke schweigend da, bis ich laut rief: „Ich singe wieder, Sniper, ich kann wieder singen!" Ich drehte mich in seinen Armen um und strahlte ihn an. Snipers Lächeln breitete sich auf seinem ganzen Gesicht aus. „Ja, meine Süße, du hast deine Stimme wiedergefunden. Ich bin so stolz auf dich." Ich umarmte Sniper, von unsagbarem Glück erfüllt. Er hatte es geschafft, wie auch immer, mir wieder dazu verholfen, diesen Knoten in meiner Brust zu lösen.

Ab dem Freitag dieser Woche gab es im Wirtshaus wieder den wöchentlichen Gesangsabend und nicht nur Franz und Theresa, sondern auch unsere Gäste waren erfreut darüber.

An einem Freitagabend, einige Wochen nachdem ich wieder zu singen begonnen hatte, trat nach meinem Auftritt ein Mann an mich heran. „Guten Abend, mein Name ist von Tannhausen. Darf ich einen Moment mit Ihnen sprechen?" Meine Alarmglocken schrillten und ich bekam Angst, da es mich an die Begegnung mit Rudolfssen erinnerte. Obwohl dieser ältere Herr vor mir in seinem altmodischen Anzug und seinem grauen Haar warme Augen und ein offenes Lächeln im Gesicht trug. Sniper schien wie immer zu spüren, dass ich seine Hilfe brauchte und war umgehend an meiner Seite. Er musterte den Mann vor mir und fragte ihn: „Was möchten Sie von unserer Lizzy? Kann ich Ihnen irgendwie helfen?" Von Tannhausen reichte Sniper die Hand, stellte sich vor und antwortete ihm: „Ich bin Maestro von Tannhausen und bin Gesangslehrer an der Wiener Staatsoper. Ich begleite die Sänger, die dort ihr Engagement haben, aber bilde auch junge Talente aus. Und was ich hier heute Abend gehört habe, imponiert mir sehr. Ich wollte das Fräulein fragen, ob sie Interesse hätte, an der Wiener Staatsoper vorzusingen." In meinem Brustkorb zog sich alles zusammen. Konnte es sein, dass sich alles wiederholte? Ich bekam Angst und klammerte mich an Snipers Arm. Dieser wusste wohl, was sich gerade in mir abspielte und er übernahm das Reden für mich. „Hören Sie, Maestro. Lizzy hat mit Leuten wie Ihnen gar keine guten Erfahrungen gemacht. Wer kann beweisen, dass Sie sind, was Sie vorgeben zu sein? Wer garantiert, dass Sie die Unerfahrenheit von Lizzy nicht nur ausnutzen wollen?" Von Tannhausen blickte sehr irritiert und räusperte sich dann. „Hören Sie, ich habe nur die besten Absichten und bin ein Musikliebhaber und Kenner. Ich weiß, wann ich eine besondere, außergewöhnliche Stimme höre, und das habe ich heute Abend gehört. Ich weiß zwar nicht, woher Ihre Verunsicherung oder Ihr Misstrauen rührt, aber ich versichere Ihnen, ich bin, was ich gesagt habe und möchte diese junge Dame hier zu einem Vorsingen in der Oper einladen. Sie können sie gerne begleiten, wenn es sich für Sie beide sicherer anfühlt." Dann wandte er sich Lizzy zu. „Fräulein, es wäre mir eine große Freude, wenn Sie nächste Woche zu mir in die Staatsoper kommen, um vorzusingen. Alles Weitere wird sich ergeben und können wir dann vor Ort besprechen. Wie wäre es am Montagnachmittag, hätten Sie da Zeit?" Ich sah Sniper an, dieser nickte mir zu und entschied schließlich für mich. „Lizzy wird kommen, jedoch werde ich sie begleiten und auch die gesamte Zeit des Vorsingens im selben Raum verbleiben. Wenn das für Sie in Ordnung ist, sind wir um 14 Uhr bei Ihnen." Von Tannhausen nickte zustimmend. „14 Uhr passt sehr gut. Melden Sie sich beim Portier am Eingang der Oper und sagen Sie, dass ich Sie erwarte. Ich werde ihn davon in Kenntnis setzen, damit Sie Einlass bekommen." Dann wandte er sich an mich, reichte mir die Hand und schüttelte sie mit einem festen Händedruck. „Ich freue mich auf Ihren Besuch, Fräulein Lizzy. Sie werden sehen, dass es sich lohnt." Dann verabschiedete er sich und verließ das Wirtshaus.

Meine Nervosität an diesem Montag begann, als ich am Morgen erwachte und steigerte sich, je näher der Nachmittag rückte. Sniper holte mich um 13 Uhr ab. Ich trug einen schwarzen Rock, eine weiße Bluse und ein schönes Paar schwarze Schuhe. Wie immer war es sein Lächeln, das mir so vieles erleichterte, auch diesen Gang heute. Sniper nahm mich an der Hand und sagte nur: „Komm."

Zehn Minuten vor 14 Uhr traten wir vor die Portiersloge der Oper und meldeten uns an. Der Mann hinter der Glasscheibe blickte auf eine Liste, nickte und ließ uns in das Gebäude hinein. Staunend und mit offenem Mund blickte ich mich um. Es war beeindruckend. Noch nie hatte ich dieses imposante Gebäude, vor dem ich schon so oft stand, von innen gesehen. Große Luster hingen von den hohen Decken und der mit Marmor ausgelegte Boden schimmerte im Tageslicht, das durch die hohen, großen Fenster fiel. Wir nahmen nicht den Weg die große, geschwungene Treppe nach oben, sondern schlugen den Weg nach rechts ein und passierten unzählige Gänge und Hinweisschilder, bis wir schließlich vor einer weiß gestrichenen Holztür standen, auf der ein Messingschild mit geschwungener Schrift angebracht war. Darauf stand „Büro Maestro von Tannhausen". Sniper klopfte und wir traten nach einem gedämpft klingenden „Herein" ein. In einem kleinen Raum saß an einem Schreibtisch eine Frau mittleren Alters. Sie hatte ihr blondes Haar zu einem Knoten hochgebunden und blickte von ihrer Schreibarbeit auf, als wir den Raum betraten. „Herzlich willkommen, Sie müssen Fräulein Elisabeth sein mit Ihrer Begleitung. Der

Maestro erwartet Sie schon", begrüßte Sie uns. Dies hier fühlte sich völlig anders an, als die Situation damals mit Rudolfssen, und ein wenig legte sich meine Nervosität. Die Sekretärin erhob sich, klopfe an einer mit braunem Leder gepolsterten Tür, öffnete diese und bat uns einzutreten. Als der Maestro uns sah, kam er mit einem freudigen Gesicht auf uns zu, reichte erst mir, dann Sniper die Hand und bat uns, auf einer Sitzgruppe am Fenster Platz zu nehmen. Das Büro des Maestros war ein großer hoher Raum, in dessen Mitte ein großer schwarzer Flügel stand. Der Boden war mit einem dunklen Holz ausgelegt und eine Wand bestand aus vielen bodentiefen Fenstern, die den Raum sehr hell wirken ließen. In einer Ecke stand ein großer Schreibtisch und eine Wand war komplett von einem raumhohen Regal eingenommen, das unzählige Bücher, aber auch Notenblätter enthielt.

„Nun Fräulein Lizzy", haben Sie über meinen Vorschlag nachgedacht? Dies heute soll nur eine Art Probe sein, damit wir uns kennenlernen, ich Ihre Stimme etwas genauer höre und Sie mich und meine Arbeitsweise ansehen können. Wenn wir gut harmonieren und es für Sie passt, kann ich Ihnen anbieten, dass Sie bei mir Gesangsunterricht nehmen. Sie haben eine Stimme, die ich mir sehr gut als Opernstimme vorstellen kann, wenn wir ein wenig an ihr arbeiten. Und wenn wir gut vorankommen, ist es durchaus möglich, Ihnen ein Engagement hier an der Wiener Staatsoper anbieten zu können."

Ich konnte es kaum glauben, das alles klang zu gut, um wahr zu sein, es klang wie ein Traum. Sniper neben mir räusperte sich und wandte sich dann an den Maestro: „Hören Sie. Ich finde es wundervoll, welch großzügiges Angebot Sie hier unterbreiten und ich wünsche mir nichts mehr für Lizzy, als dass dieser Traum in Erfüllung geht und sie eine solche Chance erhält. Doch ist Lizzy vor einigen Jahren etwas Schreckliches geschehen. Sie fasst schwer Vertrauen zu fremden Menschen und steht unter meinem Schutz. Ich werde sie daher keine Minute alleine hier lassen und sie zu jeder ihrer Gesangsstunden begleiten. Können Sie das akzeptieren?" Der Maestro dachte kurz nach, nickte dann und stimmte zu: „Es ist zwar ungewöhnlich, aber ich habe damit kein Problem. Solange Sie nicht stören und Fräulein Elisabeth nicht zu sehr abgelenkt ist, können wir es gerne so machen." Und dann setzte er sich ans Klavier, bat mich, vor dem Notenständer, der daneben stand, Aufstellung zu nehmen und begann Tonleitern zu spielen, die ich nachsang. Die Tonabfolgen wechselten von hoch zu tief, variierten in der Geschwindigkeit und es bereitete mir keine Probleme, all das nachzusingen, was der Maestro am Klavier vorspielte. Nach einer Weile verstummte das Klavier und von Tannhausen wandte sich mir zu. „Fräulein Elisabeth, ich muss sagen, ich bin positiv überrascht, nein, viel mehr, ich bin begeistert. Probieren wir nun ein Lied. Was möchten Sie mir vorsingen? Sie dürfen wählen." Und ich wählte mein Lieblingslied, „Wien, Wien, nur du allein…", das immer den Abschluss meines Liederabends im Wirtshaus bildete. Der Maestro begleitete mich am Klavier und ich konnte seiner Miene entnehmen, dass ihm gefiel, was ich darbot. Als das Lied zu Ende war, klatschte er in die Hände. „Großartig, einfach großartig. Ich kann mich nicht erinnern, je eine so von Kraft und Gefühl durchzogene Stimme gehört zu haben, ohne dass dem eine Ausbildung vorangegangen ist. Fräulein Elisabeth, machen Sie mir das Vergnügen, nehmen Sie mein Angebot an." Ich war geschmeichelt über so viel Lob und strahlte über das ganze Gesicht. Dann blickte ich zu Sniper, der mich anstrahlte und nickte.

„Aber ich kann das niemals bezahlen", entgegnete ich dem Maestro. Dieser winkte ab. „Ihre Ausbildung hier kostet Sie nichts. Es ist meine Aufgabe als Angestellter der Staatsoper, immer wieder junge Talente zu finden, die dann das Ensemble der Oper ergänzen. Dafür werde ich bezahlt. Und glauben Sie mir, ich bin sehr wählerisch in meiner Wahl. Nur jene erhalten von mir ein solches Angebot, in denen ich ein großes Potenzial erkenne. Und das tue ich in Ihrem Fall. Ich habe da keinerlei Zweifel. Wäre es für Sie von Interesse, Oper zu singen?" Er musste wohl an meinem nachdenklichen Blick erkennen, dass ich diese Frage nicht sofort beantworten konnte. So fuhr er weiter fort. „Der Oper liegt eine Faszination zugrunde. Eine Opernstimme drückt alles aus, was in der jeweiligen Szene von Bedeutung ist. Die meisten Opern werden in italienischer Sprache gesungen, doch ist eine Stimme wirklich gut und gefühlvoll, dann muss der Zuseher den Text gar nicht verstehen, die Musik und der Gesang sprechen für sich. Hinzu kommen natürlich das Bühnenbild und die Kostüme, doch das Wichtigste ist der Gesang."

Ich war so aufgeregt und in meinem Kopf rumorte es. Sollte ich es wagen? War dies meine Chance, auf die ich gewartet hatte, ohne es zu wissen? Ich gab mir einen Ruck und dachte mir: Jetzt oder nie. „Ja, Maestro", antwortete ich ihm, mit respektvoller, doch kräftiger Stimme. „Ich will es versuchen, sehr gerne." „Wunderbar, ich bin überaus erfreut, Fräulein Elisabeth. Wir würden uns ab sofort jede Woche einmal hier treffen, für zwei Stunden, zu Beginn. Wenn es dann um einen konkreten Auftritt geht, wird die Probenarbeit natürlich intensiver. Aber nun ist es erstmal wichtig, Sie im Operngesang auszubilden." Ich nickte und lächelte Sniper zu, dessen Gesicht noch immer genauso voll Freude strahlte wie meines. „Montag ist Ihr freier Tag, nehme ich an? Wie wäre es, wenn Sie ab nun jeden Montagnachmittag zur Gesangsstunde kommen, 14 bis 16 Uhr?" Ich stimmte zu, so würde ich den Rest der Woche meiner Arbeit im Wirtshaus nachgehen können und dennoch meinem Traum ein Stückchen näher kommen.

Herzlich war der Abschied vom Maestro und von Fröhlichkeit erfüllt der Heimweg mit Sniper.

Ich dachte an genau diesen Tag, das erste Betreten dieses Hauses, als ich auf meinen Einsatz wartete. Morgen war es also soweit und ich durfte zum ersten Mal in einer Oper mitwirken und singen. Es wurde Nabucco von Giuseppe Verdi aufgeführt und ich war Teil des berühmten Gefangenenchores, der im dritten Akt „La profezia" – Die Weissagung, seinen Auftritt hatte. In den unzähligen Stunden, die ich mit Maestro von Tannhausen seither geprobt und geübt hatte, wurde mir von ihm eingebläut, dass ich das, was ich vortrug, auch fühlen musste, nur dann sei es authentisch und würde dem Zuseher genau das vermitteln, was sich der Komponist dabei gedacht hatte. Und so hatte ich mir angewöhnt, jede Oper, aus der ich eine Arie oder eine Szene mit dem Maestro einübte, genauestens zu studieren, mich einzulesen und mich in die Geschehnisse hineinzuversetzen. Hier ging es um die Hebräer, die, zur harten Arbeit verdammt, ihr schönes und verlorenes Heimatland beklagen und den Herrn um Hilfe anrufen. Und als die Musik einsetzte, rief ich genau dieses Gefühl in mir hervor.

„Va, pensiero, sull'ali dorate" – „Steig, Gedanke, auf goldenen Flügeln."

Und dann kam der Abend des Auftritts. Ich war so aufgeregt, dass selbst Sniper es kaum schaffte, meine Nervosität etwas zu zügeln. Schon einige Stunden vor der Premiere verabschiedete er mich am Künstlereingang, nahm mich in den Arm, küsste mich auf die Stirn und sagte zu mir: „Es wird wundervoll sein, Lizzy, und ich bin so stolz auf dich. Mein Applaus wird nur dir gelten. Ich hole dann Franz und Theresa ab, die sich diesen Abend natürlich auch keinesfalls entgehen lassen möchten. Und danach wird gefeiert, auf deinen Erfolg angestoßen." Ich schlang meine Arme um ihn, überwältigt von der Situation und seinen Worten und sagte nur: „Danke." Er zwinkerte mir zu und ich betrat das Opernhaus.

Die Minuten vor dem Betreten der Bühne verbrachte ich allein und lief barfuß den Gang entlang. Das erdete mich. Und ich dachte an Alexander, rief mir sein Gesicht vor mein geistiges Auge, umfasste das Holzherz, welches ich heute unter meinem Kostüm als Glücksbringer trug und sagte: „Ach Liebster, wenn du nur hier sein könntest. Wenn du mich heute hören könntest. Doch du bist bei mir, in meinem Herzen. So wie auch Gabi. Ihr beide seid immer bei mir."

Und dann ertönte das Signal, welches alle Mitglieder des nächsten Aktes aufforderte, sich auf die Bühne zu begeben.

Als die Musik erklang, war ich im Geiste dort, an den Ufern des Euphrat, fünf Jahrhunderte vor Christi Geburt. Und ich ließ meine Stimme fließen, wurde zu einem Teil dieses Chores und wusste, das ist meine Zukunft, die Bühne, die Oper.

Kapitel 9 – Silvester 1978

„Noch 10 Minuten, Signorina Walters", ertönte die Stimme der Regieassistentin durch die Tür meiner Garderobe. Heute war einer der bedeutendsten Tage meines bisherigen Lebens. Ich hatte mein Debüt an der Mailänder Scala in der Rolle der Violetta Valery in La Traviata. Es schien, als wäre ich am Ziel meiner Träume angekommen. Ich betrachtete mich im Spiegel. Mein langes rotes Haar war zu einer kunstvollen Hochsteckfrisur verwandelt worden und die Visagistin hatte aus mir eine wahre Schönheit gezaubert. Ich atmete tief durch. Auch wenn die letzten Monate voll intensiver Proben und Vorbereitungen auf genau diesen Abend waren, so war ich doch nervös und aufgeregt. Es war das erste Mal, dass ich die Hauptrolle in einer Oper singen durfte und dies noch dazu an einem der renommiertesten Opernhäuser dieser Welt. Ich hatte darum gebeten, mich nach den Vorbereitungen und der Maske alleine zu lassen. Ich brauchte diese Minuten, um mich zu sammeln, mich zu konzentrieren und innerlich ruhig zu werden. Auch wenn ich wusste, dass ich meine Rolle beherrschte, meinen Text verinnerlicht hatte wie auch den Gesang, so blieb doch ein Rest von Ungewissheit. Schließlich konnte immer etwas geschehen.

Gewiss war das Opernhaus bis auf den letzten Platz gefüllt, doch am wichtigsten für mich war, dass die Menschen, die mir am meisten bedeuteten, heute im Publikum saßen, meine Adoptiveltern und natürlich Sniper. Für Franz und Theresa war es die erste Reise, die sie ins Ausland führte, und es ehrte mich, dass sie die Strapazen dieser langen Reise mit dem Auto auf sich nahmen. In ein Flugzeug wäre Theresa niemals eingestiegen, das war ihr nicht geheuer und so mietete Sniper kurzerhand einen Wagen und fuhr mit ihnen gemeinsam hierher.

Auch Maestro von Tannhausen war an diesem besonderen Abend angereist. Er hatte mir dieses Engagement verschafft.

Ich hatte ihm all das zu verdanken. Er war von Beginn meiner Mitgliedschaft im Ensemble der Wiener Staatsoper mein Mentor und ich spürte recht schnell, dass er mich ins Herz geschlossen hatte. Nach meinem ersten Auftritt in Nabucco übte er mit mir die verschiedensten Rollen ein. Unsere Probenarbeit war intensiv und es gab immer wieder Momente, wo ich an mir zweifelte, ob ich all dem gewachsen war. Denn auch wenn einem eine außergewöhnliche Stimme von Gott geschenkt in die Wiege gelegt wurde, wie der Maestro mir immer wieder sagte, so war es dennoch unerlässlich, sich weiterzuentwickeln, zu üben und zu proben. Mein Lehrer führte mich mit strenger, aber liebevoller Hand und er lehrte mich, meine Stimme richtig anzuwenden, ihr je nach der geforderten Rolle Farbe zu verleihen und dabei aber auch ihr einen unverwechselbaren Klang zu geben. „Fräulein Elisabeth, vom Blatt zu singen und sich an die Regieanweisungen zu halten, das können viele, doch das macht aus diesen keine außergewöhnlichen Sänger. Jene, die ihr Herzblut in den Gesang legen und deren Stimme einen noch nie da gewesenen Wiedererkennungswert hat, diese werden die großen Bühnen der Welt erobern. Sie tragen all diese Voraussetzungen in sich, wir müssen sie nur hervorholen und etwas schärfen."

Und der Maestro beherrschte diese Kunst. Er rüttelte etwas in mir wach und von Woche zu Woche war ich selbst darüber erstaunt, wie sich mein Gesang veränderte und aufblühte.

Dem ersten Auftritt als Teil des Opernensembles folgten noch viele und schon bald durfte ich kleine Nebenrollen singen, in denen ich auch Soloauftritte hatte. Sniper war an jedem dieser Abende im Publikum anwesend und meist saßen wir danach noch gemütlich im Wirtshaus beisammen und tranken mit Franz und Theresa ein Glas Wein.

Sie ließen mich spüren, wie stolz sie auf mich waren, und ich war dankbar und gerührt, solch wundervolle Menschen um mich zu haben, die mich einst selbstlos bei sich aufgenommen hatten.

Wenn es sich mit der Probenarbeit und den Auftritten vereinbaren ließ, dann gab es nach wie vor am Freitag den Liederabend und das Wirtshaus war immer bis auf den letzten Platz gefüllt.

Meine Arbeit im Service und hinter der Theke musste ich nach einigen Monaten als Bedienstete der Staatsoper schweren Herzens aufgeben. Zu intensiv war die Probenarbeit und viele Abende verbrachte ich auf der Bühne. Franz und Theresa unterstützten mich auf ihre so liebevolle Weise und klagten nie, dass ich ihnen nun nicht mehr helfend zur Hand gehen konnte. Oft war es Sniper, der hinter dem Tresen das Bier zapfte, wenn er mich nach den Auftritten nach Hause brachte.

Bald verdiente ich mein erstes eigenes Geld und ich erinnere mich daran, wie ich freudestrahlend Sniper gegenüberstand, nachdem ich im Personalbüro der Oper meine erste Gage abholen durfte. „Heute wird gefeiert", rief ich, „heute lade ich dich zu Kaffee und Sachertorte ein." Und wir verbrachten einen wunderschönen Nachmittag im Prater unter den schattigen Bäumen, unweit des Sees, an dem ich einst meine Stimme wiedergefunden hatte.

Ich wackelte mit meinen nackten Zehen. Wie immer waren die Schuhe das Letzte, das ich mir überzog, denn das Barfußlaufen hatte ich mir verinnerlicht, und noch heute empfand ich das Schuhwerk in den warmen Monaten oft als Störfaktor. Doch nicht nur das verblieb mir aus meiner Kindheit und Jugend. Ich griff an meinen Hals und umfasste das Herz aus Holz, welches Alexander mir einst geschenkt hatte. Diese Kette war zu meinem Talisman geworden. Ich trug sie zu allen bedeutenden Anlässen, wann immer etwas Besonderes in meinem Leben geschah. Diese Kette war ein Symbol und der Beweis für meine niemals endende Liebe zu Alexander. In meiner Vorstellung war er so immer an meiner Seite und konnte teilhaben an meinem Leben. Der Stapel an Briefen, die ich Alexander schrieb, wurde von Monat zu Monat höher, denn ich hatte damit nie aufgehört. Es gab viel zu berichten und ich teilte die freudigen wie auch die traurigen Momente dadurch mit ihm. Es war dies meine Art der Kommunikation mit dem Mann, den ich liebte.

„Noch zwei Minuten", hörte ich durch die Tür rufen. Jetzt

war es also soweit. Ich schlüpfte in meine Schuhe, stand auf und betrachtete mich im Spiegel der an der linken Seite des Schminktisches stand. Im ersten Akt trug ich ein weißes Kleid. Es war eine wahrlich zauberhafte Robe mit einem weiten Rock, der durch einen Unterrock in Form gehalten wurde. Meine Taille war eng geschnürt die kurzen Puffärmel ließen die Schultern frei.

Violetta Valery – die Kameliendame. Zur Vorbereitung auf meine Rolle hatte ich den Roman von Alexandre Dumas gelesen. Es war eine tieftraurige Geschichte, und sie hatte mich zu Tränen gerührt. Dennoch war es eine Geschichte über die wahre Liebe, eine Liebe, die zwar nicht sein durfte, aber über den Tod hinausreichte.

Es schien mir, als folgte es einem Plan, dass genau diese Rolle mein Debüt darstellte, die Rolle einer von der Gesellschaft geächteten und abgelehnten Person. Nein, es war nicht so, dass ich mich heute so fühlte, im Gegenteil, mein Leben hatte durchaus einen Wandel in eine glücklich schicksalhafte Richtung genommen, seit ich in Wien angekommen war. Dennoch war ich einmal eine solche Person, damals, in den Jahren im Waisenhaus. Wir waren Kinder und Jugendliche ohne Rechte, ohne Herkunft. Wir waren am unteren Rand der Gesellschaft beheimatet und der Gnade der Mutter Oberin und ihren Schwestern ausgesetzt. Umso dankbarer war ich, heute hier stehen zu dürfen. Die Frau, die mir aus dem Spiegel entgegenblickte hatte nichts mehr mit dem schüchternen, verängstigten Mädchen von damals zu tun. Ich wusste, dass ich es jenen besonderen Menschen, die ich im Herzen trug, zu verdanken hatte, dass ich heute hier mutig und gestärkt stehen und einem großen Abend entgegensehen konnte. Wenngleich mir vor allem Sniper immer wieder Mut zusprach, so war das schüchterne und verängstigte Mädchen doch immer Teil meiner selbst. Wann immer ich zweifelte, waren seine Worte: „Lizzy, du trägst so viel Stärke in dir, sie ist nur manchmal begraben unter einem Berg unschöner Erinnerungen. Aber sie ist immer da. Das darfst du nie vergessen."

Und so hatte ich es geschafft, den Hauch von Melancholie, der mich manchmal umgab, in den entscheidenden Momenten abzulegen und einen Schritt um den anderen gesetzt, um meinem Traum ein Stück näher zu kommen.

Gleich würde sich der Vorhang zum dritten Akt heben. Mein Körper war voller Adrenalin. Das Publikum war bisher begeistert und ich war gefangen in meiner Rolle und überglücklich, dass ich den Erwartungen, die das Publikum, mein Mentor, aber auch ich selbst an mich gestellt hatte, bisher entsprochen hatte. Obwohl die Rolle einiges von mir abverlangte an Ausdruckskraft und großem Stimmumfang, so konnte ich doch alles abrufen, was mir von Maestro von Tannhausen beigebracht und eingebläut wurde.

Ich blendete alles um mich herum aus in der letzten, so dramatischen Szene dieser Oper, der „Sterbeszene". Es gab nur Alfredo und Violetta, die sich auf ihrem Sterbebett voneinander verabschiedeten. „Se una pudica vergine" – „Ich werde sterben, nimm zum Andenken dieses Medaillon. Du wirst eine andere Frau finden und ich werde vom Himmel aus auf euch beide aufpassen." Dann fiel der Vorhang.

Das Publikum jubelte, applaudierte und ich trug ein noch nie da gewesenes Strahlen im Gesicht, als ich mich zum wiederholten Male verbeugte und einen Strauß weißer Rosen vom Intendanten der Oper entgegennahm.

„Lizzy, du siehst zauberhaft aus." Snipers Augen funkelten und strahlten, als ich auf ihn zukam und er mich in seine Arme zog. Er sah so schick aus in seinem schwarzen Anzug und dem weißen Hemd. Franz und Theresa standen hinter ihm und umarmten mich ebenfalls. Beide hatten Tränen der Rührung in den Augen. „Ach, liebes Kind, ich bin so stolz auf dich", sprach Theresa mit tränenerstickter Stimme, und Franz nickte nur, viel zu gerührt war er vom Erfolg dieses Abends.

Diese drei Menschen waren die ersten, nach denen ich Ausschau hielt, als ich im Foyer der Oper ankam, wo die Premierenfeier stattfand. Es waren nur geladene Gäste anwesend, doch ich hatte natürlich für meine Liebsten Karten besorgt. Sie waren jene Menschen, die ich jetzt um mich haben wollte, denn sie hatten einen erheblichen Anteil daran, dass ich heute Abend etwas zu feiern hatte.

Mein Bühnenkostüm hatte ich in der Garderobe abgelegt und trug jetzt ein smaragdgrünes Abendkleid, das schulterfrei und enganliegend mich umhüllte und in einer kleinen Schleppe endete.

Noch niemals hatte ich etwas so Schönes getragen. Es war ein Geschenk der Wiener Staatsoper, die es auch als ihren Erfolg ansah, dass ein Mitglied ihres Ensembles an der Scala ein Debüt feierte. Neben dem künstlerischen Erfolg war dies selbstverständlich auch ein großer Werbeeffekt und so kam ich in den Genuss dieses großzügigen Geschenkes.

Franz und Theresa zogen sich jedoch bald zurück, da es doch schon später Abend war und unser Gespräch leider sehr oft durch Beglückwünschungen an mich unterbrochen wurde.

„Wir sehen uns wieder in Wien, liebes Kind", waren ihre Abschiedsworte, nachdem sie mich nochmals in ihre Arme gezogen hatten. Ich wusste, sie würden morgen mit Sniper nach Hause fahren und ich erst in einigen Tagen nachkommen.

„Komm, Lizzy, lass uns ein wenig an die frische Luft gehen und einige Augenblicke ungestört miteinander plaudern." Sniper nahm mich an der Hand und zog mich mit nach draußen. Mir war das sehr recht. Es waren so viele Menschen um mich herum und das war ich nicht gewohnt, schon gar nicht, so im Mittelpunkt zu stehen, was sich an diesem Abend aber nicht vermeiden ließ.

Draußen war es ruhig und Sniper hatte mir fürsorglich einen Mantel besorgt, da diese Silvesternacht kalt und nebelig war. Einige Momente standen wir in einträglichem Schweigen nebeneinander. Dann drehte Sniper mich zu sich, nahm meine Hände und sah mich an.

„Ich kann kaum in Worte fassen, wie stolz ich auf dich bin, Lizzy. Es war mir von Anfang an bewusst, dass in dir eine außergewöhnliche und starke Frau steckt. Bitte vergiss das nie, Lizzy." Snipers Worte rührten mich zu Tränen. So schön und wohltuend die Komplimente und Glückwünsche der Menschen hier auch waren, seine Worte und sein Urteil hatten die größte Bedeutung für mich. „Du wirst noch viele solcher Erfolge feiern, Lizzy, das weiß ich. Und ganz gleich, wohin dein Weg dich auch führen mag, sei dir sicher, dass dich meine Gedanken immer begleiten werden. Uns verbindet ein untrennbares Band, das niemand mehr zu lösen vermag." Nun flossen die Tränen über meine Wangen. Das klang nach einem Abschied. Nein, das durfte nicht sein. Was sollte ich bloß ohne Sniper tun? „Sniper", flüsterte ich, „was willst du mir denn damit sagen? Verlässt du mich? Du darfst mich nicht alleine lassen." Ich schluchzte, warf mich in seine Arme und hielt mich an ihm fest. Sniper strich mir über den Rücken, hielt mich ganz fest an sich gedrückt. „Lizzy, wir beide werden nie ohne einander sein, das verspreche ich dir. Es gibt viele Arten, untrennbar verbunden zu sein, auch wenn man sich nicht sieht. Versprich mir, dass du alles genießen wirst, was das Leben für dich bereithält." Dann küsste er mich, auf eine unschuldige, aber innige, vertrauensvolle Art. „Es ist kalt, Lizzy", sagte er, „geh rein und lass dich feiern. Ich sehe nach Franz und Theresa und werde mich dann auch ausruhen. Wir haben morgen eine lange Fahrt vor uns." Noch einmal strich er mir über den Kopf, küsste meine Stirn, lächelte mich an und drehte sich dann um und ging. Ich wusste, es war ein Abschied, wenn nicht für immer, dann zumindest für eine sehr lange Zeit.

Ich weiß nicht, wie lange ich hier in der Kälte stand und ob die frostigen Nebelschwaden mich erzittern ließen. Mir war innerlich kalt, ich spürte den Verlust Snipers so deutlich in meinem Herzen und in meiner Seele. Erst als ich eine Hand auf meiner Schulter spürte, kam ich wieder in der Realität an. Ich ruckte herum. Maestro von Tannhausen stand vor mir und sah mich besorgt an. „Fräulein Elisabeth, haben Sie mich nicht rufen gehört? Alle suchen schon nach Ihnen. Ich möchte Ihnen jemanden vorstellen. Einen Opernliebhaber, der begeistert von Ihnen heute war. Karl Vianello, ein bedeutender italienischer Geschäftsmann. Er möchte Ihre Bekanntschaft machen. Kommen Sie, wir gehen rein. Hier frieren Sie sich ja zu Tode."

Ich nickte nur und ich spürte nun tatsächlich die Kälte, die sich durch die Kleidung breitmachte. Hastig tupfte ich mit einem Taschentuch die Tränenspuren von meinen Wangen und folgte dem Maestro wieder in das Gebäude.

Als wir eintraten, kam uns mit großen Schritten ein attraktiver, in einen Smoking gekleideter Mann entgegen. Ich schätzte ihn auf etwa 40 Jahre. Mit einem strahlenden Lächeln kam er direkt auf mich zu. „Signorina Walters, welch eine Ehre, Sie kennen zu lernen. Es war einfach ein wundervoller Abend. Sie haben mich mit Ihrer Stimme verzaubert." Daraufhin ergriff er meine ausgestreckte Hand, deutete einen Handkuss an. Dann wandte er sich an den Maestro. „Ich muss schon sagen, lieber von Tannhausen, Ihre Neuentdeckungen sind ja meist großartig, aber mit Signorina Walters ist Ihnen ein wahrer Glücksgriff gelungen. Meine Hochachtung."

Dann bot er mir seinen Arm an und geleitete mich an einen der Tische, orderte eine Flasche Champagner und stieß mit mir an. „Auf Ihren Erfolg, Signorina, und auf einen noch wunderschönen Abend."

Wir unterhielten uns noch einige Stunden und begrüßten um Mitternacht mit den anderen Gästen das neue Jahr. Karl Vianello war ein angenehmer Gesprächspartner, gebildet, charmant, gut aussehend, und er schaffte es sogar, mir das eine oder andere Mal ein Lachen zu entlocken, wenn er Anekdoten seiner Reisen, die ihn schon in viele Länder dieser Erde geführt hatten, erzählte.

Irgendwann überkam mich dann aber doch die Müdigkeit und die Aufregung dieses Abends ließ mich hinter vorgehaltener Hand gähnen.

„Bitte verzeihen Sie, Signore, aber ich werde mich jetzt zurückziehen und in mein Hotel fahren. Ich bin wirklich müde. Aber ich danke Ihnen für die angenehme Zeit und die schönen Gespräche."

„Natürlich, das verstehe ich. Erlauben Sie mir, Sie mit meinem Wagen in Ihr Hotel zu bringen. Ich werde mich dann auch auf den Heimweg machen, und es wäre mir eine Ehre."

Nachdem ich mich von meinen Bühnenkollegen und dem Maestro verabschiedet hatte, begleitete mich Signore Vianello nach draußen, wo uns schon sein Chauffeur erwartete und mir die Tür offen hielt, damit ich hinter dem Beifahrersitz Platz nehmen konnte.

All das war so fremd für mich, ein nie gekannter Luxus, beinahe etwas dekadent. Doch ich erinnerte mich an Snipers Worte, alles zu genießen, was das Leben mir bieten würde, und so genoss ich die Fahrt in diesem wertvollen Wagen in das nicht allzu weit entfernte Hotel. Singore Vianello begleitete mich bis ins Foyer, wo er mir nochmals galant die Hand küsste und sich mit den Worten verabschiedete: „Signorina Walters, ich danke Ihnen für diesen unvergesslichen Abend. Und ich hoffe, wir sehen uns bald wieder. Es wäre mir eine große Freude."

Als ich an diesem Tag zu Bett ging, fühlte ich ganz tief in mir drin, dass mit dem heutigen Tag nicht nur ein neues Jahr begonnen hatte, sondern dass auch der Hauch eines Neubeginns in meinem Lebenslauf zu spüren war.

.

Kapitel 10 – Silvester 1979

„Oh mein Gott, Lizzy, du bist eine wunderhübsche Braut!" Meine allerliebste Freundin Gabi sah mich mit Rührung in den Augen an und wischte sich dann verstohlen eine Träne aus dem Augenwinkel. Gerade hatte sie mir den Schleier in meinem hochgesteckten Haar befestigt, mich zu sich gedreht und zufrieden genickt. „Sieh dich im Spiegel an. Du wirst alle bezaubern, ganz besonders Karl."

Ich erhob mich und trat vor den hohen Spiegel in meinem Ankleidezimmer. Gabi hatte sich in den letzten drei Stunden wahrhaft ins Zeug gelegt und mich in eine Braut verwandelt. Mein rotes Haar war zu einem Knoten am Hinterkopf zusammengefasst und links und rechts meines Kopfes umschmeichelten gelockte Strähnen mein Gesicht. Dieses war dezent, aber dennoch geschmackvoll geschminkt. Sie hatte vor allem meine Augen betont, die nun besonders hervorstachen, und meine Lippen nur dezent mit einem beigen Lipgloss versehen. Mein Schleier war mit einem Kamm, den kleine weiße Stoffrosen zierten, an meinem Hinterkopf befestigt und reichte mir bis zum Ende meines Rückens. Das Brautkleid war ein wahrer Traum und es schmeichelte meiner Figur. Zwar war ich nicht mehr das hagere Mädchen aus meiner Kindheit, doch hätte es mich dennoch gefreut, wenn ich an einigen Körperstellen etwas weiblichere Rundungen gehabt hätte. Die Ärmel bestanden aus weißer transparenter Spitze und wurden zu den Händen hin immer weiter. Das Kleid war hochgeschlossen, jedoch oben herum ebenfalls aus transparenter Spitze. Erst ab dem Dekolleté war die Spitze mit weißem Satin unterlegt und ging ab der Taille in mehreren Bahnen in einen weiten Rock über, der sich in einer langen Schleppe fortsetzte. Darunter trug ich einen Reifrock. Obwohl ich natürlich bei jeder Anprobe bei der Schneiderin sehen konnte, wie mein Brautkleid mehr an Form annahm, so war es für mich heute, als würde ich mich das erste Mal darin sehen, denn heute war mein Hochzeitstag. Ich würde heute Karl Vianello mein Jawort geben.

Nach meinem Debüt an der Scala vor genau einem Jahr blieb ich noch drei Tage in Mailand. Maestro von Tannhausen hatte einige Pressetermine organisiert und ich gab mein erstes Interview für das Fernsehen. „Ein neuer Stern am Opernhimmel", titelten die Zeitungen in vielen europäischen Ländern und ich war sehr dankbar, dass der Maestro mir in dieser Zeit nicht von der Seite wich. Es war eine für mich völlig ungewohnte Situation, so im Rampenlicht zu stehen, und die vielen Reporter, Fotografen und Kameras machten mich nervös. Zudem wusste ich auf viele Fragen oft keine Antworten oder hatte Angst, etwas Falsches zu sagen. Dieser plötzliche Ruhm und das Interesse an meiner Person waren mir unangenehm und schüchterten mich ein.

An einem der Abende traf ich nach einer Pressekonferenz Karl Vianello wieder, der mich zum Essen einlud. Er führte mich in ein exklusives Restaurant aus, schwärmte von meinem Gesang und machte mir Komplimente. Als wir uns an diesem Abend vor meinem Hotel verabschiedeten, hielt er meine Hand für eine längere Zeit in der seinen und sah mich dabei ernst an. „Sie sind eine außergewöhnliche Frau, Signorina Walters, und ich wäre überglücklich, wenn wir uns wiedersehen würden. Erlauben Sie mir, Sie in Wien zu besuchen?"

Natürlich schmeichelten mir seine Worte und er war ein durchaus attraktiver und sehr charmanter Mann, wenn auch um einiges älter als ich, doch sah man ihm dies auf den ersten Blick nicht an. Die Gedanken in meinem Kopf drehten sich, ich dachte an Alexander, an meine Liebe, und ob ich diese verraten würde, wenn ich mich auf ein weiteres Treffen mit Signore Vianello einlassen würde. Und ich dachte an Sniper, dessen Abschied mir noch immer das Herz bluten ließ. Und dann kamen mir seine Worte in den Sinn, alles zu genießen, was das Leben mir bieten würde.

Wieder zurück in Wien wurde ich freudestrahlend von meinen Adoptiveltern in die Arme geschlossen. Sie überhäuften mich mit Glückwünschen für meinen Erfolg in Mailand. Doch sie ließen mich auch spüren, wie sehr sie mich vermisst hatten und wie glücklich sie waren, mich wieder bei sich zu haben. Franz erzählte mir, dass mein Fernsehinterview sogar im österreichischen Fernsehen übertragen worden war und er zeigte mir die Zeitungsartikel der letzten Tage, in denen von meinem Auftritt ausführlich berichtet wurde. Es schien, als würde sich mein Leben mit einem Schlag völlig verändern. Plötzlich stand ich in der Öffentlichkeit und das war etwas, womit ich nicht gerechnet hatte. Es war einschüchternd und es war fremd. Vor allem aber war dies nie mein Ziel gewesen. Ja, ich wollte singen und ich war so dankbar für die Chancen, die sich mir eröffnet hatten, und ich empfand jedes Mal ein Hochgefühl, wenn ich auf der Bühne stand. Ich liebte das Publikum und war dankbar für den Applaus, doch war mir nie bewusst, welche Wogen dieser Auftritt in Mailand nach sich ziehen würde.

Als wir an meinem ersten Abend, wieder zurück in Wien, nach der Sperrstunde gemütlich im Gastraum saßen, fragte ich meine Adoptiveltern nach Sniper. Umgehend wurden ihre Mienen traurig und Theresas Augen röteten sich. „Sniper hat sich, nachdem er uns wieder hierher zurückgebracht hatte, von uns verabschiedet. Doch war es kein Abschied, wie sonst in all den letzten Jahren, sondern es war ein Lebewohl, Lizzy", erzählte mir Franz. „Er hat sich bedankt, für unsere Freundschaft, und er hat uns aufgetragen, immer gut auf dich acht zu geben. Er würde weggehen aus Wien, meinte er, doch wohin, das hat er uns verschwiegen. Wir haben ihn seither nicht mehr gesehen und ich denke, dass wir dies auch nie mehr tun werden."

Diese Worte ließen mich in ein tiefes Loch fallen. Nach seinem Abschied in Mailand hatte ich insgeheim immer gehofft, dass es ein Wiedersehen hier in Wien gab, wenn ich wieder in meine Heimat zurückkommen würde. Doch die Worte von Franz machten diese Hoffnung zunichte. Was mir von Sniper blieb, waren Erinnerungen und ein Foto, das wir an einem der Nachmittage, die wir im Prater verbrachten, von uns machen ließen. Darauf lachten wir beide so aus dem Herzen heraus und hielten uns im Arm. Dieses Bild gehörte nun ebenfalls zu meinem kostbaren Schatz und ich bewahrte es, gemeinsam mit der Rassel, die bei mir lag, als ich als Baby gefunden wurde, der Kette mit dem Holzherz von Alexander und meinem ersten Liederbuch von Schwester Maria in einem kleinen Kästchen auf. Und ich trug Sniper in meinem Herzen. Seinen

Platz darin konnte ihm keiner streitig machen. Er war zu einem Teil von mir geworden, und das würde immer so bleiben.

Einige Tage, nachdem ich wieder in Wien war und gerade eine Pause von den Proben an der Oper hatte, wurde ich in das Büro von Maestro von Tannhausen gerufen. Ich rechnete damit, dass es um einen weiteren Pressetermin ging oder vielleicht sogar um ein neues Engagement an einem anderen Opernhaus, doch als ich eintraf, erwartete mich die Sekretärin des Maestros mit dem Telefonhörer in der Hand und streckte mir diesen entgegen. „Jemand möchte Sie sprechen, Fräulein Walters, es scheint wichtig zu sein."

Das erstaunte mich. Noch nie hatte mich jemand hier angerufen oder nach mir verlangt. Ich griff etwas nervös nach dem Hörer.

„Lizzy, hallo, bist du da?" Zuerst wusste ich nicht, wer da am anderen Ende der Leitung war, doch dann keimte eine ferne Erinnerung in mir und mein Herz begann ganz laut zu schlagen. „Gabi? Bist du das?", flüsterte ich. Konnte das möglich sein, nach all den Jahren? Wäre das Schicksal wirklich so gnädig mit mir, meine allerliebste Freundin aus Kindheitstagen wieder in mein Leben zu führen?

„Oh Gott, Lizzy, ja ich bin's, Gabi. Ich kann es kaum glauben, wirklich deine Stimme zu hören." Ich musste mich setzen, da meine Beine vor Aufregung zitterten. „Gabi, wie hast du mich gefunden? Wo bist du denn? Ach, wie ich dich vermisst habe." Die Worte sprudelten nur so aus meinem Mund und ich schluchzte. Meine Schultern bebten und meine Hände konnten kaum den Telefonhörer richtig halten.

„Ich habe dich im Fernsehen gesehen, Lizzy, und so hatte ich endlich einen Anhaltspunkt, wo ich dich finden konnte. Ich bin in Wien. Können wir uns sehen?"

Unser Wiedersehen war tränenreich, doch von Glück erfüllt. Meine verloren geglaubte Freundin nach diesen langen Jahren endlich wieder im Arm halten zu dürfen und ihr gegenüber zu sitzen war ein so großes Geschenk für mich. Gabi erzählte mir von ihrem Weggang aus dem Waisenhaus als sie volljährig war. Sie arbeitete einige Jahre als Magd auf einem der umliegenden Bauernhöfe und bekam dann eine Stellung im Kaufhaus des Nachbarortes. Dort unterstützte sie die Besitzerin bei der Büroarbeit und übernahm bald selbstständig viele Arbeiten. Sie hatte es gut getroffen mit ihren Arbeitgebern, die ihr nicht nur ein kleines Zimmer zur Untermiete zur Verfügung stellten, sondern ihr auch eine Ausbildung als Sekretärin ermöglichten. Sie hatte mein Fernsehinterview gesehen und mich sofort erkannt. Da ich als ein Mitglied des Ensembles der Wiener Staatsoper vorgestellt wurde, sah sie dies als Chance, sich hier zu melden, um mich wiederzufinden. Und es war wohl eine Fügung des Schicksals, dass wir nun wieder zueinandergefunden hatten.

Natürlich fragte ich sie auch nach Alexander, doch leider wusste Gabi nichts über seinen Verbleib oder was aus ihm geworden war. Dies machte auch den kleinen Hoffnungsschimmer zunichte, der sofort aufgekeimt war, als ich meiner Freundin wieder begegnete. So wie Sniper hatte ich wohl auch Alexander für immer verloren.

„Lizzy, es wird Zeit, du musst dich jetzt fertig machen", forderte mich meine Freundin lächelnd auf. Ich starrte wohl schon einige Minuten gedankenverloren in den Spiegel vor mir. Es war mein Hochzeitstag, und da sollte ich doch glückstrahlend mir entgegensehen. In wenigen Augenblicken würde ich Karl heiraten, ihm versprechen, ihn zu lieben, zu achten und zu ehren für den Rest meines Lebens. Ich legte meine Kette mit dem Holzherz um, welche mir Alexander einst schenkte. „Liebster, bitte verzeih mir, doch ich muss mein Leben leben. Ich werde dich immer lieben", flüsterte ich mir selbst zu. Ich sah, wie Gabi mir mit Verstehen im Blick im Spiegel entgegensah und dann meine Hand drückte. „Werde glücklich, Lizzy", sagte sie mir, „Karl trägt dich auf Händen und er liebt dich, davon bin ich überzeugt." Ich nickte und dachte an das ereignisreiche Jahr, das hinter mir lag.

Wie es Karl versprochen hatte, meldete er sich einige Wochen nach dem Opernabend, an welchem wir uns kennengelernt hatten. Er besuchte eine Vorstellung in der Staatsoper in Wien und lud mich danach zum Essen ein. Diesem Abend folgten viele, an denen er mich ausführte und ich bemerkte bald, dass er mehr für mich empfand als reine Bewunderung. Er beschenkte mich reichlich, mal brachte er Blumen mit, mal ein besonderes Konfekt und an einem Abend überreichte er mir nach dem Abendessen eine kleine Schatulle. Ich war sehr erstaunt und wagte kaum, sie zu öffnen. Karl ermutigte mich und es befand sich darin ein kostbares Armband, das mit Smaragden besetzt war. „Karl, es ist wunderschön, aber das kann ich nicht annehmen", waren meine Worte. Doch Karl nahm meine Hand, legte mir das Armband um und sah mich dann an. „Ich habe mich in dich verliebt, Elisabeth. Bitte nimm es an und trage es." Sein Geständnis rührte und überraschte mich, obwohl ich es schon einige Zeit gespürt hatte. Es waren seine Blicke, die mich streichelten und seine Hände, die mich beim Abschied immer länger als nötig festhielten. Karl war ein attraktiver und intelligenter Mann, weltgewandt und selbstbewusst. Seine Aufmerksamkeit, die er mir entgegenbrachte, schien von Anfang an nicht gespielt zu sein und er brachte mich so oft dazu, zu lachen. Ich fühlte mich wohl in seiner Nähe und ich schätzte und achtete ihn, verspürte zwar Zuneigung, doch keine Liebe. Diese gehörte für alle Zeiten Alexander. Doch das wagte ich nicht zu sagen. Ab diesem Abend machte Karl mir den Hof, er warb um mich und er küsste mich, wann immer er sich von mir verabschiedete.

Es war ein Wochenende am Ende dieses Sommers, als mich Karl auf sein Anwesen in der Toskana einlud. Franz und Theresa rieten mir, dieses einmalige Angebot anzunehmen und alle Chancen zu ergreifen, die sich mir boten. Und so fuhren Karl und ich nach Italien. Ich war überwältigt, als ich sein Zuhause das erste Mal sah. Eine weiße Villa, die im Sonnenlicht glänzte, eingebettet in einen Zypressenhain. Das Grundstück war riesig und von einem parkähnlichen Garten umgeben. Als wir eintrafen, wurden wir von einem Hausmädchen empfangen, und ein Chauffeur kümmerte sich um unser Gepäck. Dies war alles fremd für mich, eine Welt, die ich bis dahin nicht gekannt hatte. Doch Karl nahm mir jegliche Scheu und kümmerte sich rührend um mich, führte mich im Haus herum und unternahm Ausflüge in die nähere Umgebung mit mir. Am Abend vor unserer Rückreise saßen wir bei einem Glas Wein auf der Terrasse. Plötzlich nahm Karl meine Hände und sah mich liebevoll an. „Elisabeth, ich liebe dich. Mach mir bitte die Ehre und werde meine Frau. Möchtest du mich heiraten?"

Im ersten Moment wusste ich nicht, was ich sagen sollte. Mein Herz pochte in meiner Brust und die unterschiedlichsten Gefühle durchzogen mich. War Zuneigung, Achtung und Respekt genug, um sich für ein ganzes Leben an einen Mann zu binden? War es ein Verrat an dem Mann, dem meine Liebe gehörte? Doch ich fühlte auch die Dankbarkeit, die ich Karl gegenüber empfand, und ich dachte an die vielen schönen Momente, die ich mit ihm in den letzten Monaten erleben durfte. Vielleicht war es das Leben an der Seite dieses Mannes, welches das Schicksal sich für mich ausgedacht hatte. Karl sah mich erwartungsvoll an und ich nickte. „Ja, Karl, ich will dich heiraten."

Franz und Theresa konnten es kaum glauben, als ich als Verlobte des Unternehmers Karl Vianello wieder nach Wien zurückkehrte. Sie richteten spontan eine Feier für alle unsere Freunde und Stammgäste aus, um ihrer Freude Ausdruck zu verleihen. Ein Foto von Karl und mir erschien in der Presse, wo die Verlobung und baldige Vermählung des Unternehmers Vianello und der Sopranistin Walters bekanntgegeben wurde.

Karl wollte unsere Hochzeit zu Silvester feiern, auf seinem Anwesen in der Toskana. Es schien im passend und auch ein schönes Symbol, dies genau ein Jahr nach unserem Kennenlernen zu tun.

Zwei Monate vor unserer Hochzeit machte Karl den Vorschlag, zu ihm zu ziehen, um mich an mein neues Zuhause zu gewöhnen und genügend Zeit vor Ort zu haben, um die Hochzeitsvorbereitungen zu treffen.

Natürlich war mir bewusst, dass ich nach der Hochzeit Wien und somit auch vielen lieb gewonnenen Menschen, aber vor allem meinen Adoptiveltern den Rücken zukehren musste. Dennoch machte mir der Gedanke daran zu schaffen und ich verbrachte einige Nächte grübelnd, erfüllt von Wehmut und auch mit Angst behaftet vor dem Neuen und Unbekannten, das auf mich zukam.

Der Abschied von Franz und Theresa war traurig und tränenreich. Doch sie versprachen mir, dass wir uns spätestens bei der Hochzeit wiedersehen würden.

Ein Trostpflaster für mich war, dass mich Gabi nach Italien begleitete. Karl wusste von meiner innigen Verbundenheit mit meiner lieben Freundin und hatte ihr daher angeboten, sie als meine Assistentin einzustellen, damit sie mir helfend zur Seite stehen konnte, sowohl bei den Hochzeitsvorbereitungen als auch bei der Organisation meines beruflichen Alltags, der mittlerweile von Auftritten auch außerhalb Österreichs gekennzeichnet war. Dankbar nahm Gabi dieses Angebot an und so zog ich im Herbst in die Villa von Karl in die Toskana.

Es war ein großes Glück, dass ich meine Vertraute und Freundin um mich hatte, denn trotz der vielen Vorbereitungen wären die Abende in diesem mir noch fremden Haus sonst sehr einsam gewesen. Karl hatte viele geschäftliche Verpflichtungen und oft kam er erst nach Hause, wenn ich schon eingeschlafen war. Der Nebel, der hier die Abende oft in ein diffuses Licht tauchte, legte sich manchmal wie Blei um meine Seele und des Öfteren traf mich der von Mitgefühl erfüllte Blick meiner Freundin, wenn ich am Abend vor dem Kamin saß und mit leerem Blick in die Ferne sah. Doch Karl war so voller Euphorie und Vorfreude auf unsere Vermählung und er schaffte es meist mit seiner galanten und charmanten Art, mich wieder zum Lächeln zu bringen.

Ich schlüpfte in meine Brautschuhe. Sie waren mit weißem Satin überzogen und die hohen Absätze ließen mich elegant und aufrecht dastehen. Gabi reichte mir meinen Brautstrauß. Er war gebunden aus weißen Rosen, meinen Lieblingsblumen, und grüner Efeu sowie weißer Brautschleier rankten sich beinahe bis zu meinen Zehenspitzen.

„Bist du bereit?", fragte mich meine Freundin, die meine Braut-
jungfer war und mir heute an diesem besonderen Tag beistand.

Ich umfasste das hölzerne Herz, warf nochmals einen Blick auf
die Schatulle, in der das Foto von Sniper und mir lag, erlaubte mir
noch einige Gedanken an diese beiden Männer, die mein bisheriges
Leben in besonderer Weise geprägt hatten und sah dann meiner
Freundin Gabi in die Augen. „Ja, ich bin bereit." Heute würde ein
völlig neues Leben für mich beginnen.

Kapitel 11 – November 1980

„Pressen, Sie müssen pressen, Signora Vianello! Ich kann das Köpfchen schon fühlen!"

Die Schmerzen, die meinen Körper durchzogen, waren kaum auszuhalten und von einer Intensität, die sich nicht beschreiben ließ. Es schien mir, als würde jemand mit einem Messer meine Bauchdecke malträtieren. Seit dem frühen Morgen lag ich hier in einem extra für die Geburt eingerichteten Raum in der Villa. Während ich mit Karl beim Frühstück saß, hatte ich einen Blasensprung und kurz darauf verspürte ich die ersten Wehen, die den Beginn der Geburt ankündigten. Dies setzte die Maßnahmenkette in Bewegung, die Karl schon wenige Wochen nach Bekanntgabe meiner Schwangerschaft geplant hatte. Binnen einer Stunde war ein Team, bestehend aus einem Gynäkologen, einer Hebamme, einer Krankenschwester und einem Kinderarzt in der Villa eingetroffen. Karl wollte, dass unser Kind in seinem Haus zur Welt kam und er scheute keine Kosten, dass dies unter der Obsorge der renommiertesten Fachkräfte geschah. Mir war das nur recht. Ich war kein Freund von Krankenhäusern, sie schüchterten mich ein und die Atmosphäre, die dort herrschte, machte mir Angst.

Ich wusste nicht, wie spät es war, doch da es schon dämmerte, musste es bereits Abend sein. Mein schweißnasses Haar klebte mir am Kopf und im Gesicht, meine Finger waren zu Fäusten geballt, wann immer mich eine Schmerzwelle durchzog und die Laute, die meinen Mund verließen, hörten sich unmenschlich an.

Ich wollte, dass es ein Ende hatte, ich verspürte kaum mehr die Kraft, einer der Aufforderungen der Hebamme und des Arztes nachzukommen. Karl hatte einige Male das Zimmer betreten und war jedes Mal wie ein gehetztes Tier hin und her gelaufen, da er nichts tun konnte. Der Arzt hatte ihm daraufhin nahegelegt, vor dem Zimmer zu warten und darauf zu vertrauen, dass alle hier ihr Bestes geben würden und mich mit ihrem medizinischen Wissen unterstützten.

Nach unserer Hochzeit verbrachten Karl und ich unsere Flitterwochen in Zermatt, am Fuße des Matterhorns. Karl hatte dort für zwei Wochen ein Chalet gemietet und wir unternahmen lange Spaziergänge in der tiefverschneiten Landschaft, ließen uns von einem Pferdeschlitten durch die Wälder ziehen, die einem Wintermärchen ähnelten, und genossen in trauter Zweisamkeit gemütliche Abende vor dem Kamin. Nur selten nahmen wir unsere Mahlzeiten in einem der exklusiven Restaurants dieses bekannten Urlaubsortes ein. Meist wurden wir von Greta bekocht, der Köchin, die schon seit vielen Jahren im Dienst von Karl stand und die mit uns in die Schweiz mitgereist war.

Ich hatte mich am Tag nach der Hochzeit schweren Herzens von meinen Adoptiveltern verabschiedet. Sie schlossen mich in ihre Arme und nahmen mir das Versprechen ab, sie so rasch als möglich wieder in Wien zu besuchen. „Pass auf dich auf", flüsterte mir Franz ins Ohr, als er mich zum Abschied auf die Wange küsste, und Theresa sagte mir mit tränenerstickter Stimme, dass ich bei ihnen immer ein Zuhause haben würde. Dieser Abschied machte mir das Herz schwer.

Franz, Theresa, Gabi und Maestro von Tannhausen waren die einzigen Gäste, die ich kannte und welche von mir eingeladen wurden. Alle anderen waren Fremde für mich, Familie, Freunde, Geschäftspartner und Kunden von Karl, die ich auf meiner Hochzeit zum ersten Mal sah. Die Trauungszeremonie fand in der kleinen Kapelle statt, die sich auf dem Anwesen von Karl befand. Mein Adoptivvater führte mich zum Altar und übergab mich dort meinem Bräutigam. Karl sah sehr elegant aus in seinem schwarzen Frack und er trug ein Strahlen im Gesicht, als ich auf ihn zuschritt. Meine Freundin Gabi stand mir an diesem Tag bei, hielt meinen Brautstrauß, als Karl und ich die Ringe tauschten, und reichte mir ein Taschentuch, wenn sich ein paar Tränen aus meinen Augenwinkeln lösten. Oh ja, ich vergoss Tränen an diesem Tag, der für beinahe jede Braut ein von Freude und Glück erfüllter Tag war. Ich empfand durchaus Freude, auch Dankbarkeit, dass mich das Schicksal an einen so wunderschönen Ort und zu einem so stattlichen und liebevollen Mann geführt hatte. Doch ich wusste, ganz tief in meiner Seele, dass ich keine Liebe für Karl empfand und dass dies auch nie der Fall sein würde. Meine Liebe gehörte einem anderen, Alexander, und das schon seit meinen Jugendjahren. Auch wenn das Leben uns getrennt hatte und ein Wiedersehen außerhalb jeglicher Möglichkeiten lag, würde sich an meinen Gefühlen für ihn nichts ändern. Und dennoch stand ich hier und heiratete einen anderen Mann. Im Laufe der letzten Jahre hatte ich gelernt, dass die Aufgaben, die das Leben an einen stellte, nicht immer jene waren, die man sich selbst aussuchen konnte. Oftmals betrat man fremdes Terrain und war angehalten, sich mit dem Neuen, das auf einen zukam, auseinanderzusetzen. Gleichzeitig schien das Leben einen Plan zu verfolgen und einen ganz bewusst in eine gewisse Richtung zu lenken. Mein Plan und mein Platz, den das Leben für mich bereithielt, schien wohl an der Seite dieses Mannes zu sein. Und ich hätte es wahrlich schlechter treffen können. Nicht nur durfte ich meine Passion und meine Freude am Singen als meinen Beruf ansehen, sondern hatte mit Karl auch einen Mann gefunden, der mich auf Händen trug, mich zum Lachen brachte, mir jeden Wunsch von den Augen ablas, mir ein Leben frei von finanziellen Sorgen ermöglichte und mich liebte, wie er mir oft versicherte. Die 15 Jahre, die uns trennten, stellten für mich keinen Grund dar, Karl nicht als einen attraktiven Mann anzusehen. Ich schätzte Karl und empfand Zuneigung für ihn, und wenn ich ehrlich zu mir selbst war, dann wollte ich endlich ankommen, endlich über den Verlust von Alexander und Sniper hinwegkommen und versuchen, glücklich zu werden, soweit dies möglich war. Dass beide für immer ein Teil meiner selbst waren, würde sich durch eine Heirat nicht ändern. Doch vielleicht würde sich der Sturm in mir legen und mein Inneres zur Ruhe bringen.

Nach unseren Flitterwochen kehrten wir in die Toskana zurück. Karl begann sich wieder um seine Geschäfte zu kümmern und mich führten mehrere Engagements an die Opernhäuser in Zürich, nach Leipzig und auch wieder nach Wien. Wann immer ich für einige Tage in Wien verweilte, besuchte ich meine Adoptiveltern, und es waren stets Tage, die mich mit Freude erfüllten und mich Heimat spüren ließen. Franz und Theresa hatten mein altes Zimmer so belassen, wie ich es verlassen hatte. Theresa meinte, dass es ihnen somit das Gefühl gab, ich wäre nur für einige Zeit weg und würde bald wieder nach Hause zurückkehren. Sie erzählte mir auch, dass sie des Öfteren auf meinem Bett in diesem Zimmer saß, wenn meine Abwesenheit besonders schmerzte. So wäre sie mir ganz nah, da es schien, als würde dieser Raum meine Energie ausatmen. Dieses Geständnis rührte mich sehr. Ja, auch ich vermisste meine Adoptiveltern, vermisste die malerischen Gassen Wiens, die gemütlichen Kaffeehäuser, vermisste mein altes Leben. Doch musste der Mensch im Laufe seines Lebens immer wieder Verluste hinnehmen, um an neuen Aufgaben zu wachsen. Und mein Leben war nun an der Seite von Karl, mein Zuhause war nun die Villa in der Toskana, dafür hatte ich mich entschieden und dazu hatte ich vor dem Altar Ja gesagt.

Auch mein gewohnter Alltag änderte sich. Ich war von Menschen umgeben, deren Aufgabe es war, sich um das Anwesen, einen reibungslosen Tagesablauf und die Bedürfnisse von Karl und mir zu kümmern. Und das überforderte mich zu Beginn sehr.

Da gab es Thomas, den Chauffeur, der sich auch um den Garten und die technischen und handwerklichen Aufgaben im und um das Haus kümmerte, Greta, die Karl und mich in unsere Flitterwochen begleitet hatte, war die Köchin und kümmerte sich um das leibliche Wohl von uns und auch unseren Gästen, da es immer wieder geschäftliche Abendessen oder gesellschaftliche Empfänge in unserem Haus gab. Und es gab Maria, unser Hausmädchen, deren Aufgabe es war, für die Sauberkeit im Haus und das Servieren der Mahlzeiten zu sorgen. Thomas und Greta waren schon in Diensten bei Karl, seit er die Villa vor vielen Jahren gekauft hatte. Sie hätten meine Eltern sein können und gaben mir von Anfang an das Gefühl, dass sie mich mochten und in mir keinen Eindringling sahen. Maria war nicht viel älter als ich und mir gegenüber sehr verschlossen. Natürlich ließ sie es nicht an Höflichkeit mangeln und begegnete mir stets mit Respekt, doch gleichzeitig spürte ich eine gewisse Abneigung, die sich gegen mich richtete, die ich jedoch nicht einordnen konnte. Zum Glück aber gab es auch Gabi, meine allerliebste Freundin, die als meine Assistentin im Personalhaus der Villa einzogen war.

Wenn es die Zeit zuließ und ich, zwischen meinen Engagements, einige Tage zu Hause verbrachte, überkam mich manchmal Langeweile und Melancholie. Daran konnte auch Gabi nichts ändern, denn ihr Tag war mit der Organisation meiner Termine und Auftritte ausgefüllt. Ich war jung, voller Tatendrang und es gewohnt, meinen Tag mit sinnvollen Aufgaben auszufüllen. Es gab mir nichts, stundenlang auf der Terrasse in der Sonne zu sitzen, mich bedienen zu lassen und auf die Ankunft von Karl zu warten, der oft erst nach Hause kam, wenn es schon dunkel war. So machte ich mich dann im Haus nützlich, arrangierte Blumendekorationen oder half Greta in der Küche. Ich wusste, dass Karl dies nicht gerne sah. Seiner Meinung nach war dies die Aufgabe der Hausangestellten, und ich sollte meine Kräfte schonen, um auf der Bühne zu glänzen. Dafür bewunderte er mich und er betonte immer wieder, dass es meine Stimme und meine Ausstrahlung auf der Bühne war, in die er sich als Erstes verliebt hatte.

Dies war auch der Grund dafür, dass Karl, wann immer er es sich einrichten konnte, mich zu meinen Auftritten begleitete oder spätestens dann im Publikum Platz nahm, wenn sich der Vorhang hob. Dafür war ich ihm sehr dankbar und das zeigte mir auch, dass ich ihm wichtig war.

Vier Monate nach unserer Vermählung wusste ich, dass ich schwanger war. Ein morgendliches Unwohlsein und eine ständige Müdigkeit hatten mich zum Arzt geführt, der mir eröffnete, dass ich ein Kind erwartete. Diese Nachricht war die Schönste meines bisherigen Lebens und meine Freudentränen, die ich im Behandlungszimmer des Arztes vergoss, brachten ihn fast in Verlegenheit. Ich trug ein Kind in mir, ein kleines Wesen, welches ein Teil von mir war. Ich wusste und schwor mir, dass ich es mit Liebe und Fürsorge überhäufen würde. Es sollte an jedem einzelnen Tag seines Lebens spüren, was es bedeutete, von seiner Mutter geliebt zu werden, etwas, das mir das Leben verwehrt hatte.

Karl war aus dem Häuschen, als ich ihn an diesem Abend mit der Nachricht überraschte, dass wir Eltern würden. Er küsste und herzte mich und strahlte über das ganze Gesicht. „Unser Sohn wird das schönste Kind weit und breit sein. Ich werde ihm alles beibringen, was ein Junge können sollte", rief er in überschwänglicher Freude. Ich kicherte. „Wer sagt denn, dass es ein Junge wird? Es könnte ja auch ein süßes, kleines Mädchen sein." Doch Karl beharrte darauf, dass es sein Stammhalter sein würde, der einmal seine Nachfolge und sein Erbe antreten würde. Danach sei noch immer Zeit dafür, dass wir auch einem kleinen Mädchen das Leben schenken würden, meinte er euphorisch.

Karl packte mich ab diesem Zeitpunkt in Watte. Er bestand darauf, dass ich mich, so oft es ging, ausruhte. Am liebsten wäre es ihm gewesen, wenn ich umgehend alle meine Auftritte abgesagt hätte. Doch konnte ich ihm das zum Glück ausreden. Ich fühlte mich, von der morgendlichen Übelkeit abgesehen, sehr wohl und noch war es mir nicht anzusehen, dass ich ein Kind unter dem Herzen trug. Karl war nun öfters zu Hause und das tat mir gut. So fühlte ich mich nicht so einsam in diesem großen Haus. Durch mein stetiges Reisen in die unterschiedlichsten Städte und die intensive Probenarbeit für meine jeweiligen Auftritte hatte ich kaum Kontakte oder Freunde in meiner neuen Heimat gefunden. Umso wertvoller war es für mich, dass ich Gabi um mich hatte, die mich auf all meinen Reisen begleitete und mir nicht nur in beruflichen Belangen eine große Stütze war, sondern im besonderen und wichtigsten Maße eine wahre Freundin.

Es war nach einem Auftritt als Lucia in „Lucia di Lammermoor" an der Staatsoper in Wien, als ich in der Garderobe vor Erschöpfung zusammenbrach. Meine Schwangerschaft war schon fortgeschritten, doch verbarg das weite Bühnenkostüm meinen Babybauch, was es mir ermöglichte, diese Rolle zu übernehmen. Zum großen Glück war Gabi bei mir und ließ sofort nach einem Arzt rufen, der einen Schwächeanfall diagnostizierte und mir dringend riet, mich aus meinem beruflichen Alltag zurückzuziehen, um mich und mein ungeborenes Kind nicht zu gefährden.

Am Tag darauf veranlasste Gabi eine Pressekonferenz, wo

in meiner Abwesenheit verkündet wurde, dass ich ab sofort aus gesundheitlichen Gründen eine Karrierepause einlegen würde. Um keine Gerüchte zu schüren, wurde auch bekannt gegeben, dass ich ein Kind erwartete, und diese Nachricht verbreitete sich über die Medien wie ein Lauffeuer.

Karl reiste umgehend mit mir nach Hause und zu meiner großen Freude begleitete mich auch meine Adoptivmutter in die Toskana.

Es waren Wochen voll von innigen Gesprächen und Schwelgen in alten Erinnerungen, die ich mit Theresa führte. Auch Gabi war meist ein Teil unserer vertrauten Runde, denn durch meine berufliche Pause war ihr Arbeitstag nicht mehr so ausgefüllt. Wir machten Spaziergänge, wenn auch nicht allzu lange, da ich mich doch schon dem Ende meiner Schwangerschaft näherte. Sonnige Nachmittage verbrachten wir im Garten der Villa unter den schattigen Bäumen und Greta verwöhnte uns mit allerlei Köstlichkeiten, die sie in der Küche zauberte. Wann immer Theresa mit Franz telefonierte, spürte ich, dass Franz sich nach seiner Frau sehnte. Doch Theresa wollte mir in dieser besonderen Zeit beistehen und bis zur Geburt an meiner Seite sein. Sie schrieb ihm Briefe, in denen sie ihm detailgetreu berichtete, wie es mir erging, womit wir unsere Tage verbrachten und wie gut mir ihre Anwesenheit hier tat. Es war dies ihre Art, ihrem Mann in diesen Wochen nahe zu sein und dennoch ihre, wie sie sagte, „Aufgaben einer Mutter", wahrzunehmen. Zu spüren, wie sehr mich Theresa in ihr Herz geschlossen hatte, erfüllte mich mit dankbarer Zufriedenheit und einem Wohlgefühl im Herzen, in welchem Theresa den Platz einer Mutter eingenommen hatte. Ich bekam ein Gefühl dafür, was es bedeutete, bedingungslos geliebt zu werden, etwas, das der Mutterliebe eigen ist.

Es wurde November und damit rückte die Geburt immer näher. So sehr ich in freudiger Erwartung war, mein Kind bald in meinen Armen halten zu dürfen, so drückten die frühen Abende und der stete Nebel doch auf mein Gemüt. Unterschwellig verspürte ich auch die Angst vor dem Unbekannten, der Geburt selbst und wie sich mein Leben dadurch verändern würde. Und in ganz stillen und unbeobachteten Momenten überkam mich tiefer Schmerz, dass es nicht Alexander war, dem ich ein Kind schenken würde. Viele Briefe schrieb ich in dieser Zeit an Alexander und verwahrte sie danach in dem Holzkästchen. Doch auch an Sniper richtete ich meine Gedanken, die, genauso ungelesen vom Empfänger, die Fülle an Briefen immer größer werden ließ. Dies gestand ich mir zu, es war, als hätte ich mir einen eigens dafür eingerichteten Raum geschaffen, der mein gedanklicher Rückzugsort war, wenn sich das, was sich tief in meinem Herzen und meiner Seele befand, einen Weg an die Oberfläche suchte.

Da Karl mich in Gesellschaft von Theresa und Gabi gut aufgehoben sah, ging er wieder mehr seinen Geschäften nach. Ich wusste, ich war in den letzten Wochen meiner Schwangerschaft keine gute Gesellschaft mehr. Oft überkam mich Müdigkeit und für tiefsinnige Gespräche fehlte es mir an gutem Willen. Er versicherte mir, sich ein Zeitfenster nach der Geburt freizuhalten, um für mich und unser Kind dann da zu sein. Dies bedurfte einiges an Mehrarbeit und Organisation. Mir machte es nichts aus, ich hatte zwei besondere Frauen an meiner Seite, die trotz meines oftmaligen Schweigens und meiner Ermüdungserscheinungen immer da waren, wenn ich sie brauchte.

„Noch einmal pressen, Signora! Kommen Sie, einmal noch!" Ich presste meine Zähne zusammen, mein Kopf schien zu explodieren, so zerrte die Anstrengung an mir. Doch dann dachte ich an mein Kind, an die Millionen Frauen, die schon vor mir einem Kind das Leben geschenkt hatten, und ich mobilisierte meine letzten Kräfte. Die Schmerzen raubten mir fast den Verstand und plötzlich wich der Druck von mir und ich hörte das schönste Geräusch der Welt, den ersten Schrei meines Kindes.

Erschöpft sank ich zurück in die Polster, mein Atem ging rasend und dennoch galt mein einziger Gedanke meinem Kind, das mir von der Hebamme als feuchtes Bündel auf die Brust gelegt wurde. Meine Augen waren auf dieses kleine Wesen gerichtet und meine Tränen schmälerten nicht mein Lächeln, das sich einstellte, als ich mein Kind betrachtete, dieses kleine Wunder, dieses Gottesgeschenk. Ganz vorsichtig strich ich mit den Fingern über das Gesicht und das Köpfchen.

„Herzlichen Glückwunsch, Signora Vianello, Sie haben einen Sohn", gratulierte mir die Hebamme und strahlte mich an.

„Einen Sohn", flüsterte ich. Mein strahlendes Lächeln galt nur ihm und mein Herz quoll über vor Liebe zu meinem Kind.

„Willkommen im Leben, kleiner Lukas, ich bin deine Mama."

Kapitel 12 – Sommer 1982

„Nicht so schnell Lukas. Mama kann nicht mehr so schnell laufen!"
Mein Sohn brabbelte vergnügt vor sich hin und setzte seinen Weg, ungeachtet meiner Worte, breitbeinig über die Wiese hinter der Terrasse fort. Mit seinen gut 1½ Jahren war er unglaublich flink, und wenn er über seine eigenen Füße stolperte, dann krabbelte er einfach weiter und auch das in einem erstaunlichen Tempo. Er war ein Frühstarter, was das Gehen anbelangte, denn schon mit 11 Monaten tat er seine ersten selbstständigen Schritte. Ich erinnere mich genau an den Moment, als er seinen kleinen Holzwagen, der mit bunten Bauklötzen gefüllt war, vor sich herschob, plötzlich den Griff losließ und dann, zwar noch etwas unbeholfen und scheinbar über sich selbst sichtlich erstaunt, einfach losmarschierte, bevor er sich auf seinen Po fallen ließ und mir sein süßes Babykichern schenkte. Dies waren die Momente, die ein Mutterherz vor Glück und Stolz überquellen ließen und die sich für alle Zeiten im Gedächtnis einbrannten.

Meine geschwollenen Beine und mein sehr ansehnlicher Babybauch, den ich vor mich hertrug, hemmten mittlerweile meine Kondition und Bewegungsfähigkeit. Ja, ich war wieder schwanger und würde in wenigen Wochen mein zweites Kind bekommen.

Mit der Geburt von Lukas gab es einige Veränderungen in meinem Leben. Neben durchwachten Nächten, Tagen voller Unsicherheit, etwas falsch zu machen, dem Aneignen eines Tagesablaufes, der nun von meinem kleinen Schatz bestimmt wurde, bestand mein Leben nun ausschließlich darin, Mutter zu sein und meinem Sohn all die Liebe und Aufmerksamkeit zu schenken, die ich zu vergeben hatte. Karl war außer sich vor Freude über seinen ersehnten Stammhalter und so waren in den ersten Wochen nach der Geburt ständig Menschen zu Besuch, denen er stolz seinen Sohn präsentierte. Mein

Bedürfnis nach Gesellschaft, die sich über meine Familie, meine Freundin Gabi und unsere Hausangestellten hinauszog, war sehr gering. Die Geburt hatte mich geschwächt und der Arzt empfahl mir Ruhe und Schlaf, wann immer dies möglich war. Dennoch beharrte Karl darauf, mich doch das eine und andere Mal im Salon blicken zu lassen, in welchem er seine Gäste empfing. Gabi stand mir immer hilfreich zur Seite, auch darin, mir mit der Garderobe und meinem Aussehen behilflich zu sein. Ich hatte nie großen Wert darauf gelegt, mich jeden Tag herauszuputzen oder Make-up zu tragen, erst ab dem Zeitpunkt meiner Karriere als Opernsängerin wurde dies zu einer beinahen Notwendigkeit. Es störte mich nicht, doch wenn ich privat unterwegs war und mich in meinen eigenen vier Wänden befand, dann fühlte ich mich in bequemer Kleidung, barfuß und die Haare zu einem Pferdeschwanz hochgebunden, wohl. Der Alltag mit einem Baby zeigte mir dann auch sehr rasch, dass eine bequeme Hose und ein T-Shirt völlig ausreichend waren, zudem ich diese mehrmals am Tag wechseln musste, da Lukas mich vollsabberte. Ich stillte Lukas sechs Monate lang. Dies war mein innigster Wunsch, den ich mir auch von niemandem ausreden ließ. Es war das die innigste, tiefste Verbindung, die ich in diesen Stunden zu meinem Kind hatte, wenn er an meinen Brüsten nuckelte und dann zufrieden daran einschlief. Die Nächte verbrachte er in einem Stubenwagen, der an meiner Bettseite stand, sodass ich ihn sofort und jederzeit herausheben konnte, wenn er aufwachte und hungrig war. Mein Schlaf war sehr leicht in diesen ersten Monaten. Oft lag ich stundenlang wach und betrachte voller Stolz und Liebe dieses Wunder, das ich in mir getragen hatte und welches nun hier zufrieden in seinem Bettchen lag. Die kleine Rassel, das Einzige, das mir als vermeintliches Andenken an meine Mutter geblieben war, baumelte vom Betthimmel des Stubenwagens und wann immer ich die kleinen Glöckchen zum Klingen brachte, richteten sich seine Augen darauf und er quiekte vergnügt und strampelte mit seinen Beinchen.

Wie es wahrscheinlich vielen anderen Paaren auch ging, litt die Zweisamkeit zwischen Karl und mir in dieser Zeit. Er liebte seinen Sohn abgöttisch, das wusste ich und das sagte mir der Stolz in seinen Augen, wann immer er seinen Sohn in den Armen hielt. Doch ich spürte auch, dass er mich nun mit anderen Augen sah. „Ich vermisse die Zeit mit dir alleine", sagte er mir des Öfteren. „Wann wirst du wieder auf die Bühne zurückkehren? Wir können uns doch ein Kindermädchen nehmen, so ist Lukas gut versorgt und ich darf dich wieder auf der Bühne bewundern."

Diese Worte von Karl verstimmten mich, verletzten mich und machten mich traurig. Lukas stand nun im Mittelpunkt meines Lebens und ich hatte mir vorgenommen, erst zu einem späteren Zeitpunkt wieder über eine Fortsetzung meiner Opernkarriere nachzudenken. Wann dies der Fall sein würde, das würde sich ergeben, nun war es nur wichtig, für unseren Sohn da zu sein. Es kam mir so vor, als verspüre Karl einen Verlust, als hätte die Geburt unseres Kindes ihm etwas genommen. Es gab Momente, in denen ich mich zerrissen fühlte, zwischen meinen Aufgaben als Mutter und dem Bedürfnis, für mein Kind da zu sein, und meinem Leben als Ehefrau und den Erwartungen, die daran geknüpft waren. Natürlich gab es immer wieder Stunden oder Abende, an denen Karl und ich gemeinsam zu Abend aßen, am Kamin saßen oder uns unterhielten. Wir verbrachten Sonntage im Garten auf der Terrasse und sahen unserem Sohn dabei zu, wie er in der Sandkiste spielte. Doch es schien, als würde Karl etwas fehlen. Manchmal kam mir der Gedanke, dass ihm die Frau fehlte, die auf der Bühne glänzte, die im Scheinwerferlicht stand und der das Publikum applaudierte und welche er danach stolz als seine Ehefrau präsentieren durfte. Solche Momente führten dann oft dazu, tief in mich hineinzuhorchen, was der Grund dafür war, dass Karl mich zur Frau genommen hatte. Liebte er wirklich mich oder nur die Vorstellung von mir? War es meine Jugend, die ihn angezogen hatte und dass mir sein Interesse geschmeichelt hatte? Und nun entsprach ich nicht mehr dem Bild der jungen, schlanken, unschuldigen und später erfolgreichen Frau? Man merkte mir an, dass ich ein Kind geboren hatte. Mein Körper war weiblicher, fülliger, ich war nicht dick, aber auch nicht mehr das schlanke Wesen, das ich vor der Geburt war. Doch stand es mir zu, solchen Gedanken nachzuhängen? Durfte ich Liebe erwarten, wenn ich selbst diese meinem Mann nicht entgegenbringen konnte?

Ich empfand Zuneigung, Wertschätzung und Dankbarkeit, doch keine Liebe, nicht dieses Empfinden, welches mein Herz verspürte, wenn ich an Alexander dachte. Und selbst meine Gedanken an Sniper fühlten sich anders an. Diese Seelenverbundenheit, dieses Verstehen, ohne dafür viele Worte zu gebrauchen, und dieses tiefe Vertrauen, welches zwischen uns damals herrschte, nein, auch das verspürte ich nicht, wenn ich an Karl dachte. Gab es unterschiedliche Arten zu lieben, fragte ich mich des Öfteren, wenn ich meine unterschiedlichen Empfindungen diesen drei Männern gegenüber verglich. Eindeutig ja, das war meine Schlussfolgerung. Alexander liebte ich mit ganzem Herzen und ganzer Seele. Er war dieser schützende Mantel, in den ich mich vertrauensvoll fallen lassen konnte und der mich einhüllte mit seiner Fürsorge und Liebe. Sein Verlust war, als hätte man ein Stück meines Herzens mitgenommen und mich dadurch unvollkommen zurückgelassen. Es war ein so tiefes Empfinden, dass alleine die Erinnerung an unsere gemeinsame Zeit mein Inneres hell erleuchten ließ und mich mit Glück erfüllte. Doch gleichzeitig war es der tiefste Schmerz, der sich durch meine Eingeweide fraß, da er kein Teil meines Lebens mehr war.

Unzählige Stunden, die ich in Gedanken an Sniper verbrachte, haben mir offenbart, dass ich auch ihn liebte. Doch es war eine andere Art der Liebe. Es war eine Verbundenheit von zwei zueinander passenden Puzzleteilen, die nur dann eine Einheit ergaben, wenn sie beieinander waren, verbunden über Blicke, Worte, aber auch Gedanken. Er war mein Anker, mein Retter, mein Beschützer, der über mich wachte in den Jahren, die er ein Teil meines Lebens gewesen war. Auch Sniper war ein Teil meines Herzens, ein tief vergrabener Schatz, der für alle Zeit diesen unverrückbaren Platz in mir behalten würde.

Mehr an Liebe hatte ich nicht zu vergeben, das war mir bewusst. Für Karl blieben nur Zuneigung und Wertschätzung, es war wenig im Vergleich zu dem, was ich für die beiden anderen Männer in meinem Leben empfand. Und doch war mein Platz nun an seiner Seite und ich war bemüht, jeden Tag all das zu erfüllen, was von mir als Ehefrau an der Seite eines erfolgreichen Mannes erwartet wurde. Es gab Zeiten, in denen es ein Leichtes war, da Karl mich umsorgte, mich an wunderschöne Orte entführte, mich zum Lachen brachte und mich mit Stolz in den Augen ansah. Doch es gab auch Tage, an denen es mir schwerfiel, immer dann, wenn ich mich einsam fühlte, wenn ich mich nach echter Liebe sehnte und mir der Verlust eben dieser bewusst wurde.

Meine unerwartet rasch eintreffende zweite Schwangerschaft ließ diese Diskussionen ohnehin in den Hintergrund treten. Als Mutter von zwei Kleinkindern würden die Opernbühnen dieser Welt noch eine Zeitlang auf mich warten müssen. Sicherlich vermisste ich es, auf der Bühne zu stehen. Das Singen war Mittelpunkt meines Lebens gewesen und mich einer Rolle hinzugeben und meine Seele in meine Stimme zu legen war befreiend und meine Passion. Doch nun hatten sich mein Sohn und bald auch mein zweites Kind den Mittelpunkt in meinem Leben gesichert.

Karl war auch über die Nachricht, ein zweites Kind zu erwarten, überglücklich gewesen. Als Mann mit italienischen Wurzeln hatte Familie einen hohen Stellenwert in seinem Leben. Im Falle von Karl kam auch sein gesellschaftlicher Stand zum Tragen, zu welchem neben beruflichem Erfolg auch Frau und Kinder gehörten. „Dieses Mal wird es ein Mädchen", sagte er des Öfteren, „eine kleine Prinzessin, die ich verwöhnen werde." Ich musste dann jedes Mal schmunzeln über die Selbstsicherheit, mit welcher er seine Vermutung aussprach, denn wie auch bei meiner ersten Schwangerschaft wussten wir nicht, ob wir einem Jungen oder einem Mädchen das Leben schenken würden. Für mich war das nie von Belang. Ich wünschte mir lediglich ein gesundes Baby, dies war das wertvollste Geschenk für mich. Mit dem Brustton der Überzeugung ließ Karl verlauten, dass nach dem ersehnten Stammhalter und Erben seines Lebenswerkes nun eben ein wunderhübsches Mädchen uns geschenkt werden würde.

Ich war außer Atem, als ich meinen Sohn endlich einholte, mich hinkniete und in meine Arme schloss. „Puh, kleiner Mann, einmal wirst du ein Marathonläufer sein, wenn du jetzt schon so flink bist.

Hörst du, wie deine Mama keucht, wie eine alte Dampflok." Und ich machte ein paar Geräusche, die sich nach einer Zughupe anhörten und zog eine übertriebene Grimasse dazu. Lukas schenkte mir daraufhin sein glockenhelles Lachen, patschte mit seinen kleinen Fingerchen auf meinen Mund und rief „Tu tu, Mama!" Liebe durchströmte mich, bedingungslose Liebe zu diesem kleinen Geschöpf, das ein Teil von mir war. Und auch für mein ungeborenes Kind empfand ich schon dieselbe starke, große Liebe. Plötzlich durchzuckte mich ein starker Schmerz und mein Bauch zog sich zusammen. Lukas war so erschrocken von meinem Aufschrei, dass er zu weinen begann. Ich krümmte mich am Boden zusammen und war so unendlich froh, als ich die Stimme von Gabi vernahm, die plötzlich auf uns zugelaufen kam. „Lizzy, oh mein Gott, was ist denn los?" „Ich hab keine Ahnung, aber ich hab schreckliche Schmerzen. Hoffentlich ist mit meinem Baby alles in Ordnung." „Ich ruf sofort einen Arzt. Bleib hier liegen Lizzy, ich nehme Lukas mit und werde umgehend telefonieren. Und ich informiere Karl. Ich bin gleich zurück!"

Der Arzt stellte frühzeitige Wehen fest und verordnete mir strenge Bettruhe, um die nahende Geburt noch möglichst lange herauszuzögern. Gabi wich in diesen Wochen nicht von meiner Seite, verbrachte viele Stunden in meinem Zimmer, am Boden sitzend und mit Lukas spielend, damit ich ihn auch in meiner Nähe hatte, sie las mir vor, wir plauderten über alte Zeiten und sehr oft saß sie einfach schweigend neben mir. Ihre Anwesenheit tat mir gut. Karl ließ mich wiederum von den besten Ärzten betreuen. Seine Geschäfte ließen ihm oft wenig Zeit, an meinem Bett zu sitzen oder sich mit Lukas zu beschäftigen, lediglich an den Wochenenden widmete er sich seinem Sohn, um mit ihm zu spielen oder im Garten herumzutollen.

Es waren Wochen, die voller Sorge um mein ungeborenes Kind waren, jedoch auch mich abermals in tiefes Grübeln und in die mir ab und an anhaftende Melancholie brachten. Dies bescherte mir dann auch unzählige Tränen, als eines Nachmittags Theresa in der Tür stand und mich ganz fest in ihre Arme schloss. „Theresa", schluchzte ich, „du bist da." „Aber natürlich, mein Kind, du brauchst mich doch jetzt und ich werde, wie schon damals, als Lukas geboren wurde, einige Wochen bei dir bleiben. Ich liebe dich wie eine Mutter und darum bin ich jetzt da. Es wird alles gut." Im Stillen dankte ich Gott für diese wunderbare Frau, die mich liebte, als sei ich wahrhaftig ihre leibliche Tochter.

Theresa sah müde aus, ihr Haar war fast zur Gänze ergraut und ihre Haltung gebückt. Dennoch hatten ihre Augen nichts von dem Glanz und dem liebevollen Blick verloren, den sie mir seit Beginn unseres Kennenlernens immer wieder geschenkt hatte.

Sie war nun, neben Gabi, immer an meiner Seite und war glücklich und selig, den kleinen Lukas endlich wieder im Arm halten zu dürfen. So herrschte eine angenehme und fröhliche Betriebsamkeit in meinem sonnigen und lichtdurchfluteten Zimmer, das einen wunderschönen Ausblick auf den Garten bot.

Greta, unsere Köchin, verwöhnte uns von früh bis spät mit allerlei Köstlichkeiten und Theresa ließ es sich nicht nehmen, selbst auch das eine oder andere Mal in der Küche tätig zu werden und einige Wiener Spezialitäten zuzubereiten. Mal einen Tafelspitz, ein knuspriges Wiener Schnitzel, aber auch meine geliebte Sachertorte.

Die Ruhe und die Anwesenheit der Menschen, die mir am Herzen lagen, taten auch meiner Gesundheit gut. Die vorzeitigen Wehen hatten sich wieder gelegt und mein Arzt versicherte mir, dass die Gefahr einer Frühgeburt nun gebannt sei. „Wann immer ihr Baby bereit ist, das Licht der Welt zu erblicken, wird es nicht zu früh sein, da es ausgereift ist, der Herzschlag gut zu hören und die Lungen schon zur Gänze arbeiten. Das haben Sie gut gemacht, Signora Vianello", sprach mir mein Arzt Mut zu.

Es war eine Nacht, Anfang September, wenige Wochen vor dem zweiten Geburtstag meines Sohnes, als plötzlich die Wehen einsetzten. Ich war alleine in meinem Zimmer, Karl schlief schon seit einiger Zeit in seinen Räumen, da er, wie er mir erklärte, ausgeschlafen seine Tage verbringen musste und dies durch meinen unruhigen Schlaf, der mich im letzten Drittel meiner Schwangerschaft quälte, nicht möglich sei. Unser Haus verfügte über mehrere Schlaf- und

Gästezimmer, sodass Karl und mir je ein eigener Raum und ein gemeinsames Schlafzimmer zur Verfügung standen. Wann immer ich alleine in meinem Zimmer nächtigte, verbrachte mein Sohn auch die Nacht bei mir. Ich hatte mir dafür ein Kinderbettchen für ihn angeschafft, das in einer Zimmerecke stand und ich von meinem Bett aus im Blick hatte.

Die nächste Wehe ließ mich aufstöhnen und ich hielt mir mit den Händen meinen Bauch. Ich musste jemanden verständigen und rief über das Haustelefon auf meinem Nachttisch Gabi an. „Bitte komm, Gabi", keuchte ich in den Hörer, „ich glaube, es geht los, ich habe Wehen." „Ich bin sofort da", murmelte meine Freundin schlaftrunken. Der Versuch, mich im Bett aufzurichten, scheiterte, zu stark waren die Schmerzen, und ich spürte die Tränen, die sich in meinen Augenwinkeln sammelten. Kurz darauf klopfte es und Gabi stand im Zimmer. „Ich verständige den Arzt und werde Karl wecken", sagte sie, als sie mich mit schmerzverzehrtem Gesicht daliegen sah. „Und ich kümmere mich um Lukas, hab keine Sorge Lizzy, alles wird gut."

Kurz darauf stürmte Karl ins Zimmer und schon nach etwa 30 Minuten das Team, welches mir auch bei der Geburt von Lukas zur Seite gestanden war. Karl war, wie auch damals, mit der Situation heillos überfordert. Theresa, die mittlerweile auch wach und bei mir war, beruhigte ihn, dass er sich keine Sorgen machen und am besten wieder das Zimmer verlassen solle. Ich wäre gut versorgt und in besten Händen.

Sehr viel schneller als bei Lukas' Geburt wurden die Wehen stärker und kamen in immer kürzeren Abständen. Die Schmerzen waren, wie schon damals, kaum auszuhalten, doch ich wusste, dass alles vergessen sei, sobald ich mein Baby in den Händen halten würde.

Kurz nach Mitternacht legte mir die Hebamme meine Tochter auf die Brust und ich staunte wiederum über dieses Wunder in meinen Armen, meine süße kleine Paula. Nachdem sie lauthals der Welt verkündet hatte, dass sie nun da sei, schlief sie, genauso erschöpft von der Geburt wie ich, selig auf meiner Brust. Ich strich ihr zart eine Strähne ihres verschwitzten dunklen Haares aus der Stirn. „Willkommen, mein Liebling", flüsterte ich.

Karl betrat kurz danach mein Zimmer, um seine Tochter willkommen zu heißen. Auch ihm merkte man die durchwachte Nacht an, doch er strahlte, als er sah, dass wir eine Tochter bekommen hatten. „Ich sagte dir doch, Lizzy, es wird diesmal eine Prinzessin. Und genauso wird sie aufwachsen, es soll ihr an nichts fehlen." Dann küsste er meine Stirn und verabschiedete sich, da er am Morgen eine unaufschiebbare Konferenz hatte und danach für einige Tage verreisen musste. Doch er versprach, sich dann für zwei Wochen frei zu nehmen, um bei seiner Familie zu sein.

Theresa blieb noch drei Wochen lang bei uns und sie genoss es, mit Lukas zu spielen und Paula in ihren Armen zu wiegen.

Wir ließen einen Fotografen kommen, der unzählige Fotos von meinen beiden Kindern, aber auch Familienfotos machte, sodass Theresa diese mitnehmen und Karl zeigen konnte. Ich nahm ihr das Versprechen ab, dass sie uns bald, und dann zu zweit, wieder besuchen sollten.

Karl war in den Stunden, die er zu Hause verbrachte, ein fürsorglicher Vater. Lukas nahm er des Öfteren mit in sein Büro und saß mit ihm an seinem großen Schreibtisch. „Dies wird einmal sein Platz sein", verkündete er stolz. Paula überhäufte er mit Stofftieren, Spielzeug, und ließ von einem Handwerker im Garten einen Kletterturm mit Rutsche errichten, der einem Schloss ähnelte mit einem Turm, Zinken und kleinen Fenstern, in Weiß und Rosa. Sein Übereifer brachte mich des Öfteren zum Schmunzeln. Aber es gab auch Momente, in denen ich mir wünschte, er wäre mehr zu Hause, würde seiner Arbeit nicht so viel Bedeutung beimessen und die Familie an erste Stelle setzen.

Ich erhielt in dieser Zeit sehr viele Briefe von Fans und Bewunderern, die mich beglückwünschten, aber auch viele, die fragten, wann ich wieder auftreten würde. Gabi kümmerte sich um all die Post und Anfragen. Maestro von Tannhausen meldete sich in regelmäßigen Abständen telefonisch bei mir. Er war von meinem Mentor zu einem guten, väterlichen Freund geworden.

„Wann immer Sie bereit sind, wieder auf die Bühne zurückzukehren, Lizzy, die Wiener Staatsoper wird mit Freuden Ihr Comeback ausrichten", versicherte er mir.

Es waren beruhigende Worte, eine aufrichtige und ehrliche Anerkennung und Wertschätzung, die mir guttat, wenn auch der Gedanke daran, meine Karriere wieder fortzusetzen, noch in weiter Ferne lag. Ich hatte in erster Linie nun Verantwortung für meine beiden Kinder, ich wollte und musste für sie da sein und sie standen an erster Stelle.

Ein lieb gewonnenes Ritual war, meine Kinder in den Schlaf zu singen, nachdem ich ihnen aus einem Märchenbuch vorgelesen hatte. Meine Stimme beruhigte sie und ich bildete mir ein, dass sie das eine oder andere Lied, das ich ihnen vorsang, als ich sie noch in meinem Bauch trug, erkannten. Dann wurden ihre Augen groß und sie lächelten.

Eines Abends stand Gabi in der Tür, als ich Paula zudeckte, ihr nochmal die Stirn küsste und dann leise das Zimmer verließ.

„Lizzy, wie du deinen Kindern vorsingst, das berührt mich so. Es spricht die Liebe zu den Kleinen aus dir. Ich wusste es schon, als wir noch Kinder waren, dass deine Stimme unvergleichlich ist."

Als wir tags darauf gemeinsam meine Fanpost durchsahen und ich so gerührt und glücklich war über die Treue meiner Fans und ihre rührenden Worte an mich, machte sie mir den Vorschlag, ein kurzes Video aufzunehmen, in welchem ich meinen Kindern etwas vorsang und dieses mit einer kurzen, persönlichen Mitteilung an die Presse weiterzuleiten. Kurz zögerte ich, doch dann dachte ich an mein Publikum, an das Gefühl, wenn der Gesang meine Seele ausfüllte, und ich stimmte zu.

Dieses Lebenszeichen von mir, das von unzähligen Fernsehstationen in ganz Europa ausgestrahlt wurde, bescherte mir einen Berg von Briefen, Interviewanfragen und schürte auch Spekulationen und Diskussionen darüber, wann ich wieder auf die Opernbühne zurückkehren würde.

Ich gab die Zustimmung zu einem einzigen Interview mit einem Opernmagazin aus Wien und mit dessen Journalistin ich seit Beginn meiner Sangeskarriere in einem freundschaftlichen Verhältnis stand. Sie reiste dafür zu mir in die Toskana, da ich nicht gewillt war, mein Zuhause und meine Kinder zu verlassen.

Ihre Frage, ob ich schon wüsste, wann mich das Publikum wieder singen hören würde, beantwortete ich mit den Worten: „Das kann ich Ihnen noch nicht sagen, meine Zeit gehört im Moment einzig und allein meinen Kindern und meiner Familie. Doch ich werde wieder auftreten, und wenn, wird es in Wien sein, dort, wo alles seinen Anfang nahm."

Kapitel 13 – Oktober 1985

„Karl, ich bitte dich, halte dich zurück. Das Haus ist voller Gäste. Du riskierst einen Skandal." Eindringlich sah ich Karl an und versuchte, ihm das Glas aus der Hand zu nehmen.

Heute war Karls 50. Geburtstag und es gab aus diesem Anlass ein großes Fest in unserem Zuhause. An die 200 Gäste waren geladen und verteilten sich im Foyer, dem Salon und dem Zelt, das für diesen Zweck im Garten aufgestellt worden war. Viele Geschäftspartner und Freunde von Karl waren der Einladung gefolgt, aber auch Persönlichkeiten aus der Politik und der Kultur. Karl war ein angesehener Unternehmer, der eine große Anzahl von Hotels im Luxussegment besaß, die sich über ganz Europa verteilten. Er hatte das Geschäft von seinem Vater übernommen und war schon in jungen Jahren in die Rolle des Geschäftsführers der renommierten Hotelkette geschlüpft, da sein Vater an einer heimtückischen Krankheit verstarb, als Karl gerade einmal 23 Jahre alt gewesen war. Die Firmenzentrale, von wo aus er sein Imperium lenkte, befand sich etwa eine Autostunde von unserem Zuhause entfernt. Dennoch war er oft auf Reisen, um seine Hotels zu besuchen und nach dem Rechten zu sehen. „Kontrolle ist alles", betonte er immer wieder, und alle Fäden, alle wichtigen Entscheidungen liefen bei ihm zusammen.

Ich wusste nicht, das wievielte Glas Champagner Karl schon getrunken hatte, doch es waren eindeutig zu viele. Ich mochte es nicht, wenn er betrunken war, es widerte mich an. Auch wenn dies sein Ehrentag war, so war er dennoch der Gastgeber und durfte sich keinen Eklat erlauben.

Mir war im Laufe der Jahre aufgefallen, dass Karl gerne das eine und andere Mal trank. Ich hatte selbst nichts gegen ein Glas Wein in netter Gesellschaft einzuwenden, doch es gab eine Grenze, die zu überschreiten man sich hüten sollte, vor allem, wenn man von vielen Menschen umgeben war und sich selbst nicht mehr unter Kontrolle hatte. Nun, zwar war diese Grenze noch nicht erreicht, doch ich sah den typischen Glanz in seinen Augen und vernahm seine Stimme, die immer etwas lauter als notwendig wurde.

„Komm, Karl, lass uns noch kurz nach den Kindern sehen und uns dann etwas vom Buffet holen. Greta hat sich solche Mühe gegeben. Außerdem habe ich noch eine Überraschung für dich geplant und es wäre doch schade, wenn du diese nicht genießen könntest." Ich lächelte ihm sanft zu. Karl schnaubte, folgte mir dann jedoch in das obere Stockwerk, in dem die Kinderzimmer lagen. Gabi hatte sich bereit erklärt, die Kinder heute zu beaufsichtigen. Ich war noch immer nicht bereit gewesen, ein Kindermädchen zu engagieren. Viel zu wichtig war es mir, dass Lukas und Paula vertraute Menschen um sich hatten, und Gabi war nicht nur meine allerliebste Freundin, sondern ich besaß auch ein tiefes Vertrauen zu ihr und konnte ihr die Kinder ohne Bedenken und vorbehaltlos anvertrauen.

Die Kinderzimmer lagen nebeneinander und waren durch eine Tür miteinander verbunden, die heute offen stand, damit Gabi jederzeit alles hörte, sollte sich eines der beiden Kinder melden oder aufwachen. Gabi blickte uns entgegen, als wir eintraten. Sie saß im Schaukelstuhl am Fenster und las in einem Buch. Eine Stehlampe spendete genau genug Licht, um es nicht zu hell im Zimmer scheinen zu lassen. Paula schlief schon selig in ihrem Bettchen, zusammengerollt auf der Seite und ihren Stoffhasen eng an sich gedrückt. Ich strich ihr sanft über das Haar und gab ihr einen Kuss auf die Stirn. Auch Karl stützte sich am Bettpfosten des weißen Himmelbettes ab, um einen Blick auf seine Tochter zu werfen, und folgte mir dann in den Nebenraum, welcher das Zimmer von Lukas war. Das kleine Nachtlicht warf Sterne an die Decke und auch unser Sohn lag friedlich in seinem Bett und schlief. Daneben lag sein Lieblingsbuch, ein Bildband über Wien, kindgerecht gestaltet. Lukas liebte es, wenn ich ihm von meiner ehemaligen Heimat erzählte, von den schönen alten Häusern, dem Prater, den Fiakern. Ich hatte den Kindern versprochen, dass wir bald nach Wien reisen würden, um ihnen all das zu zeigen, aber vor allem, um Franz und Theresa, die sie als ihre Großeltern ansahen, zu besuchen.

Dieser Gedanke gab mir jedes Mal einen Stich ins Herz. Meine

Kinder wussten nichts von meiner Vergangenheit, von meinen Kindheitsjahren, dass ich ein Waisenkind war und Franz und Theresa nicht meine leiblichen Eltern. Und auch Karl, und das war eines der großen Geheimnisse zwischen uns, wusste es nicht. Es gab so viele Augenblicke, in denen ich nahe daran war, ihm davon zu erzählen, doch ich ließ sie verstreichen, da ich nie dieses tiefe Vertrauen zu ihm fühlte, ihm dieses Geheimnis zu offenbaren. Und irgendwann hielt ich es für zu spät. Was würde es auch ändern? Ich war der Mensch, der ich war. Karl hatte mich als gefeierte Opernsängerin kennengelernt und Franz und Theresa als meine Eltern, die sie durch die Adoption ja rechtens auch waren. Ich schenkte meinem Sohn einen liebevollen Blick und strich ihm eine Strähne seines dunklen Haares aus dem Gesicht. Lukas' Haar war genau so dunkel, wie das von Karl, und Paula hatte rotes Haar, so wie ich, das ihr mit ihren Naturlocken ein so süßes Aussehen gab.

„Lass uns gehen", raunte Karl hinter mir, „Gabi wird sich schon melden, wenn etwas ist." Ich küsste noch die Wange meines Sohnes und dankte Gabi beim Hinausgehen. Sie versicherte mir, dass beide ohne großes Aufsehen ruhig eingeschlafen waren und seither keinen Mucks von sich gegeben hätten.

Karl konnte nicht schnell genug wieder nach unten zu unseren Gästen eilen. Dieser kleine Ausflug zu den Kindern schien ihm gerade unpassend gewesen zu sein. Vielleicht war er aber auch nur verärgert darüber, dass ich es mir angemaßt hatte, ihn vom Trinken abzuhalten. „Du bist wie eine Glucke", wandte er sich an mich. „Glaubst du, die Kinder haben etwas davon, wenn du nach ihnen siehst, während sie schlafen? Sie sind ja nicht ohne Aufsicht, Gabi ist ja bei ihnen."

Seine Worte trafen mich sehr, bohrten sich wie ein Pfeil in mein Herz. Es war nicht das erste Mal, dass Karl mir diesbezüglich Vorhaltungen machte.

Ich stillte auch Paula ein halbes Jahr und musste es beenden, da sie schon recht früh zwei Zähnchen bekam und dies dann für mich zu schmerzhaft wurde. Sobald Karl bemerkte, dass nun jegliche Art der Betreuung und Aufsicht der Kinder auch von jemand anderem übernommen werden konnte, drängte er mich immer häufiger dazu, wieder auf die Bühne zurückzukehren. Außerdem nahm er wieder des Öfteren geschäftliche Abendessen oder gesellschaftliche Anlässe wahr, zu denen ich ihn begleiten sollte. „Das gehört nun mal zu meiner Arbeit und meinem Leben", meinte er, „und meine Frau gehört an meine Seite. Wie steh ich denn da, wenn ich ohne Begleitung erscheine?"

Ich war sehr häufig innerlich zerrissen und diese Zerrissenheit schmerzte mich. Den Mittelpunkt meines Lebens bildeten meine Kinder und ich versuchte ihnen all das zu schenken, was ich mir als Kind so sehr erhofft hatte. Aber ich wollte auch Karl nicht vernachlässigen und ihm eine gute Ehefrau sein, doch konnte ich das nicht auch hier, zu Hause in unseren eigenen vier Wänden? All diese gesellschaftlichen Verpflichtungen bedeuteten mir nichts, wenngleich ich natürlich Verständnis dafür hatte, dass es zum beruflichen Alltag meines Mannes dazugehörte. Da es jedes Mal, wenn ich mich weigerte, ihn zu begleiten, Unstimmigkeiten und Streit zwischen uns gab, so sprang ich doch hin und wieder über meinen Schatten und saß in eleganten Restaurants mit fremden Leuten am Tisch, besuchte Vernissagen und Kunstausstellungen, deren Werke mir nicht gefielen, und war zu Gast auf Empfängen von Menschen, die ich einmal und danach nie wieder sah. Ich tue es für meinen Mann, sagte ich mir immer wieder, wenn ich mich schweren Herzens von meinen Kindern verabschiedete und Gabi einen dankbaren Kuss auf die Wange gab, die selbstlos jedes Mal als Babysitter einsprang.

Jene Tage, an denen ich mich nicht dazu bereit erklärte, Karl zu begleiten, waren Tage voller Sorge und Traurigkeit. Denn meist kam mein Mann dann spät und betrunken nach Hause. Noch dazu ließ er es sich nicht nehmen, dabei selbst zu fahren und das in seiner gewohnt rasanten Weise. Ja, Karl war ein leidenschaftlicher Autofahrer, der die Geschwindigkeit liebte und ebenso schnelle Sportwagen, von denen er mehrere besaß. Wann immer ich es vermeiden konnte, mit Karl mitzufahren, nutzte ich das Privileg, dass wir Thomas hatten, unseren Chauffeur, der mich, die Kinder und auch Gabi überall hinbrachte und das zu jeder gewünschten Zeit.

Karl hatte sich verändert, oder war ich es, die diese Veränderung verursacht hatte? Diese Frage stellte ich mir sehr oft.

In den ersten Monaten unserer Ehe trug mich Karl auf Händen. Er verehrte mich, las mir jeden Wunsch von den Augen ab, noch bevor ich überhaupt einen Wunsch äußerte. Wir führten ein reges gesellschaftliches Leben, was auch dadurch bedingt war, dass ich aktiv in meiner Aufgabe als Opernsängerin aufging, was uns auch in die unterschiedlichsten Länder führte. Er versicherte mir unzählige Male, wie sehr er mich liebe und wie stolz er auf meinen Erfolg sei. Dabei fiel mir auf, dass ich ihm kein einziges Mal gesagt hatte, ihn zu lieben. Ob Karl das auch aufgefallen war? Ich wusste es nicht, er hatte mich nie auf diese Tatsache angesprochen und war mit meinen Worten „Ich habe dich auch lieb" wohl zufriedengestellt. Nach der Geburt von Lukas, spätestens aber nach der Geburt von Paula wurde mir immer mehr vor Augen geführt, dass Karl nur schwer damit umgehen konnte, dass meine Aufmerksamkeit nun nicht mehr ausschließlich ihm galt. Für mich war dies keine Besonderheit, sondern naturgegeben, eben der natürliche Lauf im Leben, wenn aus einem Paar eine Familie wurde. Karl war stets liebevoll zu seinen Kindern und widmete sich ihnen auch in seiner knapp bemessenen Freizeit. Doch sobald Lukas ab seinem 4. Lebensjahr für jeweils vier Stunden am Tag den nahe gelegenen Kindergarten besuchte, was mir sehr wichtig war, damit er auch Umgang mit anderen Kindern hatte und Freunde und Spielkameraden kennenlernte, veränderte sich Karls Verhalten seinem Sohn gegenüber. Wann immer er von zu Hause aus arbeitete oder an den Wochenenden in seinem Büro saß, holte er Lukas zu sich und lehrte ihn das aus seiner Sicht wichtige „Gute Benehmen". „Mein Sohn wird einmal mein Unternehmen übernehmen, darauf kann er nicht früh genug vorbereitet werden. Gute Manieren sind das Um und Auf, nur mit Disziplin und Fleiß bringt man es im Leben zu etwas." Das waren seine Worte und auch wenn ich diesen Werten nicht ablehnend gegenüberstand, so schien es mir dennoch zu viel und zu früh, darauf bei einem so kleinen Kind Wert zu legen. Sehr oft blieb ich still, um nicht unnötige Diskussionen auszulösen, und oft saß ich am Abend am Bett meines Sohnes und trocknete seine Tränen, wenn er sich darüber grämte, dass sein Vater so streng zu ihm war. Eine weitere Veränderung betraf unser Verhältnis zueinander. Manchmal schien es mir, als sei Karl eifersüchtig auf seine Kinder, auf die Zeit, die ich ihnen widmete und nicht ihm. Ich fand selten Worte, die ihn beruhigten, wenn wir darüber diskutierten, und weinte mich danach in den Schlaf, da ich meine innere Balance verlor.

Paula hingegen verwöhnte er über alle Maßen. Ihr Kinderzimmer quoll über von Spielzeug. Als er eines Abends davon sprach, ihr ein echtes Pony kaufen zu wollen, trat ich vehement dagegen auf. Liebe, Zeit und eine liebevolle Umgebung waren doch die wahrhaft kostbaren Geschenke, die man seinen Kindern machten konnte. Als ich ihm dies mitteilte, gab es einen heftigen Streit, woraufhin er voller Zorn das Zimmer verließ mit den Worten: „Ich will meine Frau wieder zurück, dieses strahlende glamouröse Wesen, das mich verzaubert und mir mein Leben versüßt hat, weil sie an meiner Seite war, jeden Tag. Ich bin mal weg, warte nicht auf mich." Und dann hörte ich nur mehr die Haustür und das Aufheulen des Motors, als er vom Grundstück fuhr.

An diesem Abend schrieb ich unter Tränen einen langen Brief an Alexander. Ich klagte ihm mein Leid und wie sehr ich ihn vermisste, das Gefühl seiner Nähe, seine Liebe und den Schutz in seinen Armen. Und ich schrieb Sniper, dessen Geborgenheit, Vertrautheit und das Wissen um die Lösung all meiner Sorgen mir so fehlte. Sie würden nie von diesen Briefen erfahren, doch es war meine Art, mit dem Schmerz der Trennung von diesen beiden wertvollen Menschen in meinem Leben umzugehen. Und es war ebenso meine Art, die Liebe zu Alexander am Leben zu erhalten. Denn wenn ich ihm schrieb, dann führte ich ein Zwiegespräch mit ihm, so, als säße er direkt vor mir, würde meine Hand halten und mich mit seinen Augen, in denen die Liebe zu mir stand, ansehen.

Natürlich blieb all den anderen Menschen, die mit uns im Haus lebten, all das nicht verborgen. Gabi war mir, wie immer, eine große Hilfe, unterstütze mich, wann immer es die Zeit neben ihrer Arbeit für mich zuließ, mit den Kindern. Unser Chauffeur Thomas blickte mich oft mitleidsvoll durch den Rückspiegel an, wenn er Lukas und mich zum Kindergarten fuhr oder ich Einkäufe zu erledigen hatte. Greta verwöhnte mich mit allerlei Köstlichkeiten, es war ihre Art, mir ihre Anteilnahme zu zeigen. Lediglich Marie, unser Hausmädchen, brachte keine verständnisvolle Regung zustande. Im Gegenteil, ich hatte hin und wieder den Eindruck, sie genoss den Zwist und war dann immer besonders freundlich um Karl bemüht. Der Grund ihres Verhaltens entzog sich meiner Erkenntnis. Ich war mir keines Fehlverhaltens bewusst, welches die Ablehnung, die sie mir entgegenbrachte, rechtfertigen würde. Und so sah ich darüber hinweg und machte mir keine weiteren Gedanken.

Es gab Tage, an denen mir das Singen sehr fehlte, das Publikum, der Applaus, die Interaktion mit den anderen Darstellern und dem Orchester. Zu singen war nicht nur zu meinem Beruf geworden, es war meine tiefste Leidenschaft und erfüllte mich. Um den Anschluss und Kontakt zu meinen Fans nicht zu verlieren, widmete ich mich an einem Tag der Woche gemeinsam mit Gabi der Beantwortung von Fanpost und den Anfragen von diversen Medien. Es berührte mich, dass mich mein Publikum nicht vergessen hatte und geduldig auf meinen Wiedereinstieg wartete. Dass ich wieder auf die Bühne zurückkehren würde, war für mich eine Selbstverständlichkeit, nur den Zeitpunkt konnte ich nicht benennen. Meine Kinder waren ja noch so klein und ein Engagement anzunehmen würde eine Trennung von mehreren Wochen bedeuten, das wollte ich weder ihnen noch mir zumuten.

Eines Tages trat die Leiterin des Kindergartens, den Lukas besuchte, mit einer besonderen Bitte an mich heran. Es sollte ein Frühlingsfest im Kindergarten geben und sie bat mich, einige Lieder mit den Kindern einzustudieren und im Rahmen des Festes vorzutragen. Dies war eine Aufgabe, der ich von Herzen gerne nachkam. Ich durfte meine Freude am Singen an die Kinder weitergeben und es folgten einige sehr fröhliche und für uns alle aufregende Vormittage, an denen ich mehrere Kinderlieder mit ihnen probte.

Das Fest fand an einem Freitagnachmittag statt, und unter den schattigen Bäumen des großen Spielplatzes, der an den Kindergarten angrenzte, standen Tische und Bänke, geschmückt mit bunten Blumen. Unter einem ausladenden Apfelbaum, der gerade in voller Pracht blühte, war ein kleines Podium aufgebaut, auf welchem die Kinder ihre Darbietungen zeigten. Es wurden Gedichte aufgesagt, die etwas größeren Kinder führten einen Tanz vor und ein kleines Theaterstück über die Tiere des Waldes wurde aufgeführt. Jedes Kind durfte sich dazu als ein Tier verkleiden und Lukas sah so entzückend aus mit seinen Hasenohren.

Auch Karl hatte sich an diesem Nachmittag frei genommen. Er wollte natürlich dabei sein, wenn sein Sohn den ersten großen Auftritt hatte. Noch dazu wäre es dem Ruf nicht förderlich, an einem für die Kinder so wichtigen Tag zu fehlen, denn alle Eltern und auch viele Großeltern der Kleinen waren zugegen. Und Karl wusste auch, dass ich mit den Kindern gemeinsam singen würde. „Du weißt, wie sehr mich deine Stimme bezaubert, Elisabeth", hatte er mir gesagt, „das will ich mir nicht entgehen lassen." Das tat mir gut, ja, es gab durchaus noch immer solch wohltuende und warme Momente zwischen uns.

Unser Auftritt wurde mit großem Applaus und vielen Bravo-Rufen bedacht. Die Kinder hatten mit so viel Begeisterung gesungen und ich blickte stolz in ihre strahlenden Gesichter. Mein Sohn umarmte mich aufgeregt und rief: „Mami, Mami, wie war ich?" Ich drückte ihn ganz fest an mich, strich ihm über den Kopf und lächelte ihn an. „Du warst großartig, mein kleiner Liebling. Mami ist so unglaublich stolz auf dich."

Und dann hörte ich die Rufe einiger Menschen. „Signora Vianello, singen Sie für uns, bitte!" „Ja, Signora, nur ein Lied, machen Sie uns die Freude!"

Und so sang ich seit langer Zeit wieder vor einem Publikum, einem ganz besonderen Publikum, dessen lächelnde Gesichter und strahlenden Augen der schönste Lohn für mich waren. Ich sang mein Lieblingslied, jenes Lied, welches ich mit Erinnerungen an meine ehemalige Heimat verband: „Wien, Wien, nur du allein…"

An all das dachte ich, als Karl und ich uns wieder unter unsere Gäste mischten, nachdem wir nach den Kindern gesehen hatten. Solche Momente wie damals waren jene, die einen besonderen Platz im Herzen einnahmen, und die Empfindungen, die damit einhergingen, wieder präsent werden ließen.

Und so fasste ich den spontanen Entschluss, heute Abend für Karl zu singen. Ich begab mich zu dem kleinen Orchester, bestehend aus mehreren Streichern und einem Pianisten, das in einer Ecke des Salons Aufstellung genommen hatte und das Fest mit dezenter Musik untermalte. Es bedurfte nur einer kurzen Unterredung und sie waren bereit, mich bei meiner Darbietung zu begleiten. Der Pianist spielte ein paar Takte, erhob sich dann, klopfte an ein Glas und kündigte meinen Auftritt an. „Meine Damen und Herren. Das Folgende ist ein besonderes Geschenk für den Gastgeber und Jubilar. Ich bitte um Ihre Aufmerksamkeit für Signora Vianello."

Und ich sang eine Arie aus „La Traviata", jener Oper, die damals mein Debüt darstellte und in welcher mich Karl zum ersten Mal singen gehört hatte.

Mein Mann war begeistert. Ich hatte es geschafft, seine Missstimmung umzukehren und ihn wieder zum Lächeln zu bringen. Unsere Gäste waren ebenso angetan und bedachten mich mit einem großen Applaus.

Karl umarmte mich mit den Worten: „Das ist sie, meine Elisabeth, Schatz ich danke dir so sehr."

Es war kurz vor Mitternacht, als ich Karl bat, mich in den Garten zu begleiten, da ich noch eine Überraschung geplant hatte. Es sollte ein Feuerwerk geben, zu seinen Ehren. Alle Gäste folgten uns nach draußen, um sich dieses Schauspiel anzusehen. Vereinzelt versperrten Nebelschwaden den klaren Blick in den nächtlichen Himmel, doch würde das Feuerwerk dennoch gut zu sehen sein.

Um Punkt Mitternacht explodierten die Raketen und färbten das Firmament über uns in bunten Farben. Karl und ich standen nebeneinander und blickten nach oben. „Dein wundervoller Gesang heute hat mir wieder bestätigt, dass die Bühne dein Platz ist, Elisabeth. Dort gehörst du hin, ich wusste es immer. Ich liebe dich."

Ich konnte es nicht erwidern und in mir breitete sich eine so tiefe Traurigkeit aus, einhergehend mit Selbstzweifeln und Gram über mein Empfinden und Verhalten. Ich drückte Karls Hand und mein Blick blieb gen Himmel gerichtet, damit die Tränen, welche sich in meinen Augenwinkeln angesammelt hatten, unbemerkt blieben. „Es wird alles gut, du musst nur fest daran glauben", sagte ich innerlich selbst zu mir und wusste im selben Moment, dass niemals alles gut sein würde.

Kapitel 14 – November 1990

„Lizzy, bitte kommst du? Die Polizei ist hier." Ich hatte das Klopfen an der Tür gar nicht gehört, da ich gerade in den Zimmern von Lukas und Paula war, um nochmal nach ihnen zu sehen. Ich liebte es, die beiden im Schlaf zu betrachten. Daran hatte sich nichts geändert, auch wenn sie keine Kleinkinder mehr waren. Sie sahen so friedlich aus, wenn sie vor sich hin schlummerten. Die Verbindungstür zwischen ihren beiden Zimmern stand in der Nacht immer offen. Mein Sohn und meine Tochter hatten eine besondere Verbindung zueinander und die offene Tür war nur ein Symbol dafür, wie wichtig sie füreinander als Geschwister waren.

Gabi stand vor mir, mit einem sorgenvollen Blick. Ich glaubte, sie nicht richtig verstanden zu haben und fragte daher nach: „Was? Wer ist hier?" „Die Polizei, Lizzy", antwortete sie leise. „Sie möchten mit dir reden." Ein Stich durchzuckte meine Brust und ein ungutes Gefühl breitete sich in mir aus. Etwas war geschehen, etwas Schlimmes, ich spürte das. Warum sollte sonst auch die Polizei um diese Uhrzeit unser Haus aufsuchen? Ich hielt mich am Pfosten des Himmelbettes von Paula fest und versuchte, meinen beschleunigten Atem zu beruhigen. Gabi sah mich besorgt an. „Lizzy, du bist ganz blass. Setz dich einen Moment, ich werde den Beamten sagen, dass du noch einige Minuten benötigst." Ich winkte ab. Was nutzte es, das Wissen um die Nachricht, die sie scheinbar zu überbringen hatten, hinauszuzögern. Es würde sich nichts ändern und ich hatte es mir verboten, mir zu viel an Schwäche zuzugestehen. Schwäche machte angreifbar, vor allem, wenn sie für die Menschen um einen herum sichtbar wurde. Ich gestand sie mir nur zu, wenn ich alleine war und in manchen Momenten meiner liebsten Freundin gegenüber. Doch zwischen Gabi und mir brauchte es meist nicht viele Worte. Sie kannte mich schon, als ich noch ein kleines Mädchen war, und was in den Jahren, die wir einander verloren hatten, geschehen war, hatte ich ihr in unzähligen Stunden erzählt. Für meine Kinder würde ich immer stark sein, das hatte ich mir geschworen, und nichts sollte sie daran zweifeln lassen, wie bedingungslos und selbstlos ich sie liebte.

Ich richtete mein Haar, welches ich zu Hause meist in einem unordentlichen Dutt hochgebunden hatte, zog mir meine weiße Strickjacke über das bequeme blaue Sweetkleid und schloss leise die Kinderzimmertür hinter mir. Mit bangem Herzen ging ich langsam die Treppe nach unten und sah zwei Polizeibeamte in Uniform in der Eingangshalle stehen, die mir mit undurchdringlichen Mienen entgegensahen, als sie mich bemerkten. Der Ältere der beiden wandte sich an mich: „Signora Vianello?" Ich nickte und antwortete leise: „Sie wollten mich sprechen?" „Könnten wir uns irgendwo in Ruhe unterhalten?", bat mich der Beamte, und ich führte die beiden in den Salon, der nur durch die Stehlampen, die sich überall verteilten, beleuchtet war. Wir nahmen in den Ledersesseln vor dem Kamin Platz. Gabi schloss leise die Tür und ich nahm für einen Moment nur diese erdrückende Stille wahr, welche mir fast die Luft zum Atmen nahm, bevor einer der Beamten das Wort an mich richtete.

„Es tut uns ausgesprochen leid, Signora Vianello, aber wir müssen Ihnen eine sehr schlimme Nachricht überbringen. Ihr Mann hatte einen Autounfall und erlitt dabei tödliche Verletzungen. Der herbeigerufene Notarzt konnte nur mehr den Tod Ihres Mannes feststellen."

Mir schien, als hätte jemand einen Stecker gezogen und den Lauf der Zeit zum Stillstand gebracht. Ich war wie erstarrt und sah den Beamten mit schreckgeweiteten Augen an. Ich wollte etwas sagen, öffnete den Mund, doch kein Ton kam heraus. Dann begann ich zu zittern, krallte meine Finger in das Leder der Armlehnen und schüttelte ungläubig den Kopf. „Nein!", brachte ich krächzend hervor. „Das kann nicht wahr sein. Er hat doch erst vor einigen Stunden das Haus verlassen, um im Hotel nochmal nach dem Rechten zu sehen. Vielleicht irren Sie sich ja, und derjenige sieht meinem Mann nur ähnlich." Mittlerweile raste mein Herz und das Zittern hatte sich meines ganzen Körpers bemächtigt. Ich wusste instinktiv natürlich, dass die Beamten die Wahrheit sprachen, doch ich wollte es nicht glauben. Wir hatten doch vor, morgen, nach langer Zeit, wieder einmal einen Ausflug mit den Kindern zu unternehmen. Oh Gott, die Kinder, meine beiden Liebsten, wie sollten sie dieses Unglück bloß begreifen?

„Signora, Signora Vianello, haben Sie gehört, was ich Ihnen soeben gesagt habe?", wandte sich der Beamte an mich. Ich schüttelte nur den Kopf, meine Gedanken rasten und dennoch war es in mir ganz leer.

„Gabi, bitte holen Sie Gabi, meine Assistentin", murmelte ich, und der Jüngere der beiden Polizisten verließ den Salon und kehrte kurz darauf mit meiner Freundin zurück, welche ganz blass im Gesicht wurde und sofort auf mich zukam, als sie mich zusammengekauert mit leerem Blick, zitternd und mittlerweile von den Tränen geröteten Augen dasitzen sah. „Oh Gott, Lizzy, was ist denn nur geschehen?", sprach sie mich an, kniete sich vor mich und nahm meine Hand. Ich konnte nicht antworten, schüttelte nur den Kopf, und Gabi wandte sich den Polizisten zu, die sie über den Unfall und Tod von Karl aufklärten.

Gabi stand der Schreck über diese Nachricht ebenso ins Gesicht geschrieben wie mir. „Es tut mir so unendlich leid, Lizzy", wisperte sie mir zu und strich über meine Hand.

Im Hintergrund räusperte sich einer der Beamten und berichtete, dass die Frau, welche ebenfalls im Unfallwagen saß, sehr schwer verletzt sei, jedoch außer Lebensgefahr, und umgehend ins Krankenhaus gebracht worden sei.

Eine Frau? Welche Frau war denn bei Karl im Wagen? Der Beamte wusste wohl meinen fragenden Blick zu deuten und erklärte, dass es sich laut den Papieren, die sich in der Handtasche der Frau befanden, um eine gewisse Marie Lorento handelte.

„Marie, unser Hausmädchen?", brachte ich mit tränenerstickter Stimme hervor. Ich sah Gabi an, beinahe flehentlich um eine Antwort bittend, die eine plausible Erklärung dafür liefern konnte und nicht eine Befürchtung bestätigte, welche sich jäh in meinem Inneren breit machte.

In den Wochen nach seinem 50. Geburtstag bedrängte mich Karl immer häufiger, wieder ein Engagement an einem Opernhaus anzunehmen, die Kinder in der Obhut eines Kindermädchens zu lassen und ihn auf seinen diversen Auslandsreisen zu begleiten. Wann immer ich mich dagegen aussprach und versuchte, ihn mit meinem Bedürfnis nach Nähe zu meinen Kindern Geduld zu entlocken, gab es Unstimmigkeiten und manchen Streit zwischen uns, welcher sich meist in lautstarke Diskussionen entwickelte und schlussendlich damit endete, dass Karl wutentbrannt das Haus verließ und wegfuhr. Wohin, entzog sich meiner Kenntnis, er klärte mich darüber nie auf. All diese Uneinigkeit zwischen uns belastete nicht nur unsere Ehe, sondern auch vermehrt unser Familienleben und sehr oft saß ich abends, nachdem ich die Kinder zu Bett gebracht hatte, alleine vor dem Kamin im Salon, starrte in die Flammen und versuchte in mich hineinzuhorchen, was mir mein Gewissen sagte, meine innere Stimme. War es so falsch, unseren Kindern die größte Priorität zukommen zu lassen, sie in den Mittelpunkt unseres Handelns und Fühlens zu stellen? War es meine Pflicht, entgegen meiner Überzeugung dem Drängen meines Mannes nachzugeben, um wieder für mehr Harmonie in unserem Leben zu sorgen? Und wie weit wog meine Schuld an der ganzen Situation, dass die Liebe, die ich in mir trug, nicht meinem Mann, sondern Alexander gehörte? Ich hatte Karl aus der Überzeugung geheiratet, dass es für mein Leben die richtige Entscheidung war. Zuneigung und Respekt zu empfinden, ein Gefühl von Geborgenheit und Umsorgtsein schien mir Basis genug, ein gemeinsames Leben zu führen. War dies zu wenig gewesen? War es ein Fehler, Karl zu heiraten, seinem Drängen nachzugeben und seine Frau zu werden, obwohl ich wusste, dass mein Herz nicht frei war? Mein Mann hatte mir die zwei wertvollsten Geschenke meines Lebens bereitet, meine beiden Kinder, die ich aus tiefstem Herzen liebte. Diese Tatsache sicherte ihm meine Dankbarkeit, meine Zuneigung und meinen Platz an seiner Seite zu, solange ich lebte. Dennoch haderte ich damit, wie Karl sich verändert hatte, und ich fragte mich sehr oft, ob es damit zu tun hatte, dass er spürte, dass es keine Liebe war, die mich an ihn band. Trieb ich ihn damit von mir fort, von uns, als Familie? Versagte ich dadurch den Kindern, in einer von Liebe getragenen Familie aufzuwachsen? Oft ermüdeten mich meine Schuldgefühle so sehr, dass ich den Weg in unser Bett nicht gehen konnte und auf dem Sofa im Salon dalag, ohne wirklich Schlaf zu finden. Karl war sehr häufig über mehrere Tage hinweg unterwegs und sah in seinen Hotels nach dem Rechten. Ich war für meine Kinder da, unterstützte Lukas bei den Hausaufgaben, obwohl er zum Glück vom ersten Tag an begeistert zur Schule ging, verbrachte viele Stunden spielend mit Paula im Garten, hielt Kontakt zu meinen Fans, die mich noch immer nicht vergessen hatten, und sorgte mit Hilfe der Angestellten für einen reibungslosen Ablauf unseres doch sehr großen Haushaltes.

Irgendwann in dieser Zeit, es war einem Zufall geschuldet, bekam ich Teile eines Telefongespräches von Karl mit, welche eindeutig darauf schließen ließen, dass er eine Affäre mit einer anderen Frau hatte. Diese Erkenntnis hatte mich tief getroffen und zugleich auch nicht überrascht. Karl war ein attraktiver Mann und auch ein Lebemann. Das war er schon immer gewesen. Gesellschaftliche Anlässe, Reisen, ein gefüllter Terminkalender waren Teil seines Lebens, schon als ich ihn kennenlernte. Und obwohl es unser beider Entscheidung war, eine Familie zu gründen und Kinder in die Welt zu setzen, spürte ich, dass er mit dieser neuen Rolle als Familienvater sich nicht wirklich arrangieren konnte oder wollte. Er war sehr bemüht und durchaus auch bereit, Zeit mit Lukas und Paula zu verbringen, doch es war unvermeidlich zu sehen, dass es ihn nicht wirklich erfüllte.

Auch die Kinder, so klein sie noch waren, spürten die Spannungen zwischen Karl und mir, die immer mehr zunahmen. Immer häufiger gab es Streit und ich war sehr dankbar dafür, dass sich in diesen Momenten Gabi der Kinder annahm oder Greta die Kinder zu sich in die Küche holte und sie mit Kuchen und allerhand Leckereien verwöhnte und ablenkte.

Als an einem Abend im Spätherbst 1989 die Nachricht eintraf, dass Theresa verstorben war, brach für mich eine Welt zusammen. Sie war die Mutter für mich, welche ich nie gehabt hatte. Von ihr hatte ich Liebe erfahren, Zuspruch, Geborgenheit, und Theresa und Franz hatten mir mein erstes wirkliches Zuhause geschenkt.

Wir reisten umgehend nach Wien, Karl begleitete mich trotz unserer Differenzen ohne Diskussion, was ich ihm hoch anrechnete, und selbstverständlich nahmen wir auch unsere Kinder mit, die Franz und Theresa liebten, obwohl sie diese nicht sehr häufig gesehen hatten. Gabi kam meiner Bitte nach und begleitete mich ebenso auf dieser schweren Reise, die mich wieder nach Wien zurückführte, das ich als meine Heimat ansah, eine Stadt, die ich mit so vielen wunderschönen Erinnerungen verband.

Die Beerdigung fand an einem verregneten Freitagnachmittag statt. Ich stand an der Seite von Franz und hatte einen Arm um seine Schultern gelegt. Mit dem anderen umfasste ich meine beiden Kinder, die vor mir standen. Karl hatte an der anderen Seite von Franz Aufstellung genommen. Nachdem der Priester ein paar Worte über Theresas Leben und danach ein Gebet sprach, wurde der Sarg mit ihrem Leichnam langsam in das Grab gesenkt. Franz schluchzte hörbar und auch ich konnte meine Tränen nicht zurückhalten. Theresas Tod bedeutete einen sehr großen Verlust für mich, der Verlust eines Menschen, der mich vorbehaltlos und ohne viele Fragen aufgenommen, ins Herz geschlossen und geliebt hatte. Das Geräusch, welches der Aufprall der weißen Rose hinterließ, die ich in das offene Grab warf, klang beinahe schmerzvoll in meinen Ohren. Es war ein Klang, der mir die Endlichkeit unseres Lebens und der Lebenswege, die wir mit bedeutsamen Menschen in unserem Leben teilten, vor Augen führte. Und es war ein Klang, der den Abschied von solch einem geliebten Menschen besiegelte. Es war die glaubensvolle Hoffnung tief in meinem Herzen, dass Theresa nun an einem Ort hellen Lichts war, an dem es keine Sorgen, keine Schmerzen und keine Wehmut gab.

Viele Menschen erwiesen Theresa die letzte Ehre, Freunde, Nachbarn, Gäste ihres Wirtshauses. Franz hatte dieser Schicksalsschlag schwer gekennzeichnet. Trotz seines Alters war er stets ein Mann mit freundlichen Augen, einem aufrechten Gang und einem großen Herzen sowie viel Humor in seiner Seele gewesen. Nun stand er gebeugt mit leerem Blick vor dem offenen Grab, um seine Resi, wie er sie immer liebevoll genannt hatte, zu verabschieden. Theresa war von der Leiter gefallen, als sie die frisch gewaschenen

Vorhänge im Wirtshaus wieder anbringen wollte und hatte sich einen Oberschenkelhalsbruch zugezogen. Die Operation und eine Wundinfektion hatten ihren Körper so geschwächt, dass sie wenige Tage danach im Krankenhaus verstarb. Mein Adoptivvater war bis zur letzten Minute an ihrer Seite geblieben und erzählte mir mit Tränen in den Augen, dass Theresa friedlich eingeschlafen sei.

Da ich Lukas für unbestimmte Zeit, aufgrund dieses Trauerfalles, aus der Schule genommen hatte, beschloss ich, unseren Aufenthalt in Wien nicht auf wenige Tage zu beschränken, sondern für zumindest zwei Wochen hier zu bleiben und Franz eine Stütze in dieser schweren Zeit zu sein. Karl reiste am Tag nach der Beerdigung ab, er konnte und wollte seine Geschäfte nicht so lange alleine lassen.

Trotz all der Trauer um den Tod von Theresa genoss ich die Tage in Wien. Gabi und ich unternahmen ausgedehnte Spaziergänge mit den Kindern, durchstreiften den Prater und ich zeigte ihnen viele der Plätze, Gassen und Orte, an denen ich so glücklich gewesen war. Wann immer ich Franz überreden konnte, begleitete er uns. Ich spürte, dass ihm meine und die Anwesenheit der Kinder sehr gut tat und es reute mich, nicht häufiger nach Wien gereist zu sein.

Meine Anwesenheit in Wien blieb natürlich nicht unbemerkt vor der Öffentlichkeit und so bekam ich eines Abends einen Anruf des Intendanten der Wiener Staatsoper, welcher mich um ein Gespräch bezüglich eines möglichen Engagements bat.

Trotz der Vorbehalte, schon jetzt wieder meine Gesangskarriere zu starten, nahm ich diese Einladung an. Der Intendant und Nachfolger des Maestros von Tannhausen, welcher sich mittlerweile im wohlverdienten Ruhestand befand, bot mir die Chance eines fixen Engagements für die kommenden drei Jahre. Unsere Unterredung verlief in entspannter, freundlicher Atmosphäre und ich stieß durchaus auf Verständnis dafür, solch einen Vertrag zum jetzigen Zeitpunkt nicht abschließen zu wollen. Doch wir vereinbarten die Aufführung eines Liederabends im kommenden Frühjahr, an welchem ich in Begleitung der Wiener Philharmoniker die schönsten Arien aus den Opern, in welchen ich schon gesungen hatte, darbringen würde. Dies war ein für mich akzeptabler Kompromiss, eine Art Neubeginn. Ich unterzeichnete den Vertrag, damit das Opernhaus mit den Vorbereitungen und der Organisation beginnen konnte, und wir vereinbarten, dass ich mit Beginn des neuen Jahres einmal wöchentlich für die Probenarbeit nach Wien reisen würde.

Ich spürte, wie mich die Aussicht darauf, wieder auf der Bühne zu stehen und für mein Publikum zu singen, mit Freude, Dankbarkeit, Glück und auch Demut erfüllte.

Das Angebot, mit uns nach Italien zu kommen und bei uns zukünftig zu leben, lehnte Franz dankend ab. „Einen alten Baum verpflanzt man nicht mehr", sagte er. „Ich habe hier mein gesamtes Leben verbracht, meine Gäste sind wie meine Familie und die Arbeit hält mich aufrecht. Ich habe Nachbarn, die da sind, wenn Not am Mann ist oder ich Hilfe brauche, Lizzy. Und ich kann doch meine Resi nicht alleine lassen. Du musst mir nur versprechen, dass du mich mit den Kindern öfter besuchst."

Karl war über die Neuigkeit, dass ich wieder, wenn auch nur für einen Abend, auf der Bühne stehen würde, sehr glücklich, und für einige Wochen verlief unser Leben beinahe harmonisch. Karl widmete sich in seiner kargen Freizeit den Kindern. Auch wenn mir nicht immer gefiel, wie er diese Zeit mit ihnen verbrachte, war ich dennoch froh, dass meine Kinder ihren Vater um sich hatten. Er überhäufte sie mit Geschenken, obwohl in den Kinderzimmern kaum noch Platz für all die Stofftiere, Spiele, Puppen, Puppenhäuser, Autos und Modelleisenbahn war. Und nicht selten nahm er Lukas mit in sein Büro, wenn er zu arbeiten hatte. „Er kann nicht früh genug lernen und erfahren, wie man ein solches Geschäft führt. Schließlich wird er all das einmal übernehmen." Das waren seine Worte, jedes Mal, und ich hoffte sehr, dass dies wirklich einmal die Passion unseres Sohnes werde. Denn würden sich seine Interessen in eine ganz andere Richtung entwickeln, dann, das wusste ich, würde dies in großen Diskussionen und Konflikten ausarten.

Nach den Weihnachtsferien, als die Kinder wieder Schule und Kindergarten besuchten, flog ich das erste Mal für die Probenarbeit nach Wien. Ich nutzte das Privileg, mit dem Flugzeug zu reisen, dies ersparte mir die lange und beschwerliche Autofahrt und es blieb nur bei einer Nacht, in welcher ich nicht bei meinen Kindern war. Es war ein überwältigendes Gefühl, beinahe berauschend, wieder die Bühnenluft zu atmen, die vertrauten Mauern des Opernhauses um mich zu haben, die so voller Geschichte und wundervollen Melodien steckten. Gemeinsam mit dem Dirigenten und dem Sprecher des Orchesters suchte ich die Gesangsstücke aus, welche wir an diesem Abend aufführen wollten. Es war eine erfüllende Arbeit und das Singen legte vieles von der Elisabeth frei, die ich zu Beginn meiner Karriere gewesen war. Es schien, als würde die Musik und jeder Ton, der meinen Mund verließ, Schicht um Schicht die Schwere und die Sorgen in mir abtragen und mich Freiheit spüren lassen.

Natürlich vermisste ich meine Kinder und auch für die beiden waren gerade die ersten Male nicht einfach, als ich nicht da war, um sie zu Bett zu bringen. Doch meine wundervolle Freundin Gabi kümmerte sich wie immer rührend um die beiden. Karls Arbeitstag dauerte meist zu lange, sodass er nur selten da war, wenn es für die Kinder Zeit war, ins Bett zu gehen.

Es war ein Freitagnachmittag im Frühling, wenige Wochen vor meinem Auftritt in Wien, als mich ein Taxi vom Flughafen nach Hause brachte. Ich war in einer euphorischen Hochstimmung, da die Arbeit mit den Philharmonikern so großartig verlief und wir einschließlich der Generalprobe nur noch zwei Mal proben würden bis zur Aufführung. Wir fuhren gerade durch das Stadtzentrum, in welchem eines von Karls Hotels stand, und hielten vor einer roten Ampel. Es war einem Zufall geschuldet, dass ich aus dem Fenster sah und nur wenige Meter von mir entfernt meinen Mann sah, der eine mir fremde Frau küsste, ihr dann die Autotür aufhielt und sich mit einem Lächeln von ihr verabschiedete. Mein Herz zog sich zusammen und ich verspürte einen Kloß in meinem Hals. Nun hatte ich Gewissheit. Alle Anzeichen, die ich so subtil wahrgenommen und immer verdrängt oder verleugnet hatte, bewahrheiteten sich. Karl betrog mich. Das Taxi setzte sich wieder in Bewegung und mein Blick verschwamm unter den Tränen, die sich in meinen Augen sammelten. War dies die ausgleichende Gerechtigkeit dafür, dass mein Herz in Wahrheit für Alexander schlug, einen Mann, dem ich nie mehr begegnen würde? Hatte ich das verdient? Doch ich wusste auch, dass ich eine fürsorgliche Ehefrau und liebende Mutter war. Karl konnte sich jederzeit meiner Unterstützung sicher sein, meiner Wertschätzung und dass meine Familie immer an erster Stelle über allem stand.

Ich war schon im Bett, als Karl an diesem Abend nach Hause kam, und ich stellte ihn zur Rede. Er stritt es nicht einmal ab, vielleicht war es auch die Offensichtlichkeit meiner Beobachtung, die ihn davon abhielt. „Ich liebe dich, Lizzy, aber ich brauche auch meine Abwechslung. Ich bin ein schwer beschäftigter Mann und muss ab und zu einfach mal Dampf ablassen. Es tut mir leid, dass du es so direkt sehen musstest, aber ich war noch nie ein Kostverächter. Aber all diese Frauen bedeuten mir nichts. Es sind Bettgeschichten, mehr nicht."

Ich schlief in dieser Nacht in einem der Gästezimmer. Seine schonungslose Offenheit und Direktheit ließen mich sprachlos unser Schlafzimmer verlassen. Ich fühlte mich gedemütigt, unvollkommen und der scheinbaren Sicherheit einer Ehe beraubt.

Es waren die Kinder und deren Seelenheil, die mich davon abhielten, eine Konsequenz aus etwas, welches ich schon länger ahnte und nun bestätigt wusste, zu ziehen. Ich lernte, es zu ertragen und wendete meine gesamte Energie für die Kinder und auch für meinen Gesang auf.

Mein Liederabend in Wien war von riesengroßem Erfolg gekrönt. Das Opernhaus war bis auf den letzten Platz gefüllt und als ich die Bühne betrat, die Musiker zu spielen begannen und ich auf meinen Einsatz wartete, schien es, als wäre ich nie weg gewesen. Jeder Ton füllte meine Seele aus und die Melodien versetzten jede meiner Körperzellen in Schwingung. Das Publikum bedachte uns mit tosendem Applaus und ich stand vor ihnen minutenlang auf der Bühne, in den Zuschauerraum blickend, mit vor Glück tränenden Augen und unzähligen dankbaren Verbeugungen. Es hatte mir so sehr gefehlt, dies wurde mir in jenem Moment bewusst. Ich sah in die erste Reihe, wo in der Mitte Karl mit den Kindern saß, daneben Franz, der sich verstohlen die Augen trocknete, und Gabi, die mich glückstrahlend ansah. Meine Kinder klatschten auch begeistert in ihre kleinen Hände und auch Karl bedachte mich mit stolzem Blick und einem Lächeln. Es war meine Familie, dies war mein Platz, der für mich vorgesehen war, den ich gewählt hatte. Den Platz, welchen Alexander in meinem Herzen einnahm, konnte ihm dennoch niemand mehr jemals streitig machen.

Als die Polizei das Haus verlassen hatte, blieb ich wie angewurzelt auf dem Sessel im Salon sitzen. Trotz des Feuers im Kamin war mir kalt, es liefen so unzählig viele Gedanken durch meinen Kopf und dennoch herrschte auch eine unglaubliche Leere in mir. Gabi berührte mich irgendwann sanft an der Schulter und brachte mich in mein Schlafzimmer. „Du musst dich jetzt ausruhen, Lizzy, damit du Kraft für deine Kinder hast."

Nach einer kurzen und unruhigen Nacht war der schwerste Weg jener zu meinen Kindern, um ihnen die schreckliche Nachricht vom Tod ihres Vaters zu überbringen. Wie erwartet, weinten sie herzzerreißend in meinen Armen und beruhigten sich erst ein wenig, als sie am Nachmittag aufgrund der Erschöpfung auf der Couch einschliefen.

Die kommenden Tage bis zur Beerdigung liefen wie ein Film vor mir ab. Es gab so viel, was zu bedenken, zu organisieren und zu planen war. Und wieder war es Gabi mit Unterstützung von Thomas, unserem Chauffeur, welche alle Einladungen, die Gespräche mit dem Priester und den Behörden, die Erstellung der Todesanzeige sowie den Ablauf der Begräbnisfeierlichkeiten organisierten und vorbereiteten.

Da Karl ein Einzelkind war, dessen Mutter knapp nach der Geburt durch die Folgen eines Reitunfalles verstarb, und sein Vater an einer heimtückischen Krankheit, als Karl in seinen Zwanzigern war, gab es außer entfernten Verwandten keine engen Angehörigen, die zu seiner Beerdigung kamen. Es waren dennoch unzählig viele Menschen, die ihm die letzte Ehre erwiesen, da Karl ein angesehener Geschäftsmann war und Freunde sowie Bekannte in der hohen Politik und Wirtschaft Italiens besaß. Auch viele seiner Mitarbeiter und Führungskräfte seiner Hotels reisten an. Es war eine schier endlose Zahl von Menschen, die an meinen Kindern und mir vorbeizogen, mir die Hand reichten, Worte des Beileids aussprachen oder mir mit trauerndem Blick zunickten, als wir vor dem Grabmal der Familie Vianello standen, einer prunkvollen Gruft inmitten des weitläufigen Friedhofes unserer Gemeinde, welche von zwei bronzefarbigen mannshohen Engeln eingerahmt war und in deren Grabstein aus dunkelgrauem Marmor die Namen der Vorfahren meines Mannes eingraviert waren. Der Wind bewegte die bordeauxfarbige Schleife am Kranz aus weißen Rosen und weißen Lilien, jene Blumen, die meine Zuneigung und Wertschätzung ausdrücken sollten, Gefühle, welche ich Karl von Beginn an in unserer Ehe entgegengebracht hatte. Trotz der Differenzen, die wir austrugen und seinem offensichtlichen Betrug war er der Vater meiner Kinder und hatte mir damit das größte und wertvollste Geschenk gemacht.

Lukas und Paula klammerten sich an meinen Beinen fest und ich fand Halt, in dem ich sie fest umschlungen hielt, während der Priester seine Gebete und anschließend der Bürgermeister unserer Gemeinde sowie einer der Geschäftsführer und auch engster Freund von Karl ihre Ansprachen hielten. Ihre Worte zogen an mir vorbei, ohne sie wirklich wahrzunehmen. Meine Gedanken kreisten um meine Kinder, um unsere Zukunft in diesem großen Haus, welches zwar mein Zuhause, doch nie Heimat war, wie es mein kleines Zimmer im Hause meiner Adoptiveltern in Wien gewesen war.

Ich saß an diesem Abend trotz der Erschöpfung, die mich heimsuchte, noch sehr lange alleine im Salon und starrte in die Flammen des Feuers, welches mich von außen wärmte, jedoch nicht bis in mein Inneres vorzudringen vermochte. Die gemeinsamen Jahre mit Karl zogen an mir vorbei, schöne Momente, fröhliche Unternehmungen, die Freude über die Geburt unserer Kinder, aber auch die Wehmut, die Trauer über die Streitigkeiten und ständig in mir tobenden Fragen und Schuldgefühle, ob ich meinem Mann trotz meiner Gefühle für Alexander eine gute Ehefrau gewesen war. Ich wusste, dass dies eine Frage war, auf die es keine Antwort mehr geben würde.

Ich war nun auf mich alleine gestellt. Alexander war die unerreichbare große Liebe, die nur mehr in meinem Herzen einen Platz hatte, und Sniper, welcher es immer geschafft hatte, meine Tränen zu trocknen, eine liebevolle Erinnerung wie aus einem anderen Leben.

Lukas, Paula und ich waren nun eine Einheit, für die es galt, alle Kräfte zu mobilisieren. Es war die Mutterliebe, welche mir die Stärke verleihen würde, der Zukunft hoffnungsvoll entgegen zu sehen.

Kapitel 15 – Sommer 1996

„Mama, warte nicht mit dem Essen auf mich. Wir grillen heute unten am See. Ich weiß noch nicht, wann ich zurückkomme", rief mir meine Tochter zu, während sie mit wehendem Haar über den sanften Hügel nach unten lief, der sich von der Terrasse Richtung See erstreckte. Paula war ein Wirbelwind, strotzend vor Energie, immer in Bewegung und mit einem Selbstvertrauen gesegnet, welches oft vergessen ließ, dass sie erst 14 Jahre alt war. Ihr geblümtes Sommerkleid flatterte um ihre Beine und wie es meist der Fall war, trug sie keine Schuhe. Dies war auch eines jener Merkmale, welches sie wohl von mir übernommen hatte. Auch ich fühlte mich barfuß am wohlsten, genoss das taufrische Gras zwischen den Zehen genauso wie die Wärme des Steinbodens auf der Terrasse im Sommer. Leise wehte fröhliches Gelächter und Musik vom Strand zu mir nach oben. Wie sehr häufig in den Sommermonaten, waren die Freunde meine Kinder zu Gast und sie verbrachten den Tag an dem Strandabschnitt, welcher zu unserem Haus gehörte. Ein Steg, der in den See führte, ein offener Grill und ein kleines Häuschen, das Stauraum für allerlei Utensilien wie Strandliegen, Sonnenschirme und Handtücher bot, war der ideale Platz für die Jugend, gemeinsam Zeit zu verbringen, Spaß zu haben und ihre Freizeit zu genießen.

Nach dem Tod von Karl und der Beerdigung, welche sich wie ein nebelverhangenes Bild in meinem Gedächtnis hielt, folgten Wochen, die mich kaum durchatmen ließen. Unzählige Kondolenzbesuche von teils mir völlig fremden Menschen, die jedoch im beruflichen und gesellschaftlichen Leben Karls eine Rolle gespielt hatten, Termine mit dem Notar, dem Nachlassverwalter von Karl, den Geschäftsführern seiner weitverstreuten Hotels, die angereist kamen, um die weitere Organisation der Geschäfte zu besprechen, es herrschte ein turbulentes Treiben in unserem Haus, ein Kommen und Gehen und ich war überfordert mit all den Dingen, Fragen und Ansuchen, die auf mich einprasselten. Zudem raubte mir meine Trauer die Kraft, Antworten zu finden und Entscheidungen zu treffen, für all diese geschäftspolitischen und finanziellen Angelegenheiten. Die einzige Stärke, die ich besaß und mobilisieren konnte, war, für meine trauernden Kinder da zu sein, welche ihren Vater so plötzlich verloren hatten. Paula weinte sich jeden Abend in den Schlaf und fand diesen nur in meinen Armen. Lukas hatte sich völlig zurückgezogen. Er sprach nur das Notwendigste, saß stundenlang in Lethargie versunken in seinem Zimmer und starrte aus dem Fenster, und des Öfteren fand ich ihn im nun verwaisten Büro meines Mannes, an seinem Schreibtisch sitzend und das Bild betrachten, welches uns vier bei einem Besuch im Zoo vorletzten Sommer zeigte. Mein Herz blutete bei diesem Anblick, Lukas wirkte so verloren, beraubt seiner kindlichen Unschuld. Dieses Foto hielt einen der viel zu seltenen Momente fest, an welchem wir als Familie viele Stunden voller fröhlicher und harmonischer Momente verbrachten. Wir strahlten alle vier in die Kamera, hielten uns an den Händen, bildeten eine Einheit. Ein Gefühl der Zerrissenheit und ein Stich in der Brust trafen mich, wann immer ich auf dieses Bild blickte. War es ein Trugbild, im wahrsten Sinne des Wortes? Gaukelte es eine Harmonie vor, die nie in dieser Intensität bestand? Im tiefsten Inneren meines Herzens wusste ich, dass es mehrere Wahrheiten gab. Jene, die aus uns eine Einheit gemacht hatte, ein Paar, welches durch zwei wundervolle Kinder vervollständigt wurde, die von uns beiden bedingungslos geliebt wurden. Zum anderen die, welche ein Band aus Wertschätzung, Zuneigung und Respekt um Karl und mich legte. Und schlussendlich die Wahrheit, welche am meisten schmerzte, dass es nicht die große, einzige und wahre Liebe gewesen war, die uns verbunden hatte. All diese Gedanken flirrten in meinem Kopf, während ich meinen Sohn betrachtete, welcher mich mit verlorenem Blick ansah. Ich ging auf ihn zu, kniete mich vor ihn und er schlang seine kleinen Arme um mich, hielt sich an mir fest und wimmerte leise vor sich hin. Ich drückte ihn an meine Brust. Dies waren die Momente, die mir zeigten, wie tief ihn der Verlust seines Vaters traf, auch wenn Lukas nie darüber sprach.

Zwei Wochen nach der Beerdigung war die Testamentseröffnung, welche von einem Notar, der Karl stets in Freundschaft verbunden gewesen war, vorgenommen wurde. Es waren neben mir und meinen Kindern auch unsere Angestellten, Thomas und Greta geladen sowie auch Karls rechte Hand in seinem Unternehmen, sein Geschäftsführer und bester Freund Juan. Da Karl keine weiteren engen Verwandten mehr hatte, war es wenig überraschend, dass sein gesamtes Erbe auf mich und unsere beiden Kinder überging. Jedoch war mir bis zu diesem Zeitpunkt nicht bewusst, wie groß dieses Erbe war. Sicherlich, ich wusste, dass Karl ein wohlhabender Mann gewesen war, doch neben seinem Firmenimperium aus Hotels der gehobenen Preisklasse besaß er eine stattliche Anzahl an Immobilien, verstreut in ganz Europa, welche zum Teil als Wohnungen vermietet waren, verfügte über einen Fuhrpark von hochpreisigen Fahrzeugen und Aktienpakete, die weit mehr an Wert hatten, als dazu zu dienen, seine Geschäfte abzusichern. All das erfuhr ich, während der Notar den letzten Willen Karls verlas. Lukas und Paula erhielten je eine Immobilie sowie einen sehr hohen Geldbetrag zugesprochen, über welche sie mit Vollendung ihrer Volljährigkeit frei verfügen konnten, sowie je ein Sparbuch mit einem sechsstelligen Betrag, welches für ihre berufliche Ausbildung gedacht war. Seine treuen, langjährigen Angestellten, Thomas und Greta, wurde eine monatliche Zuwendung erteilt, welche ihnen auch über ihren Ruhestand hinaus ein sicheres und stattliches Einkommen zusicherte. Seinem Freund und Geschäftsführer Juan übertrug er die Führung seines Firmenimperiums mit der Zusicherung einer fixen jährlichen Rendite über das Geschäftsführergehalt hinaus, da ihm Juan in all den Jahren ihrer freundschaftlichen und beruflichen Verbindung stets ein vertrauensvoller Kamerad gewesen war. Ja, und ich war die Alleinerbin seines restlichen Vermögens. Reichtum und materieller Besitz hatten mir nie etwas bedeutet, zu präsent war meine karge Kindheit. Sie waren kein Garant dafür, Glück oder Zufriedenheit zu empfinden, wenngleich ich natürlich zu schätzen wusste, welche Sicherheit es bot und ich große Dankbarkeit fühlte für all die Möglichkeiten, die Karl mir und unseren Kindern durch seine Stellung zusichern konnte.

Gabi war mir in diesen Wochen wie immer eine große Stütze, auch in den Überlegungen, wie es nun weitergehen solle. Das Geschäft war durch Karls Freund Juan in guten Händen. Weder besaß ich die Kompetenz noch die fachlichen Kenntnisse, mich dahingehend einzubringen, auch wenn ich nun die alleinige Besitzerin des Firmenimperiums war. Doch es lastete dennoch auf mir. Schlussendlich trug ich Verantwortung für viele Menschen, die in den diversen Hotels arbeiteten, und auch das große Haus, in dem es nun in Abwesenheit von Gesellschaften und Empfängen sehr still geworden war, bedrückte mich. Mein Herz hatte hier nie wirklich Heimat gefunden, es war in Wien geblieben, dort, wo ich einst so glücklich war.

Unser Hausmädchen Marie wurde wenige Wochen nach dem Autounfall aus dem Krankenhaus entlassen. Eine Unterredung mit ihr war unvermeidlich und ich wollte Gewissheit, ein Gespräch, welches mir bestätigte, dass sie schon über längere Zeit eine Affäre mit meinem Mann hatte. An dem Abend des Unfalles waren sie auf dem Rückweg von einem Ausflug und einem Tagesaufenthalt in einem von Karls Hotels. Es überraschte mich im Grunde nicht, zu viele Anzeichen in den letzten Jahren fügten sich nun zu einem Gesamtbild und ich entließ sie aus meinen Diensten.

Ich gab meinen Kindern Zeit, mit unserer neuen Lebenssituation umzugehen, bevor ich sie wieder in die Schule schickte. Sie fanden in ihren Alltag, die Schule, die Freunde und die damit verbundene Ablenkung halfen ihnen, langsam, aber stetig aus ihrer traurigen Lethargie herauszukommen und wieder ins Leben zu finden. Dennoch gab es viele Nächte, in denen Paula weinend aus dem Schlaf aufschreckte und zu mir ins Bett kroch und Lukas blieb ein Teil seiner Zurückgezogenheit erhalten. Er war, im Gegensatz zu seiner Schwester, schon immer ein etwas ruhiger, bedachter Junge gewesen, sensibel, feinfühlig, und es schien mir, als habe dieser Schicksalsschlag diese Eigenschaften noch verstärkt.

Wir alle, Gabi, Thomas, Greta und natürlich ich, versuchten, ihre Freizeit möglichst abwechslungsreich zu gestalten, sie abzulenken, ihnen Glücksmomente zu schenken und so gab es ein buntes Programm von Besuchen im Zoo, am Spielplatz, von Nachmittagen, an denen die Freunde meiner Kinder zu Besuch waren. Wir kochten gemeinsam mit Greta all ihre Lieblingsspeisen in der großen, heimeligen Küche unseres Hauses und unternahmen Ausflüge, bei denen uns Gabi stets begleitete.

Mein Adoptivvater Franz war mir auch eine große Stütze, wenn er mir Trost und Mut zusprach in unseren wöchentlichen abendlichen Telefonaten. Und einige Male war er zu unser aller großen Freude bereit, uns in Italien zu besuchen. Thomas, unser Chauffeur, nahm dafür die lange Autofahrt auf sich, um Franz in Wien abzuholen und wenige Tage danach wieder nach Hause zu bringen. Eine Flugreise kam für Franz nicht in Frage, es war etwas, das er nicht kannte und ihm daher nicht geheuer war.

Bei einem dieser Besuche saß ich mit ihm am Abend im Kaminzimmer, wie immer mit einem Glas toskanischen Rotwein in der Hand, den mein Adoptivvater zu schätzen gelernt hatte. Die Kinder schliefen schon friedlich in ihren Betten, auch wenn es in den Tagen, während Franz bei uns verweilte, immer etwas länger dauerte, da sie gespannt und mit leuchtenden Augen seinen Geschichten lauschten, die er ihnen erzählte, bevor sie einschliefen. Mein Blick lag irgendwo in der Ferne, nach draußen in die nebelverhangene Nacht, als Franz mich leise ansprach: „Meine liebe Lizzy, ich will mit dir über etwas reden, was mir schon länger auf der Seele liegt. Doch bisher schien mir der Zeitpunkt nicht geeignet. Karl ist nun schon zwei Jahre tot und ich bemerke, an deiner Stimme durchs Telefon, oder auch jetzt, wenn ich dich ansehe, dass du nur mehr ein Schatten deiner Selbst bist. Du bist stark für deine Kinder, jeden Tag, doch du bist hier nicht glücklich, nicht in diesem Haus, nicht in diesem Land. Möchtest du nicht nach Hause kommen, wieder nach Wien?"

Diese Frage traf mich völlig unvorbereitet und einige Momente lang starrte ich Franz mit großen Augen stumm an. Ja, er hatte recht damit, dass ich nicht glücklich war, ein Zustand, der sich durch mein Leben zog, wenngleich durchbrochen durch Augenblicke, die mich das wahre Glück spüren ließen. Doch all das hier hinter mir lassen? Meinen Kindern ihr Zuhause nehmen? Irgendwo neu anfangen? All diese Fragen zogen in Sekundenbruchteilen durch meinen Geist und ließen mich aufgewühlt zurück. „Überleg' es dir in Ruhe, Lizzy", sagte Franz leise zu mir und legte seine große, faltige Hand auf meine, welche ich in meinem Schoß verkrampft hielt. „Die Kinder haben jede Möglichkeit, eine gute Ausbildung auch in Österreich zu bekommen und finanziell steht dir nichts im Wege, ein passendes Haus für dich, deine Kinder und deine Angestellten zu finden. Mir wäre es eine so große Freude, euch in meiner Nähe zu wissen. Und vielleicht weckt dieser Umzug ja auch wieder die Lust in dir, an der Staatsoper vorzusprechen und deiner Karriere als Opernsängerin wieder neues Leben einzuhauchen. Ich weiß, dass das Singen dich erfüllt, das hat es schon immer, und es würde dir gut tun."

Franz erhob sich, drückte mir einen Kuss auf den Scheitel und ließ mich mit dem Hinweis, dass seine alten Knochen nun müde seien, im Kaminzimmer alleine zurück.

Gedankenverloren starrte ich in die Flammen, die im Kamin loderten. War dieser Schritt jener, welcher meiner Familie wieder Lebensfreude und Zuversicht bringen würde?

An diesem Abend fand ich sehr lange keinen Schlaf. Zu viele Fragen quälten mich, sorgten für einen unruhigen Geist, tanzten durch meine Gedanken. Jede Entscheidung, die ich traf, würde nicht nur auf mein Leben Auswirkung haben, sondern auch auf das meiner Kinder, auf Gabis Leben und das meiner Angestellten.

Franz trat zwei Tage später seine Heimreise nach Wien an, jedoch nicht, ohne mir vorher nochmals das Versprechen abzunehmen, ernsthaft über seinen Vorschlag nachzudenken.

In den folgenden Wochen führte ich diesbezüglich viele Gespräche mit Gabi. Sie war mir wie immer eine große Stütze, eine gute Zuhörerin und besaß auch die Gabe, dir richtigen Fragen zu stellen und mir den einen und anderen Denkanstoß zu geben, sodass in mir der Entschluss reifte, tatsächlich all das hier hinter mir zu lassen und in Österreich neu anzufangen. Doch war dies keine Entscheidung, die ich alleine treffen konnte und wollte. Auch wenn meine Kinder noch jung waren, mussten sie damit einverstanden sein, schließlich wäre es eine einschneidende Veränderung ihres bisher gewohnten Lebens. Erst wenn wir drei uns einig waren, würde ich all die weiteren anstehenden Fragen klären und Entscheidungen treffen, die das Haus und das Unternehmen beträfen.

Es war ein trüber Nachmittag im Jänner, an welchem ich mit meinen Kindern und Gabi am Esstisch saß. Wir hatten das Mittagessen hinter uns, die obligatorische Portion Eis ebenso, die meine Kinder liebten, ganz gleich, ob es Sommer oder Winter war, und ich wusste, dass ein Gespräch mit meinen Kindern nun unumgänglich war. Ein weiteres Zögern und Zuwarten wäre sinnlos und würde mir nur weitere Tage und Nächte voller Grübeln bescheren.

„Lukas, Paula, ich muss etwas ganz Wichtiges mit euch besprechen. Seit euer Vater tot ist, ist dieses Haus so leer und ehrlich gesagt auch viel zu groß für uns. Ihr wisst, dass Papas Freund Juan seine Firma leitet, dazu wäre ich nicht in der Lage. Und wenn ich ehrlich bin, zieht es mich wieder nach Wien, in meine Heimat, zu Franz. So habe ich überlegt, ob es nicht wunderschön wäre, von hier wegzugehen und nach Österreich zu ziehen. Wir könnten uns dort ein schönes Haus im Grünen suchen, Franz könnte uns noch viel öfter besuchen und ich bin mir sicher, dass ihr viele neue Freunde finden werdet. Was sagt ihr dazu?“

Mein Herz klopfte ganz laut nach dieser langen Rede, vor Aufregung und auch Angst, wie meine Kinder auf diesen Vorschlag reagieren würden. Gabi lächelte mir aufmunternd zu und ich sah meine Kinder abwartend an. Paula war die erste, die das Wort ergriff: „Mama, was wird denn dann aus all meinen Freunden? Sehe ich diese dann gar nicht mehr und wo soll ich denn zur Schule gehen? Und überhaupt, was ist mit all unseren Sachen, dem Spielzeug, unserem Baumhaus und mit Greta und Thomas?“ Paulas Fragen sprudelten nur so aus ihr heraus, so, wie es ihr Wesen war, aufgeweckt, offenherzig.

„Nun, Schulen gibt es ja auch in Österreich und wir können ja im Urlaub oder auch an einem Wochenende jederzeit wieder für ein paar Tage herkommen, wo du deine Freunde dann treffen kannst. Und unter Umständen besuchen sie uns ja auch, wenn wir sie einladen. Und natürlich würden wir alles, was dir und uns wichtig ist und am Herzen liegt, bei unserem Umzug mitnehmen. Ob Greta und Thomas uns begleiten, das kann ich dir nicht beantworten. Ich wollte zuerst mit euch beiden sprechen, bevor ich sie frage."

Paula verzog nachdenklich ihren Mund, stütze ihren Kopf in die Hand und kaute auf den Lippen. „Hm, hm, ich muss nachdenken, Mama, ein wenig", murmelte sie.

„Und du, Lukas, was sagst du zu meinem Vorschlag?" Mein Sohn war, wie immer, der ruhige, bedachtere meiner beiden Kinder, was oft darüber hinwegtäuschte, dass er ein äußerst sensibles Wesen besaß und sehr viel Einfühlungsvermögen brauchte. „Können wir Papa dann gar nicht mehr besuchen?", flüsterte er und ich spürte augenblicklich die Tränen in meinen Augenwinkeln. „Aber natürlich, mein Liebling", antwortete ich und zog Lukas in meine Arme, „jedes Mal, wenn wir in Italien Urlaub machen und auch immer, wenn du das Bedürfnis hast, Papas Grab zu besuchen, dann werden wir das tun. Das verspreche ich dir, hoch und heilig. Und ich werde jemanden beauftragen, der dafür sorgt, dass immer frische Blumen bei deinem Papa sind." Lukas sah mich an, nickte und sagte leise: „Ok, Mama, ich bin einverstanden." „Und ich auch", rief Paula und klatschte in ihre kleinen Hände, „denn dann kann uns Franz ganz oft etwas vorlesen und seine Geschichten erzählen."

In den folgenden Wochen reiste ich einige Male nach Wien, um mit dem von mir beauftragten Immobilienmakler Gespräche zu führen und ein neues Zuhause für uns zu finden. Es sollte ein Haus am Land, mit einem großen Garten, Bäumen und Blumen, an einem See gelegen sein. Und tatsächlich gelang es, ein solches Objekt zu finden, nur etwa eine Autostunde von Wien entfernt, sodass sowohl die Nähe zu Franz gegeben war, als auch eine moderate Entfernung zu verschiedenen Schulen.

Meine Kinder waren voller Vorfreude und Neugier, als ich mit ihnen nach Österreich fuhr, um ihnen unser eventuell neues Zuhause zu zeigen. Paula lief im Garten hin und her, verwies auf mögliche Plätze für ein neues Baumhaus und dass sie im Sommer jeden Tag im See baden konnte. Lukas fand sofort einen Raum, den er als sein Zimmer nutzen wollte, einen hellen Raum mit großen Fenstern und Blick in den Garten.

Ich beauftragte eine Baufirma, um die eine und andere bauliche

Veränderung vorzunehmen, eine Gärtnerei, die sich um die Anlage eines Biotops und einiger Verschönerungen im Garten kümmern sollte, und wir vereinbarten, dass wir am Ende des Sommers unseren Umzug vornehmen würden, noch rechtzeitig, bevor für die Kinder im Herbst die Schule beginnen sollte.

Für unser Haus in der Toskana fand ich, dank der guten Kontakte von Juan, einen Käufer, der mir einen fairen Preis bot, und Karls Unternehmen ging in den Besitz von Juan über, der stets mit Herzblut, schon zu Lebzeiten von Karl, seine Arbeit als dessen rechte Hand erledigte. Um finanzielle Belange musste ich mir somit keine Sorgen machen und auch meine Kinder waren ausreichend abgesichert.

Thomas und Greta waren sehr betrübt über meine Entscheidung, aber voller Verständnis dafür. Doch beide wollten uns nicht begleiten, zu sehr waren sie in ihrer Heimat verwurzelt und es trennten sie nur mehr wenige Jahre von ihrem Ruhestand. Durch Karls Erbe und eine großzügige Abfindung meinerseits mussten sie sich um ihre Existenz keinerlei Sorgen machen.

Die Monate flogen dahin und unser Umzug rückte immer näher. Eine Woche vor unserer Abreise gab es ein großes Abschiedsfest, zu welchem neben den Nachbarn, den Freunden und Eltern meiner Kinder auch Juan und die engsten Mitarbeiter meines verstorbenen Mannes geladen waren. Und obwohl in uns allen die Vorfreude auf unser neues, zukünftiges Leben herrschte, schwebte dennoch der Hauch des Abschieds, Wehmut und Gedanken an Vergangenes über dem Trubel des Festes. Es gab gute Wünsche, Umarmungen, Versprechungen auf ein baldiges Wiedersehen und auch Tränen, als sich unsere Gäste verabschiedeten.

Die Umzugswagen waren schon vor ein paar Tagen nach Österreich gefahren und der Tag unserer Abreise angebrochen. Es war, trotz allem, ein eigenartiges Gefühl, ein Gefühl von Wehmut, als wir uns herzlich von Thomas und Greta verabschiedeten, die noch ein paar Tage auf dem Anwesen verweilen würden, um eine geregelte Übergabe an den neuen Besitzer zu sichern. Meine Kinder knieten auf der Rückbank und behielten ihr nun ehemaliges Zuhause solange im Blick, bis wir auf die Hauptstraße bogen und es hinter den Bäumen der Allee verschwand. Unser letzter Weg, bevor es auf die lange Autofahrt Richtung neuer Heimat ging, führte uns auf den Friedhof zu Karls Grab. Meine Kinder hatten Blumen im Garten gepflückt, welche sie nun in die Vasen links und rechts des Grabsteines steckten, und ich entzündete eine große Kerze in der Laterne auf dem Stein in der Mitte. Für eine lange Weile standen wir schweigend vor dem Grab, meine Kinder rechts und links von mir, hielten sich an mir fest und ich hatte meine Arme um sie gelegt. „Tschüss, Papa", murmelte Paula, „wir kommen ganz bald wieder, versprochen." Und Lukas griff in seine Hosentasche und legte eine Lok seiner Modelleisenbahn auf das mit Efeu bewachsene Grab. Es war die, welche er von Karl zu Weihnachten bekommen hatte, die letzten Weihnachten, bevor er starb. Eine einsame Träne lief seine Wange herab, als auch er sich von seinem Papa verabschiedete.

Mein Abschied spielte sich in meinen Gedanken ab. Es war zu viel, zu viel Schweres, zu viel Menschliches und Unausgesprochenes, was sich in diesem Moment durch meinen Geist zog. Ja, das Gefühl von Schuld überkam mich immer wieder, seit Karl von uns gegangen war. Schuldgefühle und Fragen, ob es genug war, ihm Respekt, Anerkennung und Wertschätzung entgegengebracht zu haben. Ob ich die Frau gewesen war, die Karl verdient und an seiner Seite hatte haben wollen. Diese Fragen würde er mir nicht mehr beantworten können und ich musste lernen, damit zu leben und darauf hoffen, dass diese Zweifel eines Tages verblassen würden.

Franz blühte auf, seit meine Kinder und ich wieder in seiner Nähe wohnten. Fast jedes Wochenende ließ ich ihn von meinem neuen Chauffeur Johann abholen und zu uns aufs Land bringen, wo wir viele fröhliche Stunden verbrachten.

Die Kinder lebten sich sehr rasch in ihrer neuen Umgebung ein und vor allem Paula hatte schon nach kurzer Zeit einen großen, neuen Freundeskreis. Lukas war da etwas zurückhaltender, doch das war sein Wesen. Er hatte stets nur wenige Freunde gehabt, doch diese waren ihm wichtig und auch vertraut.

Unsere neue Köchin Rosa war ein Goldstück und auf Empfehlung von Franz zu einem Teil unseres Haushaltes geworden. Kochen und Backen war ihre Leidenschaft und das sorgte nicht nur für wundervolle Mahlzeiten, sondern auch leuchtende Augen meiner Kinder.

Unser neues Haus wurde von Woche zu Woche mehr zu einem wahren Zuhause und es rührte mich und gab meinem Herzen ein gutes Gefühl, zu spüren, dass Lukas, Paula und ich angekommen waren.

Gabi, als meine große Stütze, meine wahre Freundin und auch Assistentin, hatte dank ihrer beruflichen Kompetenzen und vielen Kontakte innerhalb der Kulturszene einen neuen Vertrag mit dem Intendanten der Wiener Staatsoper ausgehandelt, sodass ich, nach ein paar Monaten der Eingewöhnung, ein fixes Engagement als Opernsängerin in Wien annahm.

Mein erster Auftritt als fixes Ensemblemitglied war in der Rolle der Floria Tosca in der gleichnamigen Oper von Giacomo Puccini. Es war ein Gefühl, als hätte ich die Bühne nie verlassen. Es war ein Gefühl, als wäre ich angekommen, an dem Platz, der meine Bestimmung ist. Es war ein Gefühl puren Glücks.

Ein Lächeln entstand auf meinem Gesicht, während ich meiner Tochter hinterherblickte. Sie sah mir so ähnlich und in ihr loderte ein Feuer, welches alle einvernahm, die um sie waren, ob groß oder klein, Paula war im wahrsten Sinne des Wortes ein Sonnenschein.

Ich genoss es, im Schatten des Windsegels und des großen Nussbaumes auf der Schaukelliege unserer Terrasse zu entspannen mit einem Buch in der Hand und dem Gelächter der jungen Leute als Hintergrundmusik. Wenige Minuten nach Paula kam auch Lukas aus dem Haus in kurzen Shorts, T-Shirt und seinen geliebten Turnschuhen an den Füßen. Sein Gang war gemächlicher als der seiner Schwester, seine Stimme leiser, bedachter und sein Blick, wie so oft, von einer Art Melancholie durchzogen. „Ich gehe auch runter zum See, Mama, meine Freunde müssten jeden Moment da sein", sagte er zu mir und schlenderte gemütlich durch den Garten Richtung Ufer.

Wie ähnlich er doch seinem Vater sah. Und wie groß gewachsen er war mit seinen 16 Jahren. Seine schulischen Leistungen waren stets hervorragend, sein Ehrgeiz und sein Verantwortungsgefühl beinahe untypisch für einen Jugendlichen in seinem Alter, aber ich wünschte mir dennoch das eine und andere Mal, dass er sein Schneckenhaus ablegen würde, in welches er sich zu gerne zurückzog, und ein wenig des jugendlichen Leichtsinns, den seine Schwester zu Genüge besaß, annehmen und ausleben würde. Sie waren so unterschiedlich und dennoch liebten sich meine Kinder abgöttisch. Lukas war wie ein großes Schutzschild für seine Schwester und Paula wie ein heller Sonnenstrahl im Leben ihres Bruders.

Die abendliche Sonne tauchte die Umgebung schon in die wundervollsten Rottöne, als ich mich an diesem Abend ins Haus zurückzog, um die Partitur für meinen nächsten Auftritt durchzugehen. Dabei konnte ich die Zeit und alles um mich herum vergessen und so zogen Nebelschwaden über das, nun nur mehr durch das Lagerfeuer der Jugend dezent erleuchte Wasser, als ich das nächste Mal aus dem Fenster blickte. Das Ende des Sommers kündigte sich an.

Leise klopfte es an der Tür. Gabi kam nach meiner Aufforderung herein mit dem Haustelefon in der Hand.

„Lizzy, die Nachbarin von Franz ist am Telefon, sie möchte dringend mit dir sprechen."

Ich sah den Nebel, der langsam über den See zog und wusste insgeheim, dass mich keine guten Nachrichten erwarten würden.

Kapitel 16 – Herbst 2002

„Bravo, bravissimo, wundervoll, bravo, Madame Vianello!"
Das Publikum applaudierte, rief meinen Namen, die Menschen
standen von ihren Sitzen auf und jubelten mir zu, während sich der
Vorhang des Opernhauses in Zürich zum wiederholten Mal hob.
Ich stand im Scheinwerferlicht, verbeugte mich unzählige Male mit
einem strahlenden Lächeln im Gesicht und nahm freudestrahlend
den imposanten Strauß weißer Rosen entgegen, welchen mir der
Intendant der Züricher Oper auf der Bühne überreichte. Mein Blick
schweifte über die ersten Reihen und dann sah ich sie, meine beiden
Kinder, Lukas und Paula, daneben Gabi und Johann. Alle vier hatten sich ebenfalls von ihren Plätzen erhoben, lachten und klatschten voller Euphorie. Es schien, als könnte ich Paula hören, die laut
„Mama, juhu, bravo!", rief. Für einen kurzen Moment dachte ich
daran, dass es das Glück dieses Abends vervollständigen würde,
wenn auch Franz sich in die Reihe meiner Familie und engsten Vertrauten stellen könnte. Doch das würde nie mehr geschehen. Den
insgeheimen Wunsch, dass Alexander ganz plötzlich nach einem
meiner Auftritte vor mir stehen würde, trug ich seit Jahren in mir
und er war zu einem Teil von mir geworden, ein Teil meines Herzens, welcher tief verborgen, aber niemals mehr vergehen würde.

Und Wehmut überkam mich auch bei den Gedanken an Sniper.
War es doch ebenso ein erfolgreicher Opernabend gewesen, welcher mir diesen besonderen Menschen für immer genommen hatte,
jenen Mann, der sich einen Platz in meinem Herzen ebenso für alle
Zeit gesichert hatte.

Die Rolle der Manon Lescout aus der gleichnamigen Oper von
Puccini hatte mich schon lange Zeit gereizt. Dieses lyrische Drama
einer Liebe, die ein tragisches Ende nahm. Umso erfreuter war
ich, als das Züricher Opernhaus mir diese Rolle anbot. Es war der
Premierenabend, ein ausverkauftes Haus, und als der Vorhang fiel,
gab es viele Umarmungen, ein erleichtertes Aufatmen des gesamten Ensembles und allseits zufriedene Gesichter. Premierenabende
waren stets eine spannende Angelegenheit, voller Fragen, ob die

Inszenierung das Publikum in den Bann ziehen würde, das Zusammenspiel der einzelnen Akteure auch vor Zusehern seine Wirkung entfalten würde, ja, ob einfach alles so reibungslos verlief, wie der Intendant, der Regisseur, der Dirigent sowie alle Mitwirkenden sich das wünschten und worauf viele Monate mit größter Hingabe und Einsatz aller Beteiligten hingearbeitet wurde.

Ich entledigte mich meiner Schuhe, ein Ritual, welches zu einem fixen Bestandteil gehörte, sobald die Vorstellung zu Ende war. Schmunzelnde Gesichter ob dieser Eigenart begleiteten mich auf dem Weg zu meiner Garderobe, in welcher ich bereits von meinen Kindern, Gabi und Johann erwartet wurde.

Der Tod meines Adoptivvaters Franz hatte mich tief getroffen. Als der Anruf seiner Nachbarin mich erreichte, ahnte ich bereits, dass ein Unglück geschehen war, noch bevor sie mir am Telefon mitteilte, dass sie Franz am Vormittag dieses Tages leblos in seinem Bett vorgefunden hatte. Seit Theresas Tod war Inge, Franz' Nachbarin, zu einer wichtigen Stütze für ihn geworden. Sie versorgte ihn mit köstlichen Kuchen, ging im helfend im Wirtshaus zur Hand, wenn Not am Mann war, ja, sie war ihm eine gute Freundin und Vertraute geworden. Es gab mir stets ein beruhigendes Gefühl zu wissen, dass Inge, mit dem Einverständnis von Franz, einen Schlüssel zu seinem Haus besaß, für Notfälle und um nach dem Rechten zu sehen, wenn Franz unterwegs oder für einige Tage nicht in Wien war. An diesem Morgen war ihr aufgefallen, dass alle Fensterläden des Wirtshauses noch immer geschlossen waren, obwohl es schon heller Morgen war und Franz ein Frühaufsteher, welcher stets schon fleißig am Werk war, auch wenn der Tag noch jung war. Weder auf das Läuten der Türklingel noch ihr Klopfen gab es eine Reaktion und so benutzte Inge den ihr anvertrauten Schlüssel, um nach Franz zu sehen. Sie fand ihn in seinem Bett, ohne ein Lebenszeichen und der von ihr umgehend herbeigerufene Notarzt konnte nur mehr den Tod von Franz feststellen. Wie ich aus einem darauf folgenden Gespräch und den mir als Tochter ausgehändigten

Krankenakten erfuhr, erlitt Franz wohl einen Herzinfarkt infolge seines Herzleidens, welches ihn schon viele Jahre begleitet hatte. Zu wissen, dass er einsam in der Nacht aus dem Leben schied und ich nun auch meinen zweiten Elternteil verloren hatte, stürzte mich in tiefe Trauer. Franz war ein wahrer Vater für mich gewesen, ein Vertrauter und ein Mensch, zu dem ich aufgesehen hatte, der immer einen guten Rat für mich parat hatte, mir ein Zuhause geschenkt und stets hilfreich an meiner Seite gestanden war. Die Hoffnung, dass er nun bei seiner geliebten Theresa war, gab mir Trost.

Auch Lukas und Paula benötigen viele Wochen, um den Verlust ihres Großvaters zu verarbeiten. Viele schlaflose Nächte, in denen Paula sich in den Schlaf weinte und Lukas sich noch mehr zurückzog, begleiteten unseren Alltag und der wöchentliche Besuch des Grabes von Franz und Theresa war stets ein bedrückender Gang.

Dass es mir gelang, eine junge Familie zu finden, die das Wirtshaus und die darüber liegende Wohnung pachtete, tröstete mich etwas. So wusste ich, dass das Lebenswerk meiner Adoptiveltern fortgeführt wurde.

Die Kinder und ich lebten uns recht rasch in unserem neuen Zuhause ein. Lukas, der im Ausgleich zu seinem feinfühligen Wesen ein ausgeprägt technisches und handwerkliches Geschick entwickelte, besuchte eine höhere technische Schule, die es ihm ermöglichte, nach deren Abschluss sich für ein weiterführendes Studium oder einen technischen Beruf zu entscheiden, und Paula verblieb auf dem Gymnasium. Ihre Interessen waren so vielgeschichtet, dass sie sich noch für kein spezielles Gebiet entscheiden wollte und konnte.

Da die Kinder nun doch schon ihr Jugendalter erreicht hatten und durch unsere Angestellten stets jemand im Haus war, der sie versorgte und im Notfall helfend zur Seite stand, vertiefte ich mein Engagement an der Wiener Staatsoper und trat wieder regelmäßig in den unterschiedlichsten Rollen auf.

All die Jahre voller Schicksalsschläge und Prüfungen hatten mir dennoch niemals die Liebe zur Oper, zur Musik und zum Gesang genommen. Im Gegenteil, meine Stimme hatte an Tiefe und Reife gewonnen. Ich arbeitete hart an mir, übte täglich, verbrachte unzählige Stunden im Probenraum der Oper unter dem durchaus strengen Auge des dortigen Repetitors. Dieser Ehrgeiz, die Freude, die ich dabei empfand auf der Bühne zu stehen und das organisatorische Geschick Gabis, gepaart mit einem großen Netzwerk innerhalb der Welt der Oper, verhalf mir zu einigen großen Hauptrollen, sowohl in Wien als auch in anderen namhaften Opernhäusern innerhalb Europas. Und so hatte ich das große Glück in den folgenden Jahren quer durch Europa zu reisen und an den unterschiedlichsten Opernhäusern aufzutreten, an der Semperoper in Dresden, im Royal Opera House in London, an der Königlichen Oper in Stockholm, an der Ungarischen Staatsoper in Budapest, im Bolschoi-Theater in Moskau, in Verona, Mailand, Paris und Barcelona. Ich stand am Zenit meiner Karriere.

Jeder Rolle, welche mir angeboten wurde, versuchte ich einen Hauch meiner Persönlichkeit zu verleihen, meinem Verstehen dessen, was der Komponist den einzelnen Protagonisten seines Werkes an Charakter verleihen wollte, ohne jedoch den Grundgedanken des Werkes zu verfälschen. Ich war nie ein Freund moderner Inszenierungen gewesen, dafür besaß ich viel zu viel Respekt vor den Schöpfern dieser unvergesslichen musikalischen Kostbarkeiten. Die Geschichten und deren Melodien aus dem Zeitgeist ihrer Entstehungszeit zu entreißen empfand ich als ihrer nicht würdig, beinahe als Verrat am Komponisten selbst, wenngleich ich natürlich die Bestrebungen der Intendanten und Regisseure verstehen konnte, das Gedankengut vergangener Zeiten in das Denken und Handeln der Gegenwart zu übertragen. So war ich dankbar und erleichtert, in beinahe allen meinen Engagements auf Verantwortliche zu treffen, die diesbezüglich ähnlich dachten wie ich.

Ich schlüpfte in die Rolle der Floria aus Puccinis Tosca, spielte die Desdemona in Verdis Otello, verkörperte die Zigeunerin Carmen aus der gleichnamigen Oper von Bizet wie auch die Gräfin Leonore aus dem Troubadour von Verdi oder Cho-Cho San in Madame Butterfly von Puccini.

Wann immer es sich einrichten ließ, meine Kinder Ferien oder freie Schultage hatten, nahm ich sie mit oder sie reisten unter der Obhut von Gabi mir hinterher. Meist nutzen wir die spielfreien Tage, um uns die Schönheiten der jeweiligen Stadt und des Landes anzusehen. Und wo immer es ein Hotel gab, welches einmal im Besitz meines verstorbenen Mannes war, war dieses unsere Bleibe für die Dauer des Aufenthaltes. Da mich noch immer ein freundschaftliches Band mit Juan, Karls gutem Freund und nunmehrigem Besitzer seines Unternehmens verband, waren wir jedes Mal seine ganz persönlichen Gäste, ganz gleich, in welchem Hotel wir abstiegen. Er hatte mir und meinen Kindern kostenlose Logis auf Lebenszeit zugesichert, dies war ein Freundschaftsdienst seinerseits und ebenso ein Zeichen ehrenden Gedenkens an seinen ehemals besten Freund.

Es waren Jahre, die mir unvergessliche Momente bescherten, dankbare Momente beruflichen Erfolges, Glücksmomente dafür, dass ich nun die Möglichkeit hatte, meiner Berufung so breiten Raum in meinem Leben einzuräumen, fröhliche Momente mit meinen heranwachsenden Kindern auf unseren vielen Reisen, erfüllende Momente, wenn ich in ihre Augen blickte und erkannte, mit wie vielen Privilegien mich mein Leben beschenkte und dass ich aus jedem Stolperstein und dem damit resultierenden Fall gestärkt hervorgegangen war. Natürlich war mir bewusst, dass dies nicht mein alleiniger Verdienst war, es war ein Zusammenspiel von Willensstärke, der Kraft einer liebenden Mutter und Menschen, die um mich und in meinem Herzen waren, welche dieses Resultat hervorbrachten.

In unregelmäßigen Abständen, aber doch einige Mal im Jahr, fuhr ich mit Lukas und Paula nach Italien, um das Grab meines verstorbenen Mannes, ihres Vaters, zu besuchen. Auch wenn es an der Zahl immer mehr Tage wurden, die Karl von uns gegangen war, so war es doch jedes Mal ein schwerer Gang, ganz besonders für meine Kinder, die ihren Vater über alles geliebt hatten. Meist setzten wir uns ein bis zwei Stunden in das weiche Gras vor dem Grab und die Kinder erzählten Karl aus ihrem Leben, es schien, als würde Karl neben uns sitzen und ihnen zuhören.

Ich hatte den Kindern nie von den Affären ihres Vaters erzählt. Ob sie es ahnten oder jemals etwas davon mitbekommen hatten? Das wusste ich nicht und wollte das Andenken an ihren Vater auch gar nicht mit dem belasten, was vergangen war. Das Glück meiner Kinder hatte stets oberste Priorität für mich und nichts sollte ihnen auf dem Weg in ein erfülltes, selbstbestimmtes und glückliches Leben im Wege stehen. Meine Gedanken, Schuldgefühle, Zweifel und mein Grübeln über das Leben, welches ich mit und an Karls Seite gelebt hatte, war etwas, welches ich mit mir selbst ausmachen musste. Auch wenn die Zeit ihren Schleier über das Vergangene legte, so gingen Wahrheiten und Erinnerungen doch nie verloren. Das wurde mir bei jedem Besuch an Karls Grab bewusst. Und selbst unzählige Jahre, die nun schon zwischen meiner letzten Begegnung mit Alexander und unserem Abschied lagen, hatten nichts von dieser tiefen Liebe, die ich für ihn empfand, ausgelöscht.

Was mich auch große Freude empfinden ließ, war die Tatsache, dass sich zwischen meiner Freundin Gabi und Johann, meinem Chauffeur, ein zartes Band der Liebe entwickelte. Erstmals fiel es mir auf, als ich mir zwischen zwei Engagements einige Wochen Urlaub gönnte, welche ich mit den Kindern in unserem Haus unweit von Wien verbrachte. Es war ein wahres Heim und Zuhause für mich geworden, ein Rückzugsort und ein Platz für uns, als Familie, welcher durch die traumhafte Lage und die vielen kleinen Besonderheiten, welche ihm eine persönliche Note verliehen, ein Ort geworden war, der Kraft schenkte, Ruhe und Geborgenheit ausstrahlte. Oft wandelte ich barfuß durch das Haus und unseren Garten und mein Blick blieb an genau diesen Dingen hängen, dem Baumhaus, welches trotz der Tatsache, dass Lukas und Paula schon längst den Kinderschuhen entwachsen waren, noch immer so gerne von ihnen frequentiert wurde, den unzähligen Blumen, welche den Garten vom Frühling bis in den Herbst in die buntesten Farben tauchten, den Erinnerungsstücken, die von unseren Reisen den Weg in unser Heim gefunden hatten, Paula's liebevolles Chaos, welches sich durch das Verteilen ihrer Habseligkeiten im gesamten Haus zeigte, so als wolle sie allen mitteilen, „Hier wohne ich!", und damit ihren Charakter als Wirbelwind, der sie noch immer war, unterstrich, oder auch Lukas' bewusst platzierte technische und handwerkliche Bauwerke unterschiedlichster Art, vom Legokran aus Kindertagen bis hin zu Dekogegenständen für Haus und Garten, die er aus unterschiedlichsten Materialien fertigte. Wann immer ich in der Betrachtung all dieser Kostbarkeiten versank, musste ich lächeln. Wir waren angekommen und es schien, als verlaufe unser Leben in ruhigen Bahnen.

Schon des Öfteren waren mir die Blicke nicht entgangen, welche sich Gabi und Johann zuwarfen. Gabi war eine sehr attraktive Frau, mit einem Herzen am rechten Fleck, einer liebevollen und fürsorglichen Art und einer guten Portion Humor. So verwunderte es mich nicht, dass Johann scheinbar Gefallen an ihr fand. Sie wären ein schönes Paar, dachte ich mir sehr oft. Johann, ein stattlicher junger Mann, aufrichtig, selbstbewusst und voller Empathie und Gabi, meine allerliebste Freundin.

An einem meiner Urlaubsabende saßen Gabi und ich noch spätabends auf der Terrasse, jeweils ein Glas Weißwein vor uns, und unterhielten uns über Gott und die Welt, schwelgten in Erinnerungen und genossen die gemeinsame Zeit. Wir waren Seelenverwandte, eine Tatsache, die wir beide so empfanden. Wir wussten, wie der jeweils andere dachte und fühlte, empfanden Freude am Glück der Freundin und litten gemeinsam, wenn es Anlass für Traurigkeit oder Schwierigkeiten gab. Abende wie dieser waren ein Ritual, welches nicht regelmäßig, aber doch bei jeder sich bietenden Gelegenheit von uns in Anspruch genommen wurde. Irgendwann im Laufe dieses Abends platzte es aus Gabi heraus: „Johann und ich haben uns verliebt!" Ich strahlte meine Freundin an, innerlich musste ich schmunzeln, denn eine zarte Röte hatte sich auf ihre Wangen gelegt ob dieses Geständnisses. Selbst die nur dezente Beleuchtung durch die im Boden der Terrasse eingelassenen Lampen und die Kerzen, welche am Tisch vor uns standen, konnten das nicht verbergen. Ich stand auf, umarmte Gabi innig und flüsterte ihr ins Ohr: „Oh Gabi, ich freue mich so sehr für dich, für euch. Ihr seid ein wundervolles Paar."

Gabi berichtete noch lange an diesem Abend, wie sich Johann und sie angenähert hatten, wie aus der Verliebtheit eine tiefe Liebe wurde, welche sie beide so unsagbar glücklich machte, dass sie sich ein Leben ohne den jeweils anderen nicht mehr vorstellen konnten. Mein Herz füllte sich mit so viel Wärme über das Glück, welches meiner lieben Freundin widerfahren war. Zu sehen, wie ihre Augen strahlten, wenn sie von Johann erzählte, zu spüren, wie glücklich sie war, einen Menschen gefunden zu haben, der sie vervollständigte, dem sie bedingungslos vertraute, ließ auch mich Glück empfinden. Gabi war seit unserem zufälligen Aufeinandertreffen, an dem wir uns wiedergefunden hatten, der Mensch in meinem Leben gewesen, der immer an meiner Seite war, der wusste, wie es mir ging, der alle Emotionen der letzten Jahre, ganz gleich welcher Art, miterlebte und mittrug. Sie war ein wahrer Schatz, in jeglicher Hinsicht, und ich gönnte ihr von ganzem Herzen, ihrem Lebensglück begegnet zu sein.

Einige Monate später bot ich ihnen an, auf meinem Grundstück ein Haus zu errichten, welches zu ihrem Zuhause werden sollte. Johann bewohnte zwar ein Gästezimmer in meinem Haus für Tage, an denen ich seine Dienste auch einmal spät Abends benötigte, und für Gabi hatte ich ein kleines Appartement im Erdgeschoss eingerichtet. Dennoch verstand ich ihren unausgesprochenen Wunsch, ein gemeinsames Heim zu besitzen, und da unser Grundstück über eine ansprechende Größe und genügend freie Fläche verfügte, errichtete ein ansässiges Bauunternehmen nach den Wünschen des jungen Paares am östlichen Rand meines Grundstückes, woran ein Wald angrenzte, ein schmuckes Häuschen, welches noch vor Beginn des Winters von den beiden bezogen werden konnte. Die anfallenden Kosten übernahm ich, entgegen aller Einwände der beiden. Durch das großzügige Erbe meines verstorbenen Mannes verfügte ich über genügend finanzielle Mittel und konnte somit ein äußeres Zeichen meiner Dankbarkeit setzen. Außerdem war es Gabi dadurch möglich, ihrer Arbeit als meine Assistentin in unmittelbarer Nähe ihres Zuhauses nachzugehen, wie auch Johann, der neben seiner Tätigkeit als Chauffeur auch den Garten pflegte und für die Instandhaltung im und rund um das Haus sorgte.

Paula kam auf mich zugerannt und umschlang mich mit ihren Armen, als ich meine Garderobe betrat. „Mama, es war soooo toll, du hast das super gemacht", lobte sie mich und drückte mir einen dicken Kuss auf meine rechte Wange. Auch Gabi umarmte mich fest. „Diese Rolle liegt dir, du warst großartig. Ich bin so stolz auf dich", lobte sie mich mit einem strahlenden Lächeln. Auch Johann gratulierte mir und drückte mich an sich. Er war nicht nur mein Angestellter, sondern mittlerweile auch zu einem lieben Freund geworden.

Lukas saß im Sessel vor meiner Schminkkonsole, erhob sich dann und kam auf mich zu, als Johann beiseite trat. „Schatz, ich freu' mich so sehr, dass du heute auch hier bist, bei mir", sagte ich zu ihm und zog ihn in meine Arme. Er war zu einem jungen Mann herangewachsen, stattlich in seiner Größe und seinem Vater immer ähnlicher. Wie es seinem Wesen entsprach, hielt er sich gerne im Hintergrund, doch trotz seiner mittlerweile 22 Jahre umarmte auch er mich, beugte sich zu mir runter und küsste meine Wangen rechts und links. „Ich gratuliere dir auch, Mama", flüsterte er mir ins Ohr und hielt mich für einige Augenblicke an sich gedrückt.

All meine Lieben um mich zu haben, bedeutete mir mehr als jeder Applaus, jeder Erfolg und jede lobende Zeitungskritik. Ich sah meinen Sohn liebevoll an und obwohl er lächelte, spürte ich, dass etwas nicht in Ordnung war. Ich war seine Mutter und auch ein vermeintlich zur Schau gestelltes Lächeln konnte mich nicht darüber hinwegtäuschen, dass ihn etwas belastete. „Ist alles in Ordnung, Lukas?", fragte ich mit belegter Stimme und legte meine Hand an seine Wange. „Aber natürlich, Mama", wiegelte er ab, „es ist alles ok."

Da meine Familie an diesem Abend bei mir war, nahm ich nur für eine Stunde am Premierenempfang teil, um mich den Fragen der Journalisten zu stellen und mit meinen Ensemblekollegen anzustoßen. Ich hatte in einem Restaurant unweit der Oper einen Tisch für uns reserviert. Es war mir wichtiger, meine Lieben um mich zu haben und mit ihnen den Erfolg dieser Premiere zu feiern.

Wir genossen ein vorzügliches Essen in entspannter Atmosphäre. Paula plauderte unentwegt und erzählte voller Begeisterung von ihrer Ausbildung zur Musikpädagogin, welche sie nach dem Abschluss des Gymnasiums begonnen hatte. Die Liebe zur Musik hatte sie wohl von mir geerbt und sie besaß ein ausgeprägtes musikalisches Talent. Außerdem liebte sie es, mit Kindern zu arbeiten, war kreativ, und durch ihr ansteckendes, sonniges Gemüt verfügte sie über alle Fähigkeiten, die Menschen um sich mit ihrer Begeisterung anzustecken.

Lukas hatte nach dem Abschluss seiner Schule und der Reifeprüfung ein Studium für Architektur begonnen. Sein handwerkliches Geschick, sein Sinn für Ästhetik und die Gabe, technische Vorgänge nicht nur theoretisch zu begreifen, sondern auch praktisch umzusetzen, hatten ihn zu diesem Entschluss geführt. Ich beobachtete an diesem Abend mit wachsender Sorge seinen nicht gerade verantwortungsvollen Umgang mit dem Genuss von Alkohol. Während wir anderen nach dem Leeren einer guten Flasche Wein auf alkoholfreie Getränke umgestiegen waren, hatte Lukas sich ein Glas Whiskey um das andere bestellt. Außerdem hatte er vor ein paar Jahren begonnen zu rauchen und so verließ er immer wieder unseren Tisch, um nach draußen zu gehen und sich eine Zigarette zu genehmigen. Beides fand keinesfalls meine Zustimmung, doch war er mittlerweile ein erwachsener Mann und jedes Gespräch, welches ich in der Vergangenheit begonnen hatte, um ihm meine Bedenken diesbezüglich mitzuteilen, hatte er mit einer abwehrenden Handbewegung und beschwichtigenden Worten abgetan. Ich mache mir unnötige Sorgen und er wisse schon, was er tue, waren seine Worte jedes Mal.

Sein oftmaliges Heimkommen erst im Morgengrauen und das des Öfteren in betrunkenem Zustand hatte mir schon mehrmals schlaflose Nächte bereitet. Mir war natürlich bewusst, dass meine Kinder nun erwachsene junge Menschen waren, die ihr Leben nach ihren eigenen Vorstellungen gestalteten und dass im Leben einer jeden Mutter irgendwann der Zeitpunkt kam, loszulassen, dennoch war die Sorge um ihr Wohlergehen mein täglicher Begleiter. Auch musste ich eingestehen, dass die Freunde, mit denen sich mein Sohn umgab, nicht jene waren, die ich mir für ihn gewünscht hatte. Es kam das eine und andere Mal vor, dass Lukas von ihnen abgeholt oder heimgebracht wurde und auch, was aber nur mehr selten der Fall war, dass sie sich an unserem Seeplatz trafen, um zu feiern. Ihr durchaus gutes Benehmen und ein höflicher Gruß in meine Richtung konnten nicht darüber hinwegtäuschen, dass alle gerne über die Maßen tranken, Partys und durchgefeierte Nächte ihnen mehr bedeuteten als Ausbildung, Studium oder Job, und insgeheim hatte ich auch den Verdacht, dass der Genuss von Drogen, welcher Art auch immer, ihnen nicht fremd war.

So innig mein Verhältnis zu meinen Kindern, meinem Sohn auch war, so undurchdringbar war seine harte Schale, die er an den Tag legte, wenn ich ihn wieder und wieder mit meinen Sorgen um ihn und mit meinen Bedenken konfrontierte. Mein Herz tat mir weh, dabei zusehen zu müssen, wie mein Sohn Raubbau mit seinem Körper betrieb und dabei die Gefahr bestand, dass er sich selbst Schaden zufügte.

Der Sommer war längst dem Herbst gewichen und jeden Abend bildete sich, durch den See an unserem Grundstück, schon in der frühen Dämmerung ein Nebelstreif, der langsam Richtung Haus zog. Ich war gerade dabei, in meinem Musikzimmer in der oberen Etage des Hauses, welches mit seinen bodentiefen Fenstern einen fantastischen Ausblick auf den Garten und den See bot, die Vorhänge zuzuziehen, als mir das Licht in unserem kleinen Gartenhaus am Ufer ins Auge stach. Da keines meiner beiden Kinder heute zu Hause war, Paula verbrachte das Wochenende bei einer Freundin und Lukas hatte schon nach dem Frühstück das Haus verlassen, zog ich mir Schuhe und Jacke an und schlenderte über den Rasen Richtung See. Sicher hatte einer von ihnen vergessen, das Licht auszuschalten und wahrscheinlich war auch nicht abgeschlossen. Es war still, als ich am Gartenhaus ankam. Das einzige Geräusch, das ich wahrnahm, wurde durch die sanften Wellen ausgelöst, die an das Ufer plätscherten, und eine Grille zirpte ganz in meiner Nähe. Automatisch ging mein Blick in die Weite, hinweg über den See, ein Anblick, an dem ich mich niemals sattsehen konnte. Er zog mich jedes Mal in seinen Bann. Ich öffnete die Tür des Häuschens, das, wie erwartet, nicht abgeschlossen war. Und dann schien die Welt stillzustehen, als ich Lukas am Boden liegend, mit leblosem Blick und einer Nadel in seiner Armbeuge erblickte. „Nein!!!!!!"

Kapitel 17 – Sommer 2007

„Ich freue mich außerordentlich, dieses Haus heute seiner Bestimmung übergeben zu dürfen. Möge es für seine Bewohner ein Ort der Geborgenheit und ein Zuhause sein. Und möge es allen, die hier arbeiten, stets ein Anliegen und eine Herzensaufgabe sein, ihren Schützlingen Sicherheit, Wärme und Liebe zu vermitteln." Applaus und das Klicken der Kameras der heimischen Presse folgte mir, als ich mich umdrehte und das rote Band durchschnitt, welches vor die große doppelflügelige Holztür mit eingelassenen bunten Glasfenstern gespannt war. Heute war ein ganz besonderer Tag, den ich schon lange herbeigesehnt hatte. Ich durfte mir einen schon seit Längerem in mir schlummernden Wunsch erfüllen und dieses neu erbaute Waisenhaus eröffnen, welches mit dem heutigen Tag das neue Zuhause für Kinder und Jugendliche werden sollte, deren Eltern nicht mehr lebten und die auch sonst keine Angehörigen hatten, welche sich ihrer annehmen wollten oder konnten. Ab heute würde dieses Haus mit Leben gefüllt werden und hoffentlich seinen Bewohnern zu einem Ort werden, an dem sie sich wohl fühlten, angenommen und umsorgt.

Es war nach meinen Wünschen errichtet und auch von mir finanziert worden. An finanziellen Mitteln mangelte es mir nicht, doch hatte es in meinem Leben auch Zeiten gegeben, wo ich dankbar und glücklich gewesen wäre, an einem solchen Ort aufzuwachsen. Und genau dies war auch der Grund, etwas von dem, was mir schicksalhaft zur Genüge zur Verfügung stand, sinnvoll einzusetzen und damit etwas Gutes zu bewirken.

Nachdem ich das Band durchtrennt hatte, wandte ich mich wieder den Gästen zu, die nun ihre Aufmerksamkeit auf eine große Kinderschar lenkten, welche am Ende der breiten Eingangstreppe Aufstellung genommen hatte. Ich musste lächeln, als sie mit großen Augen meine Tochter ansahen und auf den Einsatz warteten, um ein Lied anzustimmen.

Paula, die mit so großer Freude ihrem Beruf als Musikpädagogin nachging, hatte sich sofort bereit erklärt, die Gestaltung der heutigen Eröffnung zu übernehmen, und bald ertönte „Oh happy day" aus dem Mund der fast fünfzig Kinder aller Altersstufen, die von nun an hier wohnen würden.

Mein Blick wanderte über die große Schar an Gästen, die sich in einem Halbkreis vor dem Eingang positioniert hatten und mit freundlichen und fröhlichen Gesichtern diesem entzückenden Chor zuhörten. Neben der lokalen Politprominenz, den Inhabern der bauausführenden Firmen und den Vertretern der Presse waren auch unzählige Bewohner des Ortes zugegen, wie auch Kollegen und Mitarbeiter des Wiener Opernhauses sowie Freunde und Bekannte meiner Familie. Ein entzückendes Glucksen ließ meine Augen zu Gabi wandern, die neben Johann am Fuße der Treppe stand und Johanna im Arm hielt, meine kleine Enkeltochter, die vor Kurzem sieben Monate alt geworden war. Sie war ein richtiger Sonnenschein und wickelte jeden um den Finger, der sich ihr näherte, mit ihrem zahnlosen Lachen, ihren wachen Augen und ihrem stets verwuschelten roten Lockenkopf. Gerade patschte sie mit ihren kleinen Händen Gabi ins Gesicht, die daraufhin loslachte und Johanna am Bauch zu kitzeln begann. Ich stimmte in das Lachen mit ein, eine Fähigkeit, welche mir abhandengekommen war und die ich durch meine Enkeltochter wiedergewonnen hatte.

Ich wusste nicht, wie lange ich schon am Boden über dem leblosen Körper meines Sohnes kauerte und mir die Seele aus dem Leib schrie, als hinter mir die Tür der Badehütte aufging und Gabi mit Johann hereinstürmte. Mein herzzerreißendes Schreien dürfte sie wohl hierhergeführt haben. „Oh mein Gott", keuchte Gabi, kniete sich neben mich und rüttelte an meinen Schultern. „Lizzy, Lizzy, was ist denn geschehen?" Ich konnte ihr nicht antworten, zog Lukas in meine Arme und wiegte mich am Boden sitzend mit ihm hin und her. „Ich rufe den Notarzt", hörte ich Johann sagen, der sich mit schnellen Schritten entfernte. Meine Freundin legte ihre Hände an meine Wangen und zwang mich damit, sie anzusehen. „Lukas, Lukas, er ist tot!", schrie ich und brach gleich wieder in Tränen aus.

Die Ereignisse dieses Abends verfolgten mich seither in meinen Träumen. Lukas hatte sich eine Überdosis Heroin gespritzt und damit seinem Leben selbst ein Ende gesetzt. Der nur kurze Zeit später eintreffende Notarzt konnte nur mehr seinen Tod feststellen, welcher wohl schon einige Stunden zuvor eingetreten war. Ich lag mit meinem Sohn im Arm am Boden, bis Mitarbeiter eines Bestattungsunternehmens kamen, um Lukas mitzunehmen. Ihn loszulassen kostete mich meine letzte Kraft und nur dem guten Zureden und den tröstenden Worten von Gabi war es zu verdanken, dass ich irgendwann mich erheben konnte und von ihr gestützt mich ins Haus führen ließ.

Ich kauerte mich ins Bett von Lukas, sein Kopfkissen im Arm, das nach ihm roch, und weinte bittere Tränen. So fand mich Paula, die von Gabi geweckt und über die schrecklichen Ereignisse behutsam unterrichtet worden war. Arm in Arm und das Kissen nass von unseren Tränen erwachten wir am nächsten Tag.

Für Paula brach eine Welt zusammen. Sie hatte ihren Bruder über alles geliebt und die beiden hatten stets eine besondere Einheit gebildet. So unterschiedlich sie von ihrem Wesen her waren, so ergänzten sie sich auch. Lukas war stets der große Bruder gewesen, zu dem Paula aufgesehen hatte und der sie beschützte, wann immer dies vonnöten war. Und Paula war diejenige, die ihrem Bruder stets ein Lächeln entlocken konnte, die ihn mit ihrem positiven Gemüt so oft aus seinem Schneckenhaus gezerrt hatte.

Der Tag lag noch im Morgengrauen, war trüb und Regen kündigte sich an, als Gabi mir einen Brief überreichte, auf dessen Umschlag in der unverkennbaren kleinen und kantigen Schrift meines Sohnes zwei Worte standen: „Für Mama". „Ich habe das im Badehaus gefunden, Lizzy, als ich gestern Nacht nochmal dort war, um abzusperren." Mit mitfühlendem Blick legte sie den Brief auf den Tisch und ließ mich dann allein. Meine Hände zitterten und es vergingen einige Minuten, bis ich in der Lage war, den Umschlag zu öffnen, um den Abschiedsbrief meines Sohnes zu lesen.

Mama, ich kann einfach nicht mehr. Ich bringe mein Leben nicht mehr auf die Reihe. Bitte mach dir keine Vorwürfe, es ist ganz allein meine Schuld, dass ich mich in den Strudel von Alkohol und Drogen mithineinreißen ließ. Es macht mich kaputt und ich sehe keinen Ausweg mehr. Sag Paula, dass ich sie liebe.

Und Mama – du trägst KEINE Schuld.

Ich liebe dich.

Dein Sohn Lukas

Die Tage bis zur Beerdigung fühlten sich an, als sei ich lebendig begraben. Paula und ich saßen die meiste Zeit in Lethargie versunken im Kaminzimmer und starrten durch die großen Fenster nach draußen. Die einzige Regung, die ich spürte, war, wenn ich Paula an mich zog und in meinen Armen hielt, sobald sie wieder bitterlich weinte. Gabi und Rosa, unsere Köchin, bemühten sich darum, dass wir wenigstens etwas aßen und tranken, doch viel mehr als eine Schale Tee, ein Glas Wasser und etwas Gebäck, auf welchem wir kauten, als wäre es ein Stück Papier, konnten wir nicht zu uns nehmen.

Nieselregen und ein verhangener Himmel begleiteten uns Tage später auf den Friedhof. Die Schar der Trauergäste war überschaubar, ich wollte keine großen Menschenmassen an diesem Tag um mich haben und so waren nur Gabi mit Johann, Rosa und die engsten Freunde meiner Familie zugegen, als wir Lukas auf seinem letzten Weg begleiteten. Es war das Grab seiner Großeltern, Franz und Theresa, in welchem er bestattet wurde. So wie sie, obwohl uns keine Blutsverwandtschaft verband, für mich Mutter und Vater waren, waren sie auch wahre Großeltern für Lukas und Paula gewesen und hatten ihnen stets ihre bedingungslose Liebe geschenkt.

Die Worte des Priesters zogen an mir vorbei wie Nebelschwaden, zu gefangen war ich in meiner Trauer und meinem Schmerz, zu verletzt mein Herz, dem seit Lukas' Tod ein Teil herausgerissen worden war. Ich wusste, wie es sich anfühlte, seinen Partner und seine Eltern zu verlieren. Es glich einer Bombenexplosion, die Schutt und Asche hinterließ und das Leben, welches bis zu diesem

Zeitpunkt geherrscht hatte, darunter begrub. Und ich wusste auch, dass es eine sehr lange Zeit brauchte, all diese Zerstörung beiseite zu räumen, um das Leben wieder hervorzuholen. Doch das eigene Kind zu verlieren, glich einem Reaktorunfall, welcher verbrannte Erde und Zerstörung hinterließ, welcher ein Loch in den Boden des Lebens riss, das ab diesem Zeitpunkt nicht mehr zu verschließen sein würde. Selbst der zarte Schleier, der sich irgendwann im Laufe der Zeit darüberlegte konnte nicht darüber hinwegtäuschen, dass darunter eine unendliche, dunkle Tiefe war, die mit nichts mehr aufgefüllt werden konnte.

Weiße Rosen bedeckten den Sarg und Paula und ich klammerten uns aneinander, als dieser langsam in das Grab hinabgelassen wurde.

Die Wochen, die darauf folgten, waren eine Zeit, die mich an die Grenzen des Erträglichen trieb. Schlaflose Nächte, stundenlanges Weinen, Selbstvorwürfe, Zorn, der Schmerz des Verlustes und die Sorge um Paula, die kaum mit ihrer Trauer umgehen konnte, ließen mich in tiefe Depression verfallen.

Es war ein trüber Herbstmorgen, nebelverhangen, sinnbildlich für die Düsternis, welche sich über unser Leben gelegt hatte, als ich schon zu vorgerückter Morgenstunde das Zimmer von Paula betrat, welche noch immer nicht zum Frühstück erschienen war. Die Vorhänge waren zugezogen, sodass ich meine Tochter kaum erkennen konnte, die zu einem wimmernden Bündel zusammengerollt auf ihrem Bett lag. Ich setzte mich behutsam zu ihr, strich ihr eine ihrer roten Locken aus dem verweinten Gesicht und zog ihren Kopf auf meinen Schoß. „Was ist denn los, mein Schatz", fragte ich sie leise und ließ meine Fingerspitzen beruhigend über ihren Rücken wandern. „Ich schaffe es nicht aufzustehen, Mama", schluchzte sie, „ich hab einfach keine Kraft und muss ständig an Lukas denken." In meiner Brust machte sich ein Schmerz breit, eine Pein, welche mich beinahe in Tränen ausbrechen ließ, die ich jedoch mit aller Kraft unterdrückte. Meine Tochter brauchte mich, brauchte eine Mama, die auch für sie stark war, stark genug, um ihr den Schmerz zu nehmen und sie wieder ins Leben zurückzuholen. Ich kannte solche

Phänomene aus Erzählungen von Menschen, die ausgebrannt und orientierungslos waren. Und die Tatsache, dass Paula die Kraft fehlte, aufzustehen, war Alarmzeichen genug für mich. Ich musste etwas unternehmen, nicht nur für sie, sondern für uns beide. Meine Tochter war noch so jung, das Leben mit all seinen Möglichkeiten und seiner Farbenvielfalt lag vor ihr. Ich musste einen Weg finden, der uns beide wieder ins Leben zurückführte und uns Werkzeuge in die Hand gab, mit unserer Trauer, dem Verlust und Schmerz umzugehen, ohne dass wir uns selbst verloren auf diesem Weg.

Ich bat meine Tochter, mich anzusehen. Und auch wenn es wehtat, in ihre geröteten, glanzlosen Augen voller Verzweiflung zu sehen, versuchte ich, meiner Stimme einen festen Klang zu verleihen. „Paula, es ist in Ordnung und es ist allzu verständlich, dass du traurig bist, dass du weinst, dass du verzweifelt bist. Ich bin es auch, aber Lukas hätte nicht gewollt, dass wir beide zerbrechen. Im Gegenteil, er hätte gewollt, dass wir leben, dass wir uns nicht selbst verlieren, dass wir wieder Freude empfinden, auch wenn er nicht mehr bei uns ist. Und daran ist nichts Falsches, Paula, denn auch wenn uns der Tod von Lukas so tief traurig macht, so tragen wir ihn im Herzen immer bei uns und dürfen auch wieder fröhlich sein und lachen. Doch um das zu schaffen, brauchen wir Hilfe, Paula. Wollen wir uns helfen lassen?"

Ich nahm umgehend Kontakt mit einer kompetenten Psychologin auf, die sich auf Trauerarbeit, Verlustempfinden und den damit einhergehenden Symptomen spezialisiert hatte.

Schon wenige Tage nach diesem verhängnisvollen Morgen hatten Paula und ich unsere erste Therapiestunde. Mit sehr viel Einfühlungsvermögen, einer unglaublichen Geduld und hervorragender Fachkenntnis nahm sich die Therapeutin unser an. Viele Monate suchten wir sie regelmäßig auf, verarbeiteten unsere Schicksalsschläge, führten Gespräche, die uns sehr oft an unsere Grenzen brachten, und bekamen Werkzeuge in die Hand, die nach und nach dafür sorgten, dass unsere Seelen heilen konnten. Immer mal wieder gab es Rückschläge, verfielen wir in alte Muster, doch die ermutigenden Worte unserer Therapeutin, die Meditationen, welche sie uns in ihrer beruhigenden Stimme auf Band sprach und die wir uns täglich anhörten, und die verständlichen Erklärungen, warum und weshalb unsere Empfindungen und Gefühle in der Art, wie sie uns begegneten, da waren, halfen uns auf dem Weg der Heilung unserer Seelen. Es dauerte beinahe ein Jahr, bis wir in der Lage waren, unser Schicksal als das anzunehmen, was es war, als einen unumstößlichen Teil unserer Geschichte. Und damit einhergehend kehrten auch das Lachen und die Fröhlichkeit wieder in unser Leben zurück. Paula suchte wieder Kontakt zu ihren Freunden, ging aus, konzentrierte sich wieder auf ihre Ausbildung zur Musikpädagogin und wurde langsam wieder zu dem Sonnenschein, der sie von Kindestagen an gewesen war. Natürlich gab es Tage, an welchen sie ihren Tränen freien Lauf ließ und ihre Trauer zum Vorschein kam, doch gelang es ihr, die Zeit, welche ihr mit ihrem Bruder geschenkt worden war, als liebevolle Erinnerung anzunehmen.

Mir selbst war unter anderem die Musik eine große Stütze in dieser Zeit. Ich verbrachte viele Stunden in meinem Musikzimmer, um für mich alleine zu singen, dies war schon immer mein Ventil und mein Anker gewesen, mich in den Gesang und die Melodien fallen zu lassen. Doch wurde mir auch bewusst, dass ich nicht mehr bereit war, in der Welt herumzureisen und große Engagements anzunehmen. Die Musik würde immer ein bedeutender Teil meines Lebens bleiben, doch nicht mehr der entscheidende und den größten Teil der Zeit einnehmende.

In diesen Monaten reifte in mir der Entschluss, ein Waisenhaus zu stiften, einen Ort, an dem Kinder, die das Schicksal hart getroffen hatte, indem es ihnen Mutter und Vater und damit die Geborgenheit, eingebettet in einer Familie aufzuwachsen, nahm, die Möglichkeit zu geben, in einem Rahmen familiären Umfeldes aufzuwachsen. Wann immer mich meine Gedanken an den Ort meiner Kindheit und Jugend führten, wuchs das Bedürfnis, in diesem Bereich hilfreich tätig zu werden. Und ich dachte oft an jene Zeit, immer dann, wenn Alexander sich in meine Gedanken schlich. Er war der Mensch, der diese Jahre erträglich gemacht hatte. Und später gesellte sich Sniper hinzu, der Mann, welcher im Augenblick größter Gefahr plötzlich einfach da war. Alexander und Sniper, sie gaben mir das größte Geschenk, welches ich seit jenen Tagen tief in meinem Herzen eingeschlossen hatte und mit mir trug, auf dem Weg durch die Berge und Täler meines Lebens, sie schenkten mir die Fähigkeit zu lieben und das Gefühl, geliebt zu werden. Denn ja, ich liebte diese beiden Männer, jeden auf seine ganz eigene Weise.

Die Liebe zu Alexander war allumfassend, tief und bedingungslos, geknüpft an ein Band, welches sich durch mein Leben bis ins Heute schlängelte und dessen Ende ich nie losgelassen hatte. Sniper liebte ich auf einer Ebene, die ich als die Verbindung zweier Seelen bezeichnen würde, deren Begegnung das Schicksal vorgezeichnet hatte. Würde der eine Teil fehlen, wäre die andere Seele stets ruhelos auf der Suche nach dem Teil, welcher sie ganz und heil machen würde.

So unterschiedlich diese Arten der Liebe auch waren, jede für sich war aufrichtig und wahr. Und es war wiederum das Schicksal gewesen, welches mir die beiden genommen hatte. Der Glaube daran, dass sowohl Alexander wie auch Sniper ihr Lebensglück gefunden hatten, ließ mich diesen schmerzhaften Verlust ertragen. Denn ein entscheidendes Merkmal der Liebe war die Bedingungslosigkeit und der Wunsch, nie enden wollendes Glück für denjenigen, der für immer einen Platz im Herzen einnahm.

Als ich Gabi von meiner Idee, der Gründung eines Waisenhauses, erzählte, war sie sofort begeistert davon, kannte sie doch aus eigener Erfahrung das Gefühl, heimatlos und ohne liebevolle Bezugspersonen aufzuwachsen. So begannen wir mit dem Erstellen von Konzepten, Leitbildern, den Eckpfeilern und Grundlagen für mein Projekt. Wir führten Gespräche mit dem Bauamt, suchten nach einem passenden Grundstück, verbrachten viele Stunden der Planung mit den bauausführenden Firmen und der Suche nach geeignetem, fachkundigem und vor allem liebevollem Personal, welches seinen Beruf als Berufung und nicht nur als Einkommensquelle sah. Und unser Projekt nahm Gestalt an. Schon wenige Monate nach der ersten Projektbesprechung konnten wir in einem feierlichen, kleinen Rahmen den Spatenstich vornehmen, auf einem großflächigen Grundstück mit altem Baumbestand und dennoch genügend freier Fläche, damit auch Spielplätze, ein kleiner Swimmingpool und Blumenbeete ihren Platz finden konnten. Es war ein Freudentag und die Sonne strahlte mit uns um die Wette. Ich wollte jedoch keinen großen Event daraus machen und so waren neben mir, Gabi, Johann und Rosa nur der zuständige Baumeister, der Bürgermeister und einige der angrenzenden Nachbarn zugegen. Und natürlich meine Tochter Paula, welche, zu meiner großen Überraschung nicht alleine erschien, sondern in Begleitung eines jungen Mannes.

„Mama, darf ich dir Simon vorstellen, meinen Freund?" Wahrscheinlich war mir meine Überraschung im Gesicht abzulesen. Hatten mich die Vorbereitungen für die Errichtung des Waisenhauses so beschäftigt, dass mir entgangen war, dass meine Tochter sich verliebt hatte? Ich reichte mit einem Lächeln dem jungen Mann meine Hand. „Das ist eine wirkliche Überraschung für mich, jedoch eine wunderschöne. Es freut mich sehr, dich kennenzulernen", antwortete ich und wurde dafür mit einem strahlenden Gesicht meiner Tochter belohnt.

An diesem Abend saßen Paula und ich sehr lange im Salon zusammen und sie erzählte mir von ihrer Liebesgeschichte, denn ja, meine Tochter war verliebt, schon seit geraumer Zeit. Sie hatte Simon im Zuge ihrer Ausbildung kennengelernt, er lehrte erst seit Kurzem an der Universität, an welcher meine Tochter ihren Lehrgang absolvierte. Sie waren sich von Beginn an sympathisch, besaßen viele Gemeinsamkeiten, verbrachten immer öfter ihre Freizeit gemeinsam und verliebten sich ineinander. Es erfüllte mein Herz mit so großer Freude, wenn ich in das strahlende Gesicht meiner Tochter sah, während sie mir erzählte. Sie sah so glücklich aus, so zufrieden, und das war alles, was ich mir für meine Tochter wünschte, ein glückliches und zufriedenes Leben mit einem liebevollen Partner an ihrer Seite, der sie liebte, so wie sie war.

Natürlich hielt ich in all dieser Zeit auch Kontakt zum Intendanten und meinen Freunden und Kollegen am Wiener Opernhaus. Es wurde mir von allen Seiten Verständnis und Verstehen entgegengebracht ob meiner Entscheidung, mich beruflich zurückzuziehen, auch wenn ein wenig Wehmut damit einherging, und das von beiden Seiten. Denn die Musik, die Bühne, mein Publikum waren mir stets treue Gefährten gewesen, welche mir die wundervollsten Momente geschenkt hatten und mein Inneres mit wertvollen Erinnerungen gefüllt. Dennoch spürte ich, dass es Zeit war, dahingehend einen Abschluss für mich zu finden und dieses Kapitel meines Lebens in einer kostbaren Schatulle zu verwahren, die stets einen Ehrenplatz haben würde.

So planten wir einen Konzertabend im Wiener Opernhaus, an welchem ich mit der Darbietung der Arien aus meinen Lieblingsopern Abschied von meinem Publikum nehmen würde. Meine einzige Bedingung war, dass dies erst nach der Eröffnung des Waisenhauses stattfinden sollte, da ich den größten Teil meiner Zeit der Errichtung und der Eröffnung dieses besonderen Ortes widmete. Getrost durfte ich die weiteren Vorbereitungen in die Hände der kompetenten Mitarbeiter des Opernhauses legen und wir vereinbarten, dass der Konzertabend im Spätherbst 2007 stattfinden würde, so bliebe noch ausreichend Zeit für Probenarbeiten und die notwendigen Arbeiten, welche mit der Durchführung einer solchen Veranstaltung einhergingen.

Ich öffnete die große Eingangstür und streckte einladend die Hand nach den Kindern aus, welche ab heute diesen besonderen Ort bewohnen und ihm Leben einhauchen würden. „Kommt, Kinder, das ist euer Zuhause und ihr sollt die ersten sein, die es sehen und erkunden dürfen."

Lautes Lachen und Geschrei erklang, als die große Kinderschar daraufhin an mir vorbei ins Haus lief, und sogleich waren viele „Ah's" und „Oh's" zu hören, was mich zum Lächeln brachte.

Paula kam mit Johanna am Arm auf mich zu, umarmte mich

und küsste mich auf die Wangen. „Ich bin so stolz auf dich, Mama", flüsterte sie mir ins Ohr. „Man sieht dir an, dass dein Herzblut in diesem Haus steckt, es sieht wundervoll aus." Ich dankte meiner Tochter mit Rührung in den Augen, nahm dann meine Enkeltochter auf den Arm und folgte den Kindern ins Haus voller Spannung, wie sie ihr neues Zuhause aufnehmen würden.

Ein großes, lichtdurchflutetes Foyer nahm den größten Teil des Erdgeschosses ein. Viele Bilder voll bunter Blumen und lachender Kindergesichter verliehen dem Eingangsbereich eine einladende und heimelige Note. Sofas mit bunten Kissen und weiche Teppiche in warmen Farben sorgten für Gemütlichkeit. Im hinteren Teil schloss der große Speisesaal an, welcher, versehen mit großflügeligen Glastüren, den Blick auf den dahinterliegenden Garten freigab. Kleinere und größere Tische mit gemütlichen gepolsterten Sesseln würden zukünftig den Platz für die Mahlzeiten der Kinder bieten. Auf der linken Seite, an den Saal angrenzend, befand sich die große Küche mit ausreichend Lagerräumen, und ich hatte genügend fachkundiges Personal eingestellt, welches für eine gesunde und wohlschmeckende Verköstigung sorgen würde. Auf der anderen Seite grenzte ein helles Spielzimmer an, welches so ausgestattet war, dass es für die Kinder jeder Altersstufe eine abwechslungsreiche Beschäftigung bot. Toilettenanlagen, ein Garderobenraum mit absperrbaren Spinden und ein gemütlicher Aufenthaltsraum für das Personal rundeten die Räumlichkeiten im Erdgeschoss ab.

Das erste Stockwerk beherbergte ein Studierzimmer, um den Kindern für Schularbeiten und zum Lernen einen Rückzugsort zu bieten, eine Bibliothek, ausgestattet mit Büchern und Gesellschaftsspielen, ein Musikzimmer für die musikalischen Geister unter den Bewohnern, eine kleine Krankenstation mit angrenzender Ordination einer ortsansässigen Allgemeinmedizinerin und die Büroräumlichkeiten für die Angestellten, welche sich um die Verwaltung des Waisenhauses kümmerten.

Im zweiten Stockwerk lagen die Zimmer der Mädchen und im dritten Stockwerk jene der Burschen. Es gab sowohl Ein- als auch Mehrbettzimmer, je nach Alter und den Bedürfnissen der Kinder. Alle waren freundlich und gemütlich eingerichtet und verfügten neben dem Schlafzimmer auch über einen Vorraum mit Garderobe, ein Bad, eine Toilette und einen kleinen Wohnraum mit gemütlicher Couch, Schreibtisch und Platz zum Spielen.

Und es gab noch einen besonderen Raum im obersten Stockwerk, der mir persönlich sehr wichtig erschien, und welcher als „Raum der Stille" bezeichnet wurde. Er war mit einem dicken, weichen, hellen Teppich ausgelegt und verfügte über eine Fensterfront mit Blick in den darunterliegenden Garten. Zarte grüne Vorhänge und große, dicke Bodenkissen sorgten für Gemütlichkeit, sanftes, indirektes Licht an den Wänden und der Decke rundeten die wohltuende Stimmung dieses Raumes ab. Er sollte als Rückzugsort der Kinder dienen, wenn die Wogen des Schicksals und belastende Erinnerungen ihren Alltag durcheinanderbrachten. Denn jedes der Kinder, welches ab heute in diesem Haus lebte, brachte eine Geschichte mit, Erlebnisse und Umstände, welche kleine Kinderherzen nur sehr schwer verarbeiten konnten. Ob es erlebte körperliche Gewalt, sexueller Missbrauch, Verlust der Eltern, Verwahrlosung oder Ähnliches war, die Psyche, die Seele und Herzen dieser Kinder mussten wieder Ruhe und Frieden finden, und Stille war unter anderem eine Möglichkeit, den Strudel und die Aufruhr in einem selbst zum Schweigen zu bringen. Auch konnte ich ein Team aus Psychologen finden, welche im Bedarfsfall in diesem Raum mit den Kindern deren Erlebnisse aufarbeiten konnten.

Helles Stimmengewirr, Kinderlachen und neugieriges Erkunden begleitete mich, als ich mit meiner Tochter an der Seite und Johanna im Arm den Rundgang durchs Haus beendete und in den Garten hinaustrat. Die große Rasenfläche war heute mit kleinen weißen Pavillons, Stehtischen und einem Buffet mit Erfrischungen, Snacks und Kuchen ausgestattet. Die Spielgeräte wurden schon fleißig von den Kindern frequentiert, die Besucher bewunderten die vielen bunten Blumenbeete und gemütlichen schattigen Sitzplätze, nur der Swimmingpool war heute aus Sicherheitsgründen abgedeckt.

Mit Rührung und Dankbarkeit ließ ich meine Blicke umherschweifen. Ja, wir hatten einen Ort geschaffen, der Glück und

Geborgenheit verhieß für diese unschuldigen Kinderseelen. Und ich dachte an meinen verstorbenen Sohn, der mich in diesem Moment vermutlich voller Stolz umarmt hätte, ich dachte an meinen Mann Karl, durch dessen Erbe es mir möglich gemacht wurde, dieses Waisenhaus zu stiften, und ich dachte an Alexander und Sniper, die ich heute, an diesem besonderen Tag, nah bei mir in meinem Herzen, teilhaben ließ.

Kapitel 18 – Winter 2013

„Elisabeth, Sie sind eine so wunderschöne Frau mit dem Herzen am rechten Fleck. Ich würde Sie gerne wiedersehen."

Robert ergriff meine rechte Hand und hauchte einen Kuss auf den Handrücken, während er mir in meine Augen sah. Er war ohnegleichen ein sehr attraktiver Mann, sein Haar trotz seiner 65 Jahre tiefschwarz und lediglich an den Schläfen leicht ergraut. Der dunkelgraue Anzug stand ihm und das weiße Hemd hatte er bis zu den Unterarmen hochgekrempelt. Er war Witwer, hatte seine Frau vor einigen Jahren nach kurzer, schwerer Krankheit verloren und befand sich seit wenigen Monaten in seinem wohlverdienten Ruhestand. Heute Abend führte er mich zum zweiten Mal zum Essen aus und es war mir nicht entgangen und auch durchaus bewusst, dass er sich mehr erhoffte und wohl Gefallen an mir gefunden hatte. Ich lächelte ihn unverbindlich an, denn auch wenn die Frau in mir es genoss, mit Komplimenten bedacht und umworben zu werden, so war mein Herz dennoch nicht frei.

Der Abend meines endgültigen Abschieds von der Bühne wird mir wohl ewig in Erinnerung bleiben. Es war eine intensive Zeit der Vorbereitung, denn es war mir ein besonderes Anliegen und eine Herzensangelegenheit, mich gebührend von meinem Publikum zu verabschieden. Gemeinsam mit dem Intendanten der Wiener Staatsoper und dem Dirigenten der Philharmoniker wählte ich Arien aus jenen Opern aus, die mir besonders am Herzen lagen. Es sollte ein Streifzug und ein Band aus Erinnerungen quer durch mein gesangliches Wirken werden. Ein hohes Maß an Unterstützung wurde mir von allen Seiten der Verantwortlichen zuteil und Gabi stellte abermals ihr Geschick als Organisationstalent und meine Assistentin unter Beweis. Pressemitteilungen in allen relevanten Medien wurden veröffentlicht und schon nach kurzer Zeit durfte ich von einem ausverkauften Haus hören, was mich zum einen sehr rührte, zum anderen aber auch stolz machte.

Ich stand, gekleidet in ein elegantes, bodenlanges, rotes Abendkleid mit langen Ärmeln aus transparenter Spitze, noch barfuß in meiner Garderobe, als es an der Tür klopfte und meine Tochter Paula mit Simon und Johanna eintraten. Paula hatte Tränen in den Augen und umarmte mich innig. „Mama, ich wünsche dir so viel Glück für heute, es soll ein unvergesslicher Abend für dich werden. Und ich weiß jetzt schon, dass dein Publikum dich vermissen wird. Doch es ist dein Leben und ich stehe zur Gänze hinter deiner Entscheidung."

Auch meine Augen füllten sich mit Tränen und ich drückte meine Tochter nur wortlos an mich. Es waren derlei viele Emotionen, welche mich so knapp vor meinem Auftritt überrollten, Wehmut, Dankbarkeit, Lampenfieber, Melancholie, Trauer, aber auch Freude. Ich gab meiner Enkeltochter einen Kuss, die mich wie immer gleich einem Sonnenschein anlächelte, und auch Simon umarmte mich und wünschte mir alles Gute.

In meine Schuhe zu schlüpfen, so knapp bevor ich auf die Bühne trat, glich seit jeher einem Ritual, welches mich hochkonzentriert werden ließ und mir die nötige Ruhe, Bodenhaftung und Konzentration schenkte.

Das Orchester stimmte die ersten Takte an, als sich der Vorhang hob und ich im Lichtkegel des Scheinwerfers stand, und Applaus begleitete mich, als ich die ersten Töne der Arie „Ah, fors'é lui che l'anima" aus La Traviata sang, jener Oper, mit welcher ich vor vielen Jahren mein Debüt an der Mailänder Scala gab.

Es war ein sehr emotionaler Abend und das Publikum war mir mit Applaus und Bravo-Rufen sehr zugetan. Vor der Darbietung des letzten Liedes dieses Abends kam der Intendant mit einem Strauß weißer Rosen auf die Bühne und würdigte mein künstlerisches Schaffen mit einer sehr persönlichen und für mich unvergesslichen Ansprache. Es gab Standing Ovations, langen Applaus, und dann war es Zeit für meine Abschiedsworte an mein Publikum. Es waren deren wenige, doch sie kamen tief aus meinem Herzen: „Ich danke euch, meinem Publikum, von ganzem Herzen. Danke für eure Treue. Ich werde euch und all die wundervollen Augenblicke in den letzten Jahrzehnten nie vergessen."

Und dann verabschiedete ich mich mit jenem Lied von der Bühne, welches mich mit Wien, das mir zur Heimat geworden war, verbunden hatte: „Wien, Wien, nur du allein…", lediglich begleitet von einer Formation Wiener Schrammeln.

Als Dankeschön und zum Beweis meiner Verbundenheit mit der Belegschaft des Opernhauses lud ich diese nach der Veranstaltung zu einem Umtrunk und Imbiss ins angrenzende Hotel Sacher ein. Viele dieser Menschen waren über die Jahre zu Freunden geworden und die Gewissheit, dass wir auch weiterhin in Vertrautheit verbunden bleiben würden, ließ mich tiefe Dankbarkeit empfinden.

Ein neuer Lebensabschnitt begann nun für mich, welcher mich neben meiner Tätigkeit für das Waisenhaus und der Beschäftigung mit meiner Enkeltochter auch auf Reisen führte. All dies füllte mich aus, legte sich wie Balsam über meine Seele und bedeutete Heilung für die Wunden, die mein Herz aus den Schicksalsschlägen im Laufe meines Lebens erlitten hatte.

Ich bereiste Orte, deren landschaftliche Schönheiten mich bezauberten. Die rauen schottischen Highlands, die kristallklaren norwegischen Fjorde, die zerklüfteten Felsen Cornwalls, die vom Lavendel duftende Provence, das blühende Madeira im Frühling. Es war eine andere Art des Reisens, als ich es von meinen vielen Auftritten und Engagements gewohnt war. Oftmals sah ich lediglich die Opernhäuser, Theater und die unmittelbare Umgebung der Hotels, wenn ich im Zuge meiner beruflichen Tätigkeit unterwegs war. Nur sehr selten war genügend Zeit vorhanden, um sich Sehenswürdigkeiten oder die Besonderheiten, welche diesen Orten ihren Zauber verliehen, näher anzusehen. Dies war mir nun möglich und ich genoss es, saugte all diese Eindrücke in mir voller Dankbarkeit auf, und obwohl ich stets alleine reiste, fühlte ich mich nicht einsam. Im

Gegenteil, ich trug Menschen in meinem Herzen, die ich gedanklich auf jede einzelne dieser Reisen mitnahm, meinen Sohn, Franz und Theresa, Karl und auch Alexander und Sniper. Viele innerliche Zwiegespräche führte ich mit ihnen allen. Auch wenn die Gewissheit, dass ich keinen von ihnen jemals wiedersehen würde, mich tief schmerzte, so durfte ich wertvolle Erinnerungen an sie in mir bewahren.

Das Waisenhaus war mein ganzer Stolz. Wann immer ich vor Ort war, durch die Räume schlenderte, mit den Mitarbeitern sprach oder mich zu den Kindern gesellte, um mit ihnen zu spielen oder zu reden, wurde mir offenbar, dass ich einen Ort geschaffen hatte, welcher den Kindern, die hier lebten, ein glückliches, zufriedenes und ruhiges Leben ermöglichte, welcher ihnen die Gelegenheit bot, ihre seelischen Wunden durch die Hilfe und Arbeit vieler kompetenter und liebevoller Menschen zu heilen und ihnen weiters auch den Weg wies, ein ausreichendes Maß an Bildung zu erhalten und die richtige Berufswahl zu treffen. Natürlich gab es unter den Kindern immer wieder einmal welche, die schwer an ihren Schicksalsschlägen zu tragen hatten und vermehrter psychologischer Hilfe bedurften. Doch erfuhren sie Verständnis, Verstehen und letztendlich Heilung, und wann immer der Tag kam, wo uns eines der erwachsen gewordenen Kinder verließ, um nun eigenständig das Leben zu meistern, so war dies nicht nur ein Tag wehmütigen Abschieds, sondern auch ein Freudentag, denn uns verließ ein einst chancenloses, an der Seele krankes Kind nun als selbstbewusster, gestärkter Erwachsener mit Plänen, Träumen und der Aussicht auf ein erfülltes Leben. Und sie wussten, dass dieses Waisenhaus nicht nur ein Heim, sondern für immer ihr Zuhause sein würde, in welchem sie jederzeit mit offenen Armen erwartet werden würden, als Teil einer großen, großen Familie.

Vertreter von Kinderschutzorganisationen, Bildungseinrichtungen, anderen Waisenhäusern, Sozialämtern aus dem In- und Ausland kamen angereist, um sich unsere Arbeit anzusehen. Es wurde bekannt, dass unser Modell, die Art und Weise, wie wir unsere Kinder förderten und unterstützen, von Erfolg gekrönt war. Und so durfte ich, gemeinsam mit meinem Team, eine Auszeichnung des Sozialministeriums für besonderes Wirken im Bereich der Kinder- und Jugendarbeit entgegennehmen.

Es war eine besondere Ehre und brachte dem Waisenhaus ein namhaftes Preisgeld, welches für den Ankauf von weiteren Spielgeräten und diversen baulichen Verbesserungen genutzt wurde. Und dennoch, die größte Auszeichnung und den höchsten Dank erhielten wir dadurch, dass unser Modell von einigen anderen Waisenhäusern übernommen wurde und somit der hoffnungsvolle Gedanke keimen durfte, dass auch andere, vom Schicksal tief betroffene Kinder, eine gerechte Chance erhielten.

Schnee bedeckte die Rasenfläche meines Grundstückes, die zum See hinunterführte, die Äste der Bäume bogen sich unter dem Gewicht der weißen Pracht und das zugefrorene Gewässer bot einen wahrlich mystischen Anblick, kurz bevor sich die Dunkelheit dieses frühen Winterabends über die Landschaft legte, als Paula zu mir in den Salon kam und neben mir auf dem gemütlichen Sofa Platz nahm. Dies war, gerade in der kalten Jahreszeit, mein Lieblingsplatz, eingekuschelt in eine warme Decke, ein Glas Wein vor mir auf dem kleinen gläsernen Tisch und den Blick in die knisternden Flammen des Kamins gerichtet. „Mama, ich möchte dir etwas ganz Wundervolles erzählen", sprudelte es nur so aus Paula heraus, deren Augen dabei strahlten und deren Freude so offensichtlich war. „Simon und ich, wir werden heiraten!"

Auch wenn ich insgeheim schon damit gerechnet hatte, dass die beiden irgendwann in absehbarer Zeit den Weg vor den Traualtar beschreiten würden, so war es dennoch eine wundervolle, freudige Überraschung und ich umarmte meine Tochter innig und gratulierte ihr von Herzen. Paula und Simon liebten sich bedingungslos und es war für jeden ersichtlich, wie tief ihre Liebe reichte. Sie gingen respektvoll, ab und zu neckisch und liebevoll miteinander um, Meinungsverschiedenheiten trugen sie aus, ohne einander zu verletzen, sie respektierten die Persönlichkeit des jeweilig anderen, ohne diesen verbiegen zu wollen, und sie waren großartige Eltern für ihre Tochter Johanna, die das stürmische, sonnige Gemüt ihrer Mutter geerbt hatte. Paula war ganz aufgeregt und erzählte mir vom romantischen Heiratsantrag, welchen Simon ihr im Zuge eines Kurzurlaubs in einem kleinen Schlosshotel in Kärnten gemacht hatte. Er hatte dazu einen Pavillon im Garten des Hotels gemietet, wo ein wundervolles Abendessen bei Kerzenschein serviert wurde, im Zuge dessen er sich dann plötzlich mit einer roten Rose in der einen und einer Ringschatulle in der anderen Hand vor sie hingekniet und um ihre Hand angehalten hatte. Johanna war in diesen Tagen bei mir geblieben und ich genoss jeden einzelnen Moment, den meine Enkeltochter bei mir verbrachte. Wir waren uns sehr vertraut, sie war es von Geburt an gewohnt, auch Zeit mit mir zu verbringen, und so war es das eine und andere Mal ohne Probleme möglich, dass sich Paula und Simon einen kinderfreien Abend oder auch einmal ein Wochenende gönnten.

„Ich freue mich so unglaublich für dich, Paula, und ich gratuliere euch von ganzem Herzen", antwortete ich meiner Tochter mit Freudentränen in den Augen und drückte sie ganz fest an mich. „Lass uns auf euer Glück anstoßen, ich hole uns zwei Gläser Sekt, solch wunderbare Neuigkeiten müssen gebührend gefeiert werden."

Wir saßen plaudernd schon eine Zeitlang in Eintracht beisammen, als Paula ihre Hand über meine legte und mich fragte: „Mama, was ist mit dir, mit Liebe in deinem Leben? Du bist nun schon so lange alleine und hast es verdient, auch einen Menschen an deiner Seite zu haben, der dein Herz mit Liebe erfüllt."

Diese Frage meiner Tochter traf mich unvorbereitet und so blickte ich eine Zeitlang gedankenverloren in die Flammen, rang mit mir, ob ich ihr mein Herz ausschütten und endlich von meiner Vergangenheit und dem, was ich bislang tief in mir als meinen ganz persönlichen, verborgenen Schatz vergraben hatte, erzählen sollte.

Und dann begann ich zu reden, von meiner Zeit im Waisenhaus, der Angst, den Demütigungen, von Alexander, meiner großen Liebe, von Gabi, die schon so lange ein Teil meines Lebens war, von meiner Flucht, meinem Aufeinandertreffen mit Sniper, wie ich auf Franz und Theresa traf, den vielen schicksalhaften Begebenheiten, den Anfängen meiner Gesangskarriere, meinem Aufstieg als Opernsängerin, dem Kennenlernen und der Heirat mit Karl und all den damit einhergehenden Emotionen und Gedanken. Ich berichtete ihr mit tränenerstickter Stimme von meinen Gefühlen, die ich im Herzen trug, dass es niemals frei sein würde für eine neue Liebe, dass ich aber dennoch das mir zugedachte Schicksal gelernt hatte anzunehmen, auch wenn es Tage gab, an denen es mir sehr schwer fiel. Paula hörte mir, ohne mich zu unterbrechen, zu und lautlos rannen Tränen über ihre Wangen. Ich durfte mir endlich all das von der Seele reden, was ich so lange verborgen hatte. Ob dies der richtige Zeitpunkt war, das wagte ich nicht zu beurteilen, doch gab es für die Offenbarung meiner Lebensgeschichte je einen richtigen Zeitpunkt? Paula war nun eine erwachsene Frau, die liebte und geliebt wurde und Mutter war. Und sie war mir der wichtigste Mensch in meinem Leben, neben meiner Enkeltochter, denn sie waren meine unmittelbare Familie, die, die mir geblieben war.

Als ich endete, schwiegen wir beide eine lange Zeit, bis Paula mich in den Arm nahm und mir einfach nur dankte für die Offenheit, das Vertrauen und dass sie nun vieles verstehen würde, was ihr des Öfteren Fragen beschert, die zu stellen sie nie gewagt hatte.

Die Hochzeit fand im darauf folgenden Jahr an einem strahlend sonnigen Tag im August statt. Paulas größter Wunsch war es, diese in unserem Garten mit einer großen Schar von Freunden und bedeutsamen Menschen im Leben von Simon und ihr zu feiern. Ich hatte mich bereit erklärt, die Hochzeit auszurichten und alles nach den Wünschen des Brautpaares vorzubereiten, dies war mein Geschenk an die beiden.

Mit Hilfe einer umsichtigen Hochzeitsplanerin wurde der Garten in eine traumhafte Kulisse verwandelt. Das Zentrum bildete ein weißer Pavillon, der mit großen Blumenarrangements aus weißen und roten Rosen eingefasst war und in dem die standesamtliche wie auch die kirchliche Trauung stattfinden sollten. Stühle mit weißen Hussen standen für die Hochzeitsgäste bereit und für die anschließende Feier wurde ein Tanzboden errichtet, um welchen sich runde Tische, die festlich eingedeckt waren, befanden. Überall im Garten verteilt standen Feuerstellen, die zu späterer Stunde ihr Licht verbreiten sollten, und in den Bäumen hingen Lampions, welche ebenfalls für stimmungsvolle Lichtakzente sorgen würden. Unsere Köchin Rosa sorgte mit einer großen Schar an Köchen und Küchenhilfen für ein festliches Menü und für die musikalische Unterhaltung hatte ich eine Band, bestehend aus fünf Musikern, gebucht, welche die Hochzeitsgesellschaft unterhalten und zum Tanz animieren sollten.

Als Paula, begleitet von der Melodie des Hochzeitsmarsches, den eine Abordnung des Orchesters der Wiener Oper darbrachte, auf den im Garten errichteten Alter und ihren zukünftigen Ehemann Simon zuschritt, weinte ich stille Tränen, Tränen der Rührung und des Glücks, die gleichzeitig einhergingen mit einem herzlichen Lächeln, das meiner Enkeltochter Johanna geschuldet war, die in ihrem weißen Spitzenkleid vor ihrer Mama schritt und Rosenblätter auf den Weg streute.

Man erkannte am Blick von Simon, dass er nur Augen für seine wunderhübsche Braut hatte, die ein schulterfreies, schlichtes, aber sehr elegantes weißes Brautkleid mit einer kurzen Schleppe trug und deren Haar kleine weiße Blüten zierten. In der Hand hielt sie einen Strauß aus weißen Callas und ihre Augen waren ebenfalls nur auf Simon gerichtet.

Es war eine wunderschöne, innige und von Liebe getragene Zeremonie und die darauf folgende Hochzeitsfeier voller Fröhlichkeit und Ausgelassenheit. Johanna wurde an diesem Abend von Gabi zu Bett gebracht, all die Aufregung dieses großen Tages hatte sie schon zeitig müde gemacht.

Die meisten Hochzeitsgäste hatten sich schon verabschiedet, als ich Paula und Simon mein Hochzeitsgeschenk überreichte, die

Visitenkarte und einen Gutschein eines Architekten, welcher ihnen auf einem Grundstück ihrer Wahl ein Haus nach ihren Wünschen errichten würde, und dessen Kosten von mir getragen würden. Die Dankbarkeit und Freude auf den Gesichtern und in den Augen der beiden waren wie ein Geschenk für mich.

Wenige Monate nach ihrer Vermählung begannen die Bauarbeiten auf einem Grundstück, nur etwa 20 Autominuten von mir entfernt, welches meine Tochter und ihr Mann ausgesucht hatten, ebenso im Grünen gelegen, wie es mein Haus war, in dem ich nun alleine, nur umgeben von meinen Angestellten und meiner Freundin Gabi lebte. Doch fühlte sich das Alleinsein nicht nach Einsamkeit an. Zum einen wurde es mit Leben gefüllt bei den zahlreichen Besuchen meiner Tochter mit ihrer Familie, wann immer meine Enkeltochter einige Tage bei mir verbrachte und auch bei der einen und anderen Einladung lieber Freunde, die mir aus der aktiven Zeit meiner Opernkarriere geblieben waren. Zum anderen genoss ich durchaus Ruhe und Stille um mich, dies wahrzunehmen und zu spüren, verlieh mir ein Gefühl von Frieden in meinem Herzen.

Im November 2012 kam mein Enkelsohn Maximilian zur Welt, ein Wonneproppen, der bei seiner Geburt über vier Kilogramm wog. Es war eine sehr schwere Geburt, die sich über zwei Tage zog, und schlussendlich erblickte mein zweites Enkelkind mittels Notkaiserschnitt das Licht der Welt. Paulas vollständige Genesung zog sich über viele Wochen und ich unterstützte sie und ihre Familie, wo immer sie mich brauchten. Das wichtigste jedoch war, das Maximilian gesund zur Welt gekommen war und sich zu einem stets hungrigen, sehr fröhlichen Kind entwickelte, der das Temperament seiner Schwester geerbt hatte. Er brachte uns so oft zum Lachen und war trotz seines Temperamentes ein ausgeglichenes Kind. Und wenn ich mir alte Fotoalben durchsah, was ich des Öfteren machte, um Erinnerungen hervorzuholen, auch wenn es schmerzte, dann fiel mir auf, wie ähnlich mein Enkelsohn meinem verstorbenen Sohn sah. Fast schien es, als hätte Gott mir auf diese Weise wieder ein Stück meines Sohnes geschenkt und ich ließ meine Enkelkinder meine allumfassende Liebe bei jeder Begegnung spüren.

Ich drückte Roberts Hand kurz und entzog sie ihm dann. Ich wollte ehrlich zu ihm sein, ihm keine falschen Hoffnungen verleihen, dazu hatte ich ihn zu sehr schätzen gelernt, war er doch stets höflich, zuvorkommend und charmant. „Robert, Sie sind ein besonderer Mann und ich darf mich glücklich schätzen, dass Sie um mich werben. Doch mein Herz ist nicht frei und ich möchte keine Versprechungen machen, die ich nicht einhalten kann." Sein Blick wurde fragend, ein Hauch von Enttäuschung trübte seine Mimik, war doch allgemein bekannt, dass ich seit Langem verwitwet war und alleine lebte. Mein Herz vor ihm auszubreiten, das wollte ich nicht, doch eine Erklärung hatte er sich verdient. So sagte ich ihm, dass ich in meinem Leben keinen Platz für einen neuen Mann hätte, dennoch seine Gesellschaft sehr schätzen würde.

Robert war nicht der erste Mann in den vergangenen Jahren gewesen, der um mich warb oder mich näher kennenlernen wollte. Ich ließ mich auf die eine und andere Einladung zu einem Essen oder einen Theaterbesuch ein. Doch endeten all diese Begegnungen immer mit demselben Ergebnis, dass sich meine Begleitung mehr erhoffte, als einige angenehme Stunden mit guten Gesprächen in netter Gesellschaft zu verbringen.

Als der Gentleman, der er war, beglich Robert die Rechnung und verabschiedete mich mit einem Handkuss, als ich mich erhob. „Ich wünsche Ihnen alles erdenklich Gute, Elisabeth, Sie sind eine besondere Frau und sollen glücklich sein, wenn auch nicht mit mir, worüber ich ehrlich gesagt sehr betrübt bin." „Auch Ihnen alles Gute und viel Glück, Robert, leben Sie wohl", waren meine Abschiedsworte, bevor ich alleine auf den vom Regen nassen Bürgersteig trat und mich auf den Heimweg machte.

Mein Leben war untrennbar verbunden mit Alexander und ein Teil meines Herzens würde immer Sniper gehören. So paradox dies war hinsichtlich der Tatsache, dass ein Wiedersehen fern jeglicher Realität war, so fesselten meine Empfindungen mein Herz, gewährten niemandem sonst Einlass. Doch waren es Fesseln, die mir nicht Unbehagen verliehen oder derer ich mich schnellstmöglich entledigen wollte, sondern sie hatten Spuren hinterlassen und sich tief eingegraben und wurden somit zu einem Teil meiner Selbst, untrennbar mit mir verbunden, und würde es sie nicht geben, bliebe da ein dunkles Loch, welches mit nichts aufgefüllt werden könnte.

Kapitel 19 – November 2019

„Herzlichen Glückwünsch, Mama", „Von Herzen alles Gute, Elisabeth", „Alles Gute zum Geburtstag, Oma", „Ich wünsche dir alles erdenklich Gute, Lizzy, und alles Glück dieser Welt."

Meine Familie und Freunde umrangen mich an diesem Nachmittag und beglückwünschten mich, es war mein 69. Geburtstag. Wie für diese Jahreszeit üblich, lag Nebel über dem See und schon den ganzen Tag drang kein Sonnenstrahl durch die Nebeldecke. Ich hatte mich mit meinen Gästen im Salon eingefunden, dessen Kamin eine wohlige Wärme verbreitete. Es war keine große Menschenschar, kein opulentes Fest, mir war wichtig gewesen, jene Menschen um mich zu haben, die ich im Herzen trug und die eine besondere Bedeutung in meinem Leben hatten. Meine beiden Enkel flitzten zwischen den Erwachsenen hin und her und sorgten mit ihrem sonnigen Gemüt für ein Lächeln und ein Lachen auf so manchem der Gesichter. Paula reichte mir ein Glas Sekt und Margaretha, die seit dem Ruhestand meiner treuen Seele Rosa für unser leibliches Wohl sorgte, bot den anderen Gästen ein Glas zum Anstoßen an.

Paula erhob ihr Glas: „Auf dich, Mama, auf die beste Mama der Welt." Und alle Gäste stimmten mit ein.

Auf der Anrichte, die sich an die Terrassentüren anschloss, war ein Buffet mit pikanten Häppchen, süßen Naschereien und einer großen Geburtstagstorte aufgebaut. Diese war das Werk von Paula, die in ihrer Freizeit zur leidenschaftlichen Tortenbäckerin geworden war. Viele Noten und Notenschlüssel aus Schokolade zierten die mit weißem Marzipan eingehüllte Schokoladentorte, welche mit einer Creme aus Krokant und weißer Schokolade gefüllt war, eine Kombination, die mich jedes Mal schwach machte und der ich nicht widerstehen konnte. Natürlich wusste Paula das und meine Freude war riesengroß, als sie mir ihr süßes Geschenk überreichte.

Ich hatte meine Gäste schon im Vorfeld gebeten, mir keine Geschenke mitzubringen, lediglich das Geschenk ihrer Anwesenheit und Zeit, welche sie mit mir verbrachten. Dennoch erhielt ich Blumengrüße, die eine und andere Flasche eines guten Tropfen

Weißweins und tatsächlich auch „Zeitgutscheine" für gemeinsame Unternehmungen wie eine Wanderung, einen Spaziergang, einen Opernbesuch. Dies war eine besondere Freude für mich, befand ich mich doch bereits in einer Lebensphase, in der Zeit etwas ganz Kostbares war.

Lange Spaziergänge zu machen gehörte von jeher zu einer meiner Leidenschaften, wenngleich es viele Zeiten in meinem Leben gab, in denen ich diesem Bedürfnis nicht allzu oft nachkommen konnte. Doch wann immer ich zur Ruhe kommen wollte, mich warme Sonnenstrahlen nach draußen lockten oder ein in warmes, sanftes Herbstlicht getauchter Tag, machte ich mich auf den Weg. Ich hatte das große Glück, in unmittelbarer Umgebung wundervolle Wege durch schattenspendende Wälder, blühende Wiesen und von kleinen Gewässern gesäumte Pfade vorzufinden. Oftmals vergaß ich dabei die Zeit, sog die Wärme in mich auf, genoss auch die erfrischende Kühle eines Herbstwindes oder die belebende Kälte eines Wintertages. Auch an diesem 1. Jänner 2015 war ich unterwegs und befand mich schon auf dem Rückweg, da, wie zu dieser Jahreszeit üblich, die Dunkelheit schon früh dem Tag trotzte und sich der Horizont eintrübte. Ich verspürte plötzlich einen stechenden Schmerz in meiner Brust, welcher mir für einen Moment den Atem raubte, mir die Kraft dazu nahm, mich aufrecht zu halten und mich zu Boden sinken ließ in den kalten, eisigen Schnee. Panik erfasste mich, ich griff an meine Brust, hoffend, dass diese Symptome wieder verschwinden würden. Ich brauche Hilfe, war der einzige Gedanke, welcher mir durch den Kopf ging und so umfasste ich mit zitternden Fingern mein Handy, drückte die Nottaste, welche mich sofort mit meiner Tochter verband und rief sie um Hilfe.

Wenige Minuten später kam Paula mit Gabi angerannt, ihr so rasches Eintreffen dem Glück geschuldet, dass ich schon beinahe am Seeufer meines Zuhauses mich befunden hatte. Nie werde ich den panischen Blick meiner Tochter vergessen, und es dauerte nicht lange, bis ein Notarzt und zwei Sanitäter eintrafen, mich erstversorgten und zur Abklärung ins Krankenhaus brachten.

Ich hatte einen Herzinfarkt erlitten und es waren wohl einige Wunder, Schutzengel und das Schicksal mit im Spiel, dass ich zu keiner Zeit in Lebensgefahr schwebte. Zwei Wochen wurde ich stationär im Krankenhaus behandelt, wurde unzähligen Untersuchungen zugeführt, erhielt medikamentöse Therapien und im Anschluss daran einen mehrwöchigen kardiologischen Rehabilitationsaufenthalt. Und abermals war ich gesegnet mit der Unterstützung kompetenter Ärzte, fachkundigem Pflegepersonal und Therapeuten, die mich in all dieser Zeit auf dem Weg meiner Genesung begleiteten.

Meine Familie und auch Gabi und Johann besuchten mich, wann immer es aus ärztlicher Sicht erlaubt war, und ansonsten bedachten sie mich mit Blumen, Videobotschaften oder Briefen. Auch diese menschlichen, emotionalen Zuwendungen trugen wesentlich dazu bei, dass ich mich Tag für Tag besser fühlte, gesünder, fitter und wieder Kraft verspürte. Dennoch bedeutete dieser Vorfall eine Änderung in meinem Denken, ein Wandeln meines Weltbildes und ein echtes Bewusstwerden, dass nichts von Dauer ist. Ich lernte, welche Ernährungsweise meine Herzgesundheit unterstützen würde, es wurde mir bewusst gemacht, wie wichtig es nun sei, dauerhaft und regelmäßig Phasen der Entspannung in meinen Alltag einzubauen. Ich besuchte im Anschluss an meine Rehabilitation einen Yoga-Kurs und fand darin eine Methode, mich in Tiefenentspannung zu versetzen. Jeden Moment, den ich mit meiner Tochter, meinem Schwiegersohn, meinen Enkelkindern verbringen durfte, genoss ich in noch größeren Zügen, noch bewusster, noch dankbarer. Meine Freundin Gabi und ich machten einmal in der Woche einen gemeinsamen Spaziergang, der zu unserer „Freundinnenzeit" wurde, und es gab kaum einen Anlass oder Vorfall, welcher uns von diesem Vorhaben Abstand nehmen ließ. Und ein Entschluss nahm immer präzisere und klarere Formen an, ich wollte noch einmal an den Ort meiner Kindheit zurückkehren.

Die umfangreichen Aufgaben, welche mit dem Betreiben und Aufrechterhalten sowie den täglich zu bewältigenden Belangen des Waisenhauses einhergingen, hatte ich in die Hände einer sehr erfahrenen, umsichtigen und empathischen Geschäftsführerin gelegt. Sie kümmerte sich um die finanziellen, organisatorischen und personellen Belange und arbeitete Hand in Hand mit der pädagogischen Leiterin, die von Beginn an liebevoll dem Waisenhaus vorstand. Ich ließ mir alle paar Wochen von den Neuigkeiten berichten oder segnete größere Entscheidungen ab. Und wenn ich das Waisenhaus besuchte, dann aus dem Grund, um den Kindern dort meine Zeit zu widmen. Das Lachen, die Lebensfreude und das Gefühl der Wärme, welches die Mauern dieses Hauses durchzog, spendete mir ein so großes Maß an Glück, an Wärme im Herzen, an Dankbarkeit und Freude.

Feierlichkeiten in der Familie, wozu ich auch Gabi und Johann zählte, oder das Begehen besonderer Ereignisse hatten eine noch größere Bedeutung für mich bekommen. Jeder Geburtstag wurde unter Zusammenarbeit aller in meinem Haus gefeiert, der erfolgreiche Abschluss eines Schuljahres meiner Enkeltochter Johanna ebenso wie die Einschulung meines Enkelsohnes Maximilian. Es war dieses Gemeinschaftsgefühl, das Spüren der Zusammengehörigkeit, der Verbundenheit und der Liebe, die wir füreinander empfanden, welche jedes dieser Feste zu einem besonderen Anlass machte. Und dieses Gefühl der innigen Liebe zu meinen Enkelkindern ließ meine Seele besonders leuchten, eine Emotion, deren Größe man sich in keinster Weise vorstellen konnte, solange man nicht das Glück hatte, ein Großelternteil zu sein. Es schien, als würde einem im Alter ein weiteres Mal das Geschenk der Geburt des eigen Fleisch und Blut gemacht, jedoch unbelastet von durchwachten Nächten, Fragen, die aus der Unsicherheit der neuen Lebenssituation heraus entstanden oder den Einschränkungen im Alltag, die unweigerlich mit der Geburt eines Kindes einhergingen. Meine Aufgabe war es, meinen Enkelkindern Liebe zu schenken,

Zeit mit ihnen zu verbringen, eine Brücke zwischen dem Vergangenen und dem Heute zu schlagen, sie von meiner Lebenserfahrung profitieren zu lassen, aber gleichzeitig auch von ihnen zu lernen und die Welt wieder aus dem Blickwinkel eines Kindes betrachten zu können. Ich war meiner Tochter sehr dankbar, dass sie mich von Beginn an ganz bewusst so eng am Leben von Johanna und Maximilian teilhaben ließ.

In all den Jahren hatten Paula und ich es uns zu einem steten Vorhaben gemacht, an besonderen Gedenktagen die Gräber unserer Liebsten zu besuchen. Und so begleitete sie mich mit ihrer Familie zu den Grabstätten von Lukas, Franz und Theresa. Diese Augenblicke dort, verweilend vor der letzten Ruhestätte geliebter Menschen, waren Momente, begleitet von Emotionen einer immensen Bandbreite, Trauer, Schmerz, das Durchleben so vieler Erinnerungen, doch mit der Zeit gesellten sich auch Dankbarkeit für die geschenkten gemeinsamen Jahre und die Gewissheit dazu, dass die, die wir lieben, in unseren Herzen immer bei uns sein werden, auch wenn die Narben des Verlustes niemals ganz verheilen.

Zum 25. Todestag von Karl reisten Paula und ich nach Italien. Es war Jahre her, dass ich dort gewesen war, denn als ich damals mit den Kindern Italien verließ, schloss ich sinnbildlich eine Tür dieses Lebensabschnittes. Dennoch war dieses Stück Erde, welches einst unseren Lebensmittelpunkt gebildet hatte, getränkt mit Erinnerungen, einschneidenden Erlebnissen, wunderschönen Ereignissen wie der Geburt meiner Kinder, aber auch schmerzvollen Gedanken und Tatsachen, die Wehmut und Traurigkeit hervorbrachten. All diesen Gefühlen geschuldet, die untrennbar mit dem Lauf eines Lebens verbunden sind, wollte ich meinem verstorbenen Mann gedenken, persönlich stehend vor seinem Grab und dankbar dafür, dass ich meine Tochter an der Seite hatte, die trotz der ihr nun bekannten von mir offenbarten Lebensgeschichte stets liebevoll und in Ehrerbietung von ihrem Vater sprach und an ihn dachte.

Obwohl ich meine berufliche Laufbahn beendet und mich aus der Opernwelt zurückgezogen hatte, verließ mich die Liebe zur Oper nie. Sie war mir verinnerlicht, ihre Melodien boten Antworten auf viele Fragen, konnten mich in wundervolle Stimmung versetzen, erhellten trübe Tage, schickten meine Seele auf Wanderschaft. Keine andere Art der Musik konnte das vollbringen, obgleich ich auch anderen Genres nicht abgeneigt war und des Öfteren, wenn es etwas zu feiern gab, flotte Tanzmusik durch mein Haus zog. Doch die Oper verzauberte mich und es war einer dieser Mosaiksteine, einer dieser Motoren und Wünsche gewesen, die mich antrieben, die meinen Beruf zur Berufung gemacht hatten, dass jene, die mir zuhörten, wenn ich auf der Bühne stand, ebenso diesen Zauber verspüren sollten wie ich. Ich fasste den Entschluss, jene zu unterstützen, die auch dieses Feuer in sich trugen, welches vor Jahrzehnten in mir entbrannte, und rief eine Stiftung zur Förderung junger musikalischer Klassiktalente ins Leben.

Durch meine freundschaftliche Verbindung zu den Verantwortungsträgern und Mitarbeitern der Wiener Staatsoper konnte ich sehr rasch einen Kreis von fünf interessierten und der Arbeit mit jungen Talenten nicht abgeneigten Professionisten finden, die bereit waren, für meine Stiftung zu arbeiten. Die neue Aufgabe erfüllte mich mit genau so großer Freude wie mein Wirken für das Waisenhaus. Dennoch achtete ich darauf, mich keinesfalls zu überfordern, an die Ratschläge und Warnungen der Ärzte zu denken, welche mir seit dem erlittenen Herzinfarkt sehr im Bewusstsein waren und die ich auch sehr ernst nahm und befolgte.

Gabi erarbeitete mit dem Team ein Marketingkonzept, um das Interesse von Talenten aus unterschiedlichen Ländern zu wecken, ich konnte meine Erfahrungen bei der Erstellung des Ausbildungsplanes einbringen, das Team mietete Probenräume und Büroräumlichkeiten, in denen die Stiftung untergebracht wurde, Konzepte für das Auswahlverfahren und Termine für das Vorsingen wurden geplant und nach wenigen Monaten intensiver Vorbereitungsarbeiten hatten wir zehn junge Talente aus sieben unterschiedlichen Ländern gefunden, welche ab sofort in Wien an ihren musikalischen Karrieren in der Welt der Oper arbeiteten. Mir war es dabei ein besonderes Anliegen gewesen, auch jenen eine Chance zu bieten, deren finanzielle Möglichkeiten oder familiären Strukturen es erschwerten, sich diesem beruflichen Weg hinzugeben. Denn es war nicht nur Talent ausschlaggebend dafür, erfolgreich zu sein, einen zumindest genau so großen Anteil hatte in diesem Fall die Hingabe und die Liebe zur Musik, denn ein noch so großes fachliches Können und auch der Wille, fleißig zu üben, konnte nicht darüber hinwegtäuschen, wenn die Hingabe und das Einlassen auf jeden einzelnen Ton fehlte. Ein nur sauberer und melodiös einwandfreier Gesang glich einem leblos nebelverhangenen Gebilde, wenn ihm die Hingabe fehlte. Dies den jungen Sängern zu vermitteln, war mein größtes Bestreben.

Es war ein Abend, der mich mit großem Stolz, Rührung und Dankbarkeit erfüllte, als unsere Schützlinge zum ersten Mal eine große Bühne betreten und vor einem ausverkauften Saal im Zuge des Eröffnungsabends des Carinthischen Sommers in Villach singen durften. Dass der Bundespräsident, welcher jährlich die Eröffnungsrede dieses kulturellen Veranstaltungsreigens hielt, auch im Publikum saß, war eine besondere Ehre, nicht nur für unsere Jungtalente, sondern auch für unser gesamtes Stiftungsteam. Jeder Einzelne von ihnen trug eine Arie nach seiner Wahl vor, begleitet vom Grazer Symphonieorchester, und hatte so die Möglichkeit und Ehre, das erworbene Können, das Talent, und ja, vor allem die Hingabe zu dieser Musik zu präsentieren. Wir hatten eine wunderbare Auswahl getroffen und das Glück gehabt, zehn junge Rohdiamanten zu finden, welche nun mit jedem Schritt auf dem Weg ihrer Karriere immer strahlender zu leuchten beginnen würden.

Ich war in meiner eigenen Welt versunken beim Zuhören und Zusehen, nahm oftmals nur am Rande den aufbrausenden Applaus wahr. Ich sah lediglich die strahlenden Gesichter dieser jungen Künstler, ihre Freude und Begeisterung und erkannte mich in ein und dem anderen selbst wieder, erinnerte mich an die Anfänge, die Aufregung, das Lampenfieber, die Euphorie. Und dann erinnerte ich mich an den Abend, an welchem ich zum letzten Mal in die Augen von Sniper blicken durfte.

Auch dies war ein Abend gewesen, der geprägt war von einem begeisterten Publikum, einer großen Bühne, hohen Erwartungen, Glücksgefühlen, Aufregung, einer Erfolg versprechenden Zukunft, es war ein Abend voller Emotionen, damals, als ich mein Debüt an der Mailänder Scala gab. Neben all diesen Empfindungen war mir erst im Nachhinein die Bedeutsamkeit dieser Stunden bewusst geworden, die eine einschneidende Veränderung in meinem Lebenslauf einläuteten, Ereignisse, deren unmittelbare Aneinanderreihung für eine Kursänderung in meinem bis dato geführten Leben gesorgt hatten. Es war der Durchbruch in meiner Opernkarriere, das erste Aufeinandertreffen mit meinem zukünftigen Ehemann und gleichzeitig der Verlust eines der bedeutsamsten Menschen in meinem Leben. Freude und Leid, Hochgefühl und Trauer, Neubeginn und Ende spiegelte dieser Abend wieder. Ich wusste es, spürte es, vernahm es im Klang seiner Worte, die Sniper an diesem Abend an mich richtete, dass es ein Abschied war, dass unsere Wege sich an diesem Abend trennen würden und unterschiedliche Richtungen einschlugen. Es war eine dieser Antworten, die uns das Leben gab auf Fragen, die zu stellen man niemals wagte oder bereit dazu war. Doch blieb Sniper stets ein Teil von mir, war immer eine Kostbarkeit gewesen dieses in Zahlen nicht benennbaren Schatzes, den ich in mir tragen durfte, eines Schatzes, der aus Menschen, Erinnerungen, den damit einhergehenden Gefühlen und der daraus resultierenden Emotionen bestand.

Meine Gäste hatten sich vor wenigen Minuten verabschiedet. Es war ein wundervolles Geburtstagsfest gewesen, geprägt von Fröhlichkeit, guten Gesprächen, dem Schwelgen in gemeinsamen Erinnerungen und dem ein und anderen Geburtstagstänzchen, zu dem ich aufgefordert wurde. Ich stand mit einem Glas Grauburgunder in der Hand vor den großen Glastüren, die den Blick auf die von einer dünnen Schneeschicht bedeckten Terrasse freigaben. Es war Nacht, eine nebelverhangene Nacht, denn man erkannte kaum den Lichtschein der Bodenleuchten, die den Weg von der Terrasse hinunter in den Garten kennzeichneten. Viele Gedankensplitter zogen vor meinem inneren Auge vorbei, etwas, was mir von jeher an meinen Geburtstagen zu eigen war, dieses Innehalten, Reflektieren und Nachdenken. Ich dachte an so viele Menschen, die ein kürzeres oder längeres Stück Lebensweg mit mir beschritten hatten, ich weinte stille Tränen um die, die ich für immer verloren hatte, ich spürte den Schmerz, der mich nie verließ, wenn ich an meinen verstorbenen Sohn Lukas dachte, ich fühlte die Dankbarkeit für all das Schöne und Wertvolle, welches mir in meinem Leben geschenkt worden war, vernahm in mir die Begeisterung, mit welcher mir mein Publikum stets begegnet war, und war mir der niemals geendeten Liebe zu Alexander bewusst.

Sanft legte sich eine Hand auf meine rechte Schulter und Paula sprach mich leise an: „Mama, ist alles in Ordnung? Du wirkst so in dich versunken, so melancholisch?"

Ich drehte mich langsam zu meiner Tochter um und lächelte sie an. „Mach dir keine Sorgen, mein Schatz. Ich habe gerade einen Entschluss gefasst. Nächstes Jahr, an meinem 70. Geburtstag, werde ich noch einmal den Ort meiner Kindheit aufsuchen und damit ein Kapitel meines Lebens für immer schließen."

Bonuskapitel – Sniper

Verborgen im Schatten einiger parkenden Autos drehte ich mich um, wenige Augenblicke, nachdem ich mich von Lizzy verabschiedet hatte. Sie stand noch immer an derselben Stelle, den Mantel eng um ihren Körper geschlungen und ich vernahm selbst aus dieser Entfernung das Beben ihrer Schultern, konnte förmlich den Blick aus ihren tränenverschleierten Augen spüren, der ins Leere ging und den ich dennoch wie brennende Nadelstiche fühlte. Es zerriss mir das Herz, sie wie verloren dastehen zu sehen, diese wunderschöne, junge Frau, welche die Gabe besaß, die Menschen mit ihrem Talent zu verzaubern. Sie verkörperte die Unschuld eines engelhaften Wesens, gepaart mit der Stärke einer Wölfin. Sie vereinte die Fähigkeit, sich ihren tiefsten Emotionen zu stellen und dennoch die Kraft in sich zu tragen, sich dabei selbst nicht zu verlieren.

Ich hatte ihren Schmerz gespürt, die Erkenntnis in ihren Augen wahrgenommen, dass dies ein Abschied für immer gewesen war. Denn ich fühlte denselben Schmerz, spürte den gleichen Verlust, durchlebte dieselben Emotionen wie sie, so war es vom Tag unserer ersten Begegnung an gewesen. Das, was uns beide verband, war so groß, es war die Verbindung zweier Seelen, die das Schicksal zusammengeführt hatte und welche ab diesem Zeitpunkt für immer verbunden sein würden. Aus der Gewissheit, dass dieses Band für die Ewigkeit war, zog ich die Kraft, sie am Abend ihres großen Erfolges zu verabschieden. Ich war ein einsamer Wolf, stets auf dem Weg, der mich auch in die Dunkelheit führte und nicht dazu gedacht, ihn mit einer Gefährtin zu beschreiten. Zudem spürte ich, dass Lizzy tief im Herzen ein Geheimnis trug, eines, welches ihre Augen in unbeobachteten Momenten von innen heraus strahlen ließ, doch ebenso die Macht besaß, dass sie stets von einem Nebel aus Melancholie umgeben zu sein schien, einer Melancholie, deren Quelle ein tiefer, unaussprechlicher Verlust sein musste.

Mit meinem Weggang wollte ich ihr Freiheit schenken, Freiheit, ihre Träume wahr werden zu lassen, Freiheit, sich in das Abenteuer Leben stürzen zu können. Doch ich werde sie immer lieben und stets bei mir tragen als meine Gefährtin des Herzens.

Epilog – Heute

„Du bist noch genau so schön wie damals."

Ich erstarrte. Diese Stimme, sie hatte ihren jugendlichen hellen Klang verloren und stattdessen eine tiefe, männliche Färbung angenommen. Doch ich hätte sie unter Tausenden wiedererkannt. Der Kies knirschte, als sich seine Schritte näherten und er neben mir Platz nahm. „Jedes Jahr, 50 wie eine nie enden wollende Ewigkeit erscheinende Jahre lang, kam ich an genau diesem Tag hierher. Es war für mich jedes Mal eine Reise in die Vergangenheit, ein Schwelgen in Erinnerungen, ein Versinken in Träumen von Möglichkeiten, die es nicht gab. Und tief in mir hoffte ich jedes einzelne Mal, dich hier anzutreffen." Mein Herzschlag ähnelte einer stakkatogleichen Aneinanderreihung von Tönen und mein Brustkorb hob und senkte sich unter meiner beschleunigten Atmung. Langsam wandte ich meinen Kopf und blickte in diese mir, auch nach so vielen Jahren noch vertrauten grünen Augen. „Alexander", flüsterte ich. Alexander sah mich an mit seinem für ihn so typischen Lächeln, dem das Leben seine Verschmitztheit nicht genommen hatte. Dann nahm er meine Hand, führte sie an seine Lippen und küsste sie, ohne seinen Blick von mir zu wenden. Sein Haar hatte sich von einem dunklen Braun in ein graumeliertes gewandelt und Fältchen lagen um seine Augen und die Mundwinkel. Doch all das minderte keinesfalls seine Attraktivität, er war noch immer ein so schöner Mann, nun mit gereiften Zügen, die eine Geschichte zu erzählen hatten. „Lizzy, bitte erzähl' mir, wie es dir in all diesen Jahren ergangen ist. Gibt es einen Mann in deinem Leben, hast du Kinder?"

Meine Hand noch von seinen Händen umfangen und überwältigt von diesem über Jahrzehnte herbeigesehnten Wiedersehen, welches ich jedoch nie mehr für möglich gehalten hätte, ließ ich meinen Blick zum Haus wandern. „Ja, es gab einen Mann, Karl, meinen Ehemann und es gab Sniper." Als ich Alexander wieder in die Augen sah, spiegelten sich unzählige Fragen darin. „Karl starb bei einem Autounfall in einer nebeligen Nacht kurz vor Weihnachten. Einige Wochen davor habe ich meinen 40. Geburtstag gefeiert." Alexander sah mich mit aufrichtigem Mitgefühl, aber auch

Schmerz in den Augen an. „Das tut mir so unsagbar leid, Lizzy. Wie konnte das geschehen?"

„Karl liebte schnelle Autos und er war ein rasanter Fahrer. Da half kein Bitten oder gutes Zureden, sobald er sich in eines seiner PS-starken Automobile setzte, dachte er nur mehr an den Adrenalinkick, den ihm seine Fahrweise verlieh. Er kam bei schlechter Sicht und Glatteis von der Straße ab und stürzte über eine Böschung, er war sofort tot."

„Und Sniper? Wer ist Sniper, Lizzy?" Ein Lächeln zauberte sich automatisch auf mein Gesicht, als ich an diesen besonderen Mann in meinem Leben dachte. „Sniper hat mir das Leben gerettet, so viele, unzählige Male, als du es nicht mehr konntest, Alexander, weil ich ging, gehen musste. Sniper war auf einmal da, immer dann, wenn es brenzlig wurde, immer dann, wenn mein Leben eine Wendung nahm, dann war er da. Und so plötzlich wie er kam, ging er auch wieder, am Tag meines großen Durchbruchs, dem Tag meines größten Erfolges. Ich habe ihn nie mehr wiedergesehen."

Alexander hörte mir schweigend, jedoch mit großer Aufmerksamkeit und ohne meine Hand loszulassen zu. „Erzähl' mir von diesem Erfolg, Lizzy, diesem für dich so bedeutenden Tag?"

„Ich feierte mein Debüt in der Mailänder Scala, in der Titelrolle der Violetta Valery in La Traviata von Verdi. Es war der Start einer sehr erfolgreichen Karriere als Opernsängerin und das Publikum hat mir zugejubelt. An diesem Tag habe ich Sniper zum letzten Mal gesehen, er ging, so als hätte er seine Aufgabe, mich zu beschützen, erfüllt. Am selben Abend lernte ich meinen zukünftigen Mann Karl kennen, beim Galaempfang nach der Vorstellung."

„Hast du ihn geliebt, Lizzy?" „Wen, Alexander?", fragte ich ihn lächelnd. „Na, deinen Mann?" „Ich habe ihn geschätzt und hatte ihn gern, und ich bin ihm noch heute für sehr vieles dankbar. Wir hatten auch gute Jahre und er hat mich zur Mutter gemacht. Leider kam irgendwann der Zeitpunkt, an dem von meiner Achtung und meinem Respekt für ihn nichts mehr übrig war." Tränen sammelten sich in meinen Augenwinkeln und beschämt wandte ich den Blick ab, als ich an meine beiden Kinder dachte, Gedanken, die Glück und Leid vereinten.

Alexander legte seine Hand an meine Wange, drehte meinen Kopf zu sich, um mich besorgt anzusehen. „Lizzy, was ist los? Warum weinst du?" „Ich hatte zwei wundervolle Kinder, Alexander. Meine Tochter lebt mit ihrer Familie ganz in meiner Nähe und ich bin stolze Großmutter von zwei wundervollen Enkelkindern. Mein Sohn nahm sich das Leben, er starb an einer Überdosis. Zwischen ihm und seinem Vater gab es sehr häufig Konflikte. Mein Sohn ertrug es wohl nicht, dass für seinen Vater der Erfolg im Vordergrund stand, dass Disziplin und Arbeit jene Attribute waren, an denen Karl die Menschen maß. Ich weiß es nicht, ob mein Sohn von den Schwierigkeiten wusste, die unsere Ehe belasteten, dass Karl sich mit anderen Frauen vergnügte und mein Herz niemals in tiefer Liebe für meinen Mann brannte. Nur wenige Zeilen standen im Abschiedsbrief, den mein Sohn hinterließ, keine davon ließ einen Rückschluss auf die tatsächlichen Beweggründe für diese schreckliche Entscheidung zu, sich das Leben zu nehmen." Alexander zog mich in seine Arme und hielt mich fest an sich gedrückt. Es fühlte sich wie Heimat an, wie das Heimkommen nach einer langen Reise. Mein Kopf lag an seiner Schulter und seine Hände strichen beruhigend über meinen Rücken.

„Hast du Liebe erfahren in all den Jahren, Lizzy?", fragte Alexander in die Stille hinein, ohne mich dabei loszulassen. „Die Liebe, Alexander, hat so viele Facetten. Manch einer begegnet ihr nie. Andere wiederum treffen auf sie in jungen Jahren und führen ein glückliches Leben und manchen begegnet sie erst im Laufe des Lebens und du spürst, dass alles davor keine wahre Liebe war. Ich habe meinen Sohn geliebt, wie eine Mutter es nur tun kann, ich liebe meine Tochter und meine Enkelkinder, bedingungslos, weil sie ein Teil von mir sind. Ich liebte meine Adoptiveltern, die mir Heimat gaben, als ich nach meiner Flucht aus dem Waisenhaus in Wien strandete. Und ein Teil meines Herzens wird immer Sniper gehören. Es ist die Liebe einer Seelenverbundenheit, deren Band untrennbar ist, wenn es einmal geknüpft ist. Jene Liebe zu empfinden, diese, welche dein Herz berührt, dafür war mein Herz nicht frei. Denn diesen Platz hattest stets du eingenommen." Langsam löste ich mich von Alexander, um ihn anzusehen. „Ich habe immer nur dich geliebt, Alexander, kein anderer Mann konnte den Platz ersetzen, den du in meinem Herzen eingenommen hattest." In Alexanders Augen schimmerten Tränen, als er mein Gesicht in seine beiden Hände nahm. „Auch ich konnte dich nie vergessen, Lizzy, und so trieb es mich jedes Jahr hierher, an diesen Ort, der uns beide verband. Nachdem das Waisenhaus einige Jahre nach deiner Flucht geschlossen wurde, wanderte ich in die Staaten aus. Auch mir war das Glück beschieden, auf Menschen zu treffen, die sich meiner annahmen. Ich machte eine Ausbildung als KFZ-Mechaniker und darf heute stolz auf mein eigenes Unternehmen blicken, das über ein großes Filialnetz aus Reparaturwerkstätten für Kraftfahrzeuge und dem Verkauf von Neu- und Gebrauchtwagen verfügt. Es waren keine einfachen Jahre, mein Beginn in der sogenannten neuen Welt, doch das Geld, um jedes Jahr die Reise hierher an diesen Ort anzutreten, hatte ich mir immer eisern erspart. Natürlich gab es Frauen in meinem Leben, doch ich war nie verheiratet und wurde auch nie Vater."

Gebannt lauschte ich Alexanders Worten. Unzählige Male hatte ich darüber nachgedacht, wie sein Leben wohl verlaufen war, hatte innerlich Zwiesprache mit ihm gehalten, all meine Freude, mein Glück, aber auch meinen Schmerz mit ihm geteilt in all den Briefen an ihn, welche nie den Weg zu ihm fanden. Ihn nun hier wahrhaftig bei mir zu haben nach Jahrzehnten unerfüllter Sehnsucht, ihn berühren zu dürfen, ihm in die Augen sehen zu können, glich einem Wunder, einem Traum, der Realität angenommen hatte.

Alexander strich mir eine Strähne hinter das Ohr, die sich aus meinem zu einem Dutt zusammenfassten Haar gelöst hatte. „Lizzy, das hier, dieser Moment unseres Aufeinandertreffens, das ist Schicksal. Ich will dich nicht mehr gehen lassen. Bleibst du?"

Ich nickte mit einem Lächeln im Gesicht, das aus der Tiefe meiner Seele heraus strahlte.

„Wirklich reich ist, wer mehr Träume in der Seele hat, als die Realität zerstören kann. Und manchmal werden diese wahr, wenn man nur ganz fest an sie glaubt und sie nicht loslässt."

ENDE